Das Buch:

Im Mittelpunkt des Romans steht Anat Ismail, eine junge Syrerin, die für die kanadische Botschaft in Interviews mit Flüchtlingen aus unterschiedlichsten Teilen des Nahen Ostens und Nordafrikas dolmetscht.

Sie lernt Dschawad kennen, der, kaum dass die beiden ein Paar geworden sind, verhaftet wird und als politischer Gefangener mehr als fünfzehn Jahre im Gefängnis verbringt. Doch nach seiner Entlassung wird beiden bald klar, dass die Zeit der Trennung tief greifende Spuren und seelische Wunden hinterlassen hat. Fatalerweise gelingt es ihnen nicht, diese Veränderungen und die neu entstandenen Bedürfnisse zur Sprache zu bringen, um sie zu überwinden. Nachdem jeder neue Tag die Kluft zwischen dem Paar größer werden ließ, stellt Dschawad seine schwangere Frau eines Tages vor die Wahl: Entweder kommt sie mit ihm nach Europa und wird selbst zur Asylbewerberin – oder sie bleibt alleine zurück.

Die neun Monate der Schwangerschaft sind die erzählte Zeit, von der aus sich die Protagonistin zurückerinnert, und so ihre Familiengeschichte und die Geschichte befreundeter Figuren erzählt. Der Roman ist damit auch als eine Abrechnung mit den Lebensumständen unter dem totalitären Regime in Syrien zu lesen, die seit den Aufständen des arabischen Frühlings 2011 eine neue Dimension gewonnen hat.

Titel des arabischen Originals:
Hurras Al-Hawaa
Beirut, 2009

Die Übersetzung aus dem Arabischen wurde mit Mitteln des Auswärtigen Amtes unterstützt durch Litprom – Gesellschaft zur Förderung der Literatur aus Afrika, Asien und Lateinamerika e.V.

1. deutsche Auflage, 2013

www.alawi-verlag.de

Lektorat: Anne-Kathrin Godec, Tribalj, Kroatien
Umschlaggestaltung: Alawi Verlag
Gesamtherstellung: sieprath druck service GmbH, Aachen
Printed in Germany
ISBN 978-3-941822-10-8

Für Aram

Mit meinem Herzen beschuhe deine Füße
und gehe, wohin du willst.

Rosa Yassin Hassan

Wächter der Lüfte

Roman

Aus dem Arabischen
von Stephan Milich
und Christine Battermann

ALAWI VERLAG

Durch den langen Korridor des Botschaftsgebäudes jagte sie hastig vorwärts.
Ihre orientalisch anmutenden Schuhe aus Rindsleder, die heutzutage kein Mensch mehr trägt, bewegten sich federleicht über den blank polierten Boden. Ihr Pferdeschwanz wippte dabei energisch über ihrem Rücken hin und her.
Dazu trug sie eine wallende Hose in purpurfarben glänzendem Stoff, die am Fußgelenk fest zugeschnürt war. Wie sie so erhobenen Hauptes durch die Gänge schritt, erinnerte sie an eine stolze Sklavin aus längst vergangenen Kalifenzeiten. Mir war schleierhaft, wo man heutzutage in Damaskus noch solche Kleider auftreiben konnte.
Ich musste mit ihr sprechen und eilte ihr hinterher. Am Ende des Korridors hatte ich sie endlich eingeholt: „Madame, Madame Sophie!"
Verwundert drehte sie sich um, als bemerke sie mich erst jetzt, und grüßte mit einem Lächeln zurück. Ich blickte ihr ins Gesicht. Kaum zu glauben, dass es sich um ein und dieselbe Person handelte! Von hinten betrachtet schätzte man die Leiterin der Abteilung für Öffentlichkeitsarbeit der kanadischen Botschaft kaum älter als fünfzehn oder sechzehn Jahre. Erblickte man sie von vorne, sah man in tiefe Falten, die ihr Gesicht so sehr gezeichnet hatten, dass es einem Schlachtfeld glich.
„Please, Madame Sophie, ich würde Sie gerne etwas fragen."
„Yes?"

Statt mich aufzufordern, in ihr Büro einzutreten, stand sie mit verschränkten Armen da und wartete ab, was ich zu sagen hatte. Also hat sie es wieder einmal eilig, dachte ich. Dennoch beschloss ich, die Gelegenheit beim Schopf zu packen und ihr meine Bitte auf Hocharabisch vorzutragen: „Madame Sophie, wir müssen das Wort ‚officer' in der Übersetzung unbedingt ändern. Schon das Wort allein versetzt die armen Teufel doch in Angst und Schrecken. Für einen Araber ist es undenkbar, dass es auch einen zivilen Officer geben könnte."
Madame Sophie blieb stumm und zeigte keinerlei Regung. Obwohl sie gereizt wirkte, ließ ich mich nicht beirren und fuhr fort: „Es ist vielleicht schwer nachzuvollziehen, aber dieses Wort sitzt tief und fest in uns. Das lässt sich nicht von heute auf morgen vergessen oder verändern. Ich weiß, Genauigkeit ist die erste Aufgabe des Übersetzers – well I know that. Aber wenn ich schon von weitem spüre, dass ihr Herz so heftig zappelt wie ein Vögelchen in der Faust des Jägers, dann tun sie mir furchtbar leid. Verstehen Sie, was ich meine?"
Doch alles, was ich aus Frau Sophies Gesicht herauslesen konnte, war Befremden. Sie hatte mir zugehört, ohne auch nur eine Miene zu verziehen. Erst dachte ich, dass ihr mein Erklärungsversuch vielleicht nicht überzeugend genug vorkam. Man brauchte wohl bessere Argumente, um ein Wort in einer bereits fertig gestellten Übersetzung zu ändern, insbesondere wenn ich den aufwendigen Weg umgehen wollte, mich wegen dieser Angelegenheit schriftlich an das Büro des Botschafters zu wenden.

Für einen kurzen Moment betrachtete Frau Sophie meine Faust, mit der ich diese furchtsamen Vögel, von denen ich gerade gesprochen hatte, imaginär festhielt. Dann hellte sich Ihr Gesicht, das an diesem Tag ungewöhnlich düster und ernst aussah, etwas auf. Dennoch fürchtete ich, dass sie sich einfach umdrehen und weitereilen könnte. Aber als ich meine Hand schließlich leicht öffnete, erschien endlich, wenn auch langsam, ein Lächeln auf ihren Lippen, und sie kam auf mich zu. Unversehens streckte sie ihre Hand aus und legte sie auf meine Schulter. „Bravo, Anat, bravo! Sie sind einfach wunderbar!", sagte sie in holprigem Arabisch und fuhr fort: „Meiner Ansicht nach ist diese Liebe in ihrem Innersten bedeutsamer als Buchstabentreue bei der Übersetzung. Ich weiß, dass das Herz, das zwischen Ihren kleinen Rippen schlägt, ein gutes Herz ist."
Wahrscheinlich spielte sie damit auf meine Körpergröße an. Dann beendete sie das Gespräch, indem sie ihre frohe Botschaft mit einem breiten Lächeln flankierte, das zwei Reihen schneeweiß blitzender Zähne zum Vorschein brachte; ein Lächeln so blass wie ihr Gesicht, das absolut nicht arabisch wirkte. „Do whatever you think is the best"[1], sagte sie, nahm ihre Hand von meiner Schulter und schritt, mit wild hin und her wippendem Haar, weiter den langen Flur entlang.
Ich rief ihr hinterher: „Madame Sophie, was halten Sie von dem Wort „Boss", wäre das nicht besser?" Eiligen Schrittes hob sie ihren Daumen,

[1] Tun Sie, was Sie für das Beste halten.

um mir ihr Einverständnis zu signalisieren, ohne sich jedoch nochmals umzudrehen. Ihre Schritte waren zwischen den kalten Wänden kaum mehr zu hören.

Für einen Moment fühlte ich mich wie neugeboren. Eine unbegreifliche Freude erfüllte mich plötzlich, zwischen all diesen vielen, immerzu gleich wirkenden Räumen, die auf den Flur führten. Frau Sophie hatte einfach so meinem Änderungsvorschlag zugestimmt. Mir war es ein Rätsel, wie diese kühle, käseweiße Kanadierin so großmütig sein konnte. Sie musste doch ein reines, aufrichtiges Herz in sich tragen – vielleicht war es das Einzige, was sie von ihrem Vater, einem Libanesen, geerbt hatte. Einmal hatte sie mir erzählt, dass er sein Leben rund um den Globus in Krankenwagen des Roten Kreuzes zugebracht hatte. Die Konflikte und Kriege der Welt hatten ihn als einen Sanitäter aus Überzeugung magisch angezogen.

Mag sein, dass sie bei ihrer Darstellung auch ein wenig übertrieb. Dennoch erzählte sie mir, dass er die Konflikte in Darfur, Bosnien und Herzegowina und sogar Afghanistan miterlebt hatte. Frau Sophie hatte ihre Geschichte mit folgenden Worten beendet: „Und dann starb er in irgendeinem afrikanischen Land, ausgerechnet an Malaria, welch' Ironie!" Ich hatte damals nicht verstanden, was daran ironisch sein könnte und wie ich reagieren sollte. Hätte einer wie er in hohem Alter noch durch eine Granate oder eine Rakete ums Leben kommen müssen, damit sein Leben nicht in ironischer, sondern in tragischer Weise zu Ende gegangen wäre? Es sei, wie es sei - Frau

Sophie jedenfalls war sicher, dass ihr Vater in einem der vielen Massengräber Afrikas begraben worden war.

Als mir diese Erinnerungen durch den Kopf gingen, wurde mir bewusst, dass meine dunklen Gedanken, die mich seit dem frühen Morgen verfolgt hatten, nun verflogen waren. Der Tag, der so schlecht begonnen hatte, sah nicht mehr ganz so trübe aus. Von nun an konnte ich das Wort Boss benutzen. Ich würde nicht mehr Tag um Tag mit ansehen müssen, wie in ihre Gesichter das Entsetzen fuhr, während sie vor ihrem geistigen Auge den Militärgruß vor dem „Offizier" vollzogen. Sie würden sich nicht mehr vorstellen müssen, wie sie vor ihrem Vorgesetzten unterwürfig die Hacken zusammenschlügen – wie Schauspieler, die in einer Komödie Soldaten spielten oder wie Clowns in der Manege.

Zur Befragung mit dem ersten Asylbewerber kam ich zu spät. Der kanadische Officer - ich meine der Boss - schien verärgert, weil er so lange auf mich hatte warten müssen, während die Asylbewerber selbst, die im Gang verängstigt auf und ab liefen, immer tiefer im Schlund der Angst versanken. Ich öffnete die pistaziengrüne Tür und betrat das Zimmer.

Mit einem Mal überfiel Anat eine starke Übelkeit, und die Freude über ihren morgendlichen Sprachsieg war wie weggeblasen. Diese Übelkeit ergriff fast jedes Mal von ihr Besitz, wenn sie über diese Schwelle trat. Die Klimaanlage und ein Heizlüfter, den der Botschaftsmitarbeiter vor seine

Füße gestellt hatte, bliesen ununterbrochen heiße Luft in das Zimmer, sodass die Luft darin immer stickiger wurde. Zu all dem kam noch der Dampf des Kaffees, der aus der kupfernen Kanne aufstieg.
Der kanadische Mitarbeiter aus der Abteilung für Flucht und Migration war vom hohen Flüchtlingskommissar bestellt worden, eine umfassende Studie über die Situation von Flüchtlingen durchzuführen, die in Kanada Asyl beantragten. Nun überprüfte er, wie er dies während der letzten zweieinhalb Jahre jeden Morgen getan hatte, die Dokumente, die vor ihm auf dem Schreibtisch ausgebreitet lagen - ein Berg aus bebilderten Blättern und Papieren mit Illustrationen und graphischen Darstellungen. Heute schien es ihm entgegen seiner üblichen morgendlichen Laune ganz elend zumute zu sein. Traurig dreinblickend schlürfte er seinen arabischen Kaffee aus einer kleinen Porzellantasse.
Kaffee war das Einzige, was Jonathan Green hier wirklich lieben gelernt hatte, abgesehen von den mit Kajal umrandeten Augen der Damaszenerinnen, wie er zu sagen pflegte.
Anat begrüßte ihn auf Englisch: „Hi Joe, how are you?“[1] Doch ihr Gruß blieb unerwidert.
Er hob lediglich seinen Kopf von den Blättern und lächelte matt, bevor er sein Gesicht, nun mit grimmigem Blick, gleich wieder in dem Berg aus Dokumenten vergrub. Ohne Zweifel las er gerade den medizinischen Bericht über den neuen Asylbewerber, den er gleich befragen würde, und dessen Interview Anat übersetzen musste.

---

[1] Hi Joe, wie geht es dir?

Sie rückte mit ihrem Stuhl näher an ihn heran. Während sie über seinen Rücken spähte, fiel ihr Blick auf ein dünnes blaues Papier, das mit Unterschriften übersät war. Daneben lag das Bild eines verkohlten Körpers.
„How is the baby?"[1] fragte Joe und zog wie üblich die Worte in die Länge. Dabei schob er rasch das Bild unter die Blätter. Er drehte sich zu ihr und streifte lachend über ihren Bauch. Bestimmt hatte er gemerkt, wie sie beim Anblick des vor ihm liegenden Bildes zusammengezuckt war, und ihr Gesicht sich mit schierem Entsetzen erfüllte. Den Geruch im Zimmer empfand sie nun als noch unerträglicher, es roch nach Eiter und Blut.
„Fine", antwortete Anat.
Sie rang sich ein Lächeln ab und befühlte dann selbst ihren Bauch. Seit drei Monaten wuchs darin ein Kind heran.
Auf dem Schreibtisch lag außerdem ein neuer Bericht des Hochkommissariats für Flüchtlinge, in englischer Sprache verfasst, in dem die geschätzten Zahlen von Flüchtlingen, für die sich das UNHCR zuständig sah, aufgelistet waren. Sie begann, den Bericht laut vorzulesen, um dieses Gefühl der Übelkeit abzuschütteln. Sie wollte sich aus den Klauen ihrer kleinen Welt befreien, in der stets etwas Dunkles und Schweres auf ihr lastete. Sie wollte in eine neue Welt entkommen, die sie weniger einengte und ganz anders war.
Dem Bericht zufolge war die Zahl der Flüchtlinge in Asien am höchsten, gefolgt von Europa,

[1] Wie geht's dem Baby?

insbesondere Bosnien und Herzegowina und den ehemaligen Sowjetrepubliken.
Der Bericht war mit keinem Datum versehen, doch es war offensichtlich, dass er noch relativ aktuell sein musste. Hier im Hause würde ihm wohl niemand Beachtung schenken. Nach Beendigung seiner Runde würde die Putzfrau ihn entsorgen. An anderen Orten dieser Welt wird er mit Sicherheit nicht mit so viel Ignoranz bestraft, dachte Anat.
Joe riss sie aus ihrer Zerstreuung, indem er ihr Details über das Leben des ersten Bewerbers auf Asyl des heutigen Tages vorlas.
Sein Name war Salva Quajee, ein junger Christ aus dem Südsudan. Er war Mitglied der sudanesischen Volksbefreiungsbewegung gewesen, der John Garang Bewegung, wie sie genannt wurde. Dann wechselte er über in ihren bewaffneten Arm, zu den Truppen der Volksbefreiungsarmee. Bewaffnet mit Raketenwerfern stürzte er sich in den damals gerade neu ausgebrochenen Bürgerkrieg zwischen dem Norden und dem Süden, der bereits seit zwanzig Jahren andauerte. Daraufhin verbrachte er mehrere Monate in Gefangenschaft bei der Armee von Baschir, bis ihm ein Gefangenenaustausch schließlich die Freiheit brachte.
Salva war unverheiratet und lebte allein. Ein Großteil seiner Familie war im Laufe des Krieges getötet worden.
Wie immer war Jonathan konzentriert und ganz gefangen von den Details der Geschichten der neuen Flüchtlinge, während ich in solchen Momenten meistens von Übelkeit und von einem stechenden Kopfschmerz überwältigt wurde. Mein Hirn

fühlte sich wie zermalmt an. Ich versuchte, mich aus meinem schwarzen Lederstuhl zu stemmen. Mein Gesicht muss totenbleich ausgesehen haben, denn Jonathan wandte sich mir besorgt zu, nahm meine Hand und sagte in seinem kanadischen Akzent:
„If you are tired, Anat, we can postpone the meetings today.“[1]
„Don't worry“, entgegnete ich, „I'll be fine.“[2]
Obgleich mir seine Art manchmal ziemlich auf die Nerven ging, war er mir doch zum Freund geworden, jemand, der mir im nicht immer leichten Alltag der letzten drei Jahre zur Seite gestanden hatte. Bald stand sein Abschied bevor, denn sein Projekt bei der Botschaft ging dem Ende entgegen. Das wird ein trauriger Abschied, dachte ich.
Als wir uns zum ersten Mal begegnet waren, kam er mir vor wie ein Riese. Er hatte silbergraues Haar, in dem nur einige wenige schwarze Büschel übrig geblieben waren. Das Weiß, das seine Pupillen umrandete, trat stark hervor. Wenn er einen damit eindringlich anblickte, hatte man das Gefühl, er würde gleich auf einen losstürzen.
Mittlerweile hatte Jonathan ganz weißes Haar. Ich erinnere mich noch, wie er mich gleich bei unserer ersten Begegnung zum Abendessen einlud. Er wollte nach der Arbeit noch ein Glas Tequila mit mir trinken gehen. Um mich zu überreden,

---

[1] Wenn du müde bist, Anat, dann können wir die heutigen Termine auch verschieben.

[2] Mach dir keine Sorgen, es geht mir bestimmt gleich wieder besser.

versprach er, mir zu zeigen, wie man Tequila auf mexikanische Art trinkt. Seine Mutter stammte aus einer kleinen Stadt am Golf von Mexiko, und so trug er mehr lateinamerikanische als nordamerikanische Gene in sich, wie er meinte.

Obwohl ich ihm nicht wirklich glaubte, nahm ich seine Einladung an.

Wir betraten das Lokal, das erfüllt war von Julio Iglesias' Stimme, sein Lied When I need you klang durch den Raum. Die Situation fühlte sich für mich unendlich peinlich an, gleichzeitig verwirrte sie mich. Wir bestellten zwei Teller Hähnchen mit gebratenen Zwiebeln, Paprika und Pilzen – auf mexikanische Art, versteht sich. Auf Joes Kommando musste ich das kleine Tequilaglas in meinen Mund schütten, so wie er es mir vorgemacht hatte, und dann an der mit Salz bestreuten Zitronenscheibe saugen, die das Glas bedeckt hatte. Anschließend sollte man auf der bittersalzigen Schale weiterkauen, was ich ebenfalls tat.

Seit jenem Tag, an dem mich das flüssige Feuer vom Kopf bis zum Magen durchströmt hatte, war Jonathan Green, dieser Riese mit den glasigen, hervorstechenden Augen, mein Freund.

Ich ignorierte seinen skeptischen Blick, der immer noch auf mir ruhte, und rang mir ein Lächeln ab. Dann versuchte ich aufzustehen und, meine Arme auf den Schreibtisch abstützend, auch stehen zu bleiben, denn der Sudanese würde sicher gleich das Zimmer betreten. Ich wollte mich jetzt unter keinen Umständen schlecht fühlen, wollte meine

Schuldgefühle gegenüber all denen verbergen, die draußen warten mussten und mich gleich brauchten. Mit meinem Fuß stieß ich noch rasch den Heizlüfter vom Schreibtisch weg und nahm einen kleinen Schluck vom inzwischen kalt gewordenen Kaffee aus Joes Tasse.

Aus irgendeinem Grund hatte ich mir Salva Quajee als etwas beleibten jungen Mann mit aufmüpfigem Blick vorgestellt. Doch als die Tür sich einen Spalt weit öffnete, war zunächst nur ein kleiner schwarzer Kopf zu sehen. In dem fleischigen Gesicht schimmerten zwei sanfte und doch eindringlich blickende Augen, die auf eine besondere Weise Güte ausstrahlten. Salva sah sich im Zimmer um und musterte uns und die Möbel mit Furcht und Argwohn, als hätte er gerade sein Exekutionszimmer betreten.

Wir warteten einen Augenblick, um dem jungen Mann genügend Zeit zu geben, sich mit seiner neuen Umgebung vertraut zu machen. Dann trat er zögerlich in das Zimmer, doch seine vor Erregung zuckenden Augen suchten weiterhin das Innere des Raumes ab.

Augenblick um Augenblick verstrich, während derer sich seine Gesichtszüge langsam entspannten. So stand er in der Mitte des Zimmers mit auseinander stehenden Beinen und schützte mit den Händen seine Genitalien wie ein Fußballer, der im nächsten Augenblick mit einem Schuss auf sein Tor rechnet.

„So your name is Salva Quajee."[1]

---

[1] Also ihr Name ist Salva Quajee.

Joe versuchte, ihm mit einem Lächeln Mut einzuflößen.
Der junge Mann nickte leicht. Seine hohe Stirn war kahl und beherrschte sein ganzes Gesicht. Ich erklärte ihm auf Hocharabisch, dass Jonathan, der kanadische Boss, eine der Personen sei, die über seinen Status als Flüchtling entscheiden würden. Dann bat ich ihn, sich auf den vor dem Schreibtisch stehenden Metallstuhl mit purpurfarbenem Lederbezug zu setzen.
Salva kam zusehends zur Ruhe. Seine Gesichtszüge entspannten sich mehr und mehr, und er ließ sich auf dem Stuhl nieder. Plötzlich aber fiel sein Blick auf den kleinen elektrischen Heizlüfter, der neben dem Schreibtisch stand, und den ich zuvor mit meinen Füßen weggestoßen hatte. Völlig unvermittelt sprang er bei seinem Anblick vom Stuhl auf und zeigte mit sichtbarem Schrecken darauf. Dann floh er wie ein Wahnsinniger aus dem Zimmer, wobei er seltsame Worte vor sich her murmelte.
Damit hatte ich in der Tat nicht gerechnet, seine Reaktion machte mich fassungslos. Joe jedoch schien das nicht zu überraschen. Er hob seinen Kopf und bat die ebenfalls im Zimmer anwesende Angestellte vom Empfang, Salva draußen etwas zu trinken zu bringen, damit er sich wieder etwas beruhigen konnte. Daraufhin rief er in seinem starken kanadischen Akzent auf Arabisch:
„Der Nächste."
Er neigte sich zu mir und flüsterte mir auf Englisch zu:

„They tortured him with an electric heater, similar to this one ... Look!“[1]
Er zeigte mir ein großformatiges Bild von Salva. Darauf war ein glänzender dunkler Körper zu sehen, auf dem ein scharlachroter, ins Bräunliche gehender Kreis eingebrannt war, der über den gesamten abgemagerten Bauch verlief. Ich zuckte ein wenig zurück. Der Kreis schien so exakt wie von Künstlerhand gezeichnet. Es musste diese Verbrennung gewesen sein, die mir zuvor auf dem Bild, das vor Jonathan gelegen hatte, aufgefallen war.
Wieder durchzog mich ein heftiger Brechreiz, der noch stärker war als der vorherige. Das Zimmer schien mir enger als ein Grab und lag schwer auf meiner Brust. Die ganze Welt verwandelte sich in eine Folterkammer. Den Umständen entsprechend war es kein Wunder, dass ich von früh morgens an ständig an den Tod denken musste, und nun befand ich mich in einer noch deprimierenderen Situation. Die Scham hatte meine Sinne usurpiert. Ich dachte unentwegt an den Tod und versuchte zugleich, alles Schöne in mir dagegen abzuschirmen.
In den medizinischen Gutachten wurden stets die körperlichen Symptome von Flüchtlingen beschrieben. Nur die körperlichen, und höchstens noch die offensichtlichen seelischen Folgen, die sich später zu psychischen Krankheiten entwickelten. Doch es gab auch viele Flüchtlinge, die psychisch verstümmelt worden waren, deren Inneres zerrissen

---

[1] Sie haben ihn mit einem elektrischen Heizlüfter gefoltert, der so aussieht wie dieser hier, schau‘ mal!

und deren Seelen schwer beschädigt waren, ohne dass dies irgendwelche Spuren auf ihren Körpern hinterlassen hätte. Ihre Chancen auf Asyl waren deshalb um ein Vielfaches geringer. Alles, was sie erzählten, unterlag von vornherein dem Zweifel.
Anstatt eines zweiten Antragstellers kehrte Salva auf einmal zurück. Er spähte durch den leicht offenstehenden Türspalt ins Zimmer und wollte wieder eintreten. Tief seufzend schien er sich überwinden zu wollen, das Interview durchzustehen. Wahrscheinlich hatte er jahrelang davon geträumt, vom Auswandern! Aber als er zum zweiten Mal den Heizlüfter erblickte, wiederholte sich die Szene. Das war erneut mein Fehler, ich hätte den Heizlüfter rechtzeitig verstecken müssen, doch ich war zu beschäftigt mit meinem eigenen Schock und dem Gefühl der Übelkeit gewesen.
„Hide it, please!"[1] rief Joe scharf, und seine Augen quollen noch stärker hervor.
Zu seiner Sekretärin gewendet sagte er dann: „You ... bring in another person!"[2] Sie verließ das Zimmer. Joe schloss die Akte von Salva vorerst und schlug die nächste auf.
„Emmanuel Jemmo, Chaldean from Iraq ... you have also Chaldeans in Northern Syria Anat, right?"[3]
Ich nickte Joe zu, der sich bereits wieder etwas beruhigt hatte.

[1] Versteck ihn sofort bitte!

[2] Bring du die nächste Person ins Zimmer!

[3] Emmanuel Jemmo, ein Chaldäer aus dem Irak – ihr habt ebenfalls Chaldäer im Norden Syriens, habe ich Recht, Anat?

„Es tut mir leid, Joe, aber ich bin völlig erschöpft und kann nicht mehr. Könntest du für heute einen anderen Übersetzer kommen lassen?"

Ich hatte zu ihm auf Arabisch gesprochen, ohne mir dessen bewusst zu sein. Dennoch schüttelte er verständnisvoll den Kopf, so als ob er alles begriffen hätte. Er drückte mir ein dickes Buch mit vielen Abbildungen in die Hand, den Jahresbericht über die politische, wirtschaftliche und menschenrechtliche Situation im Nahen Osten.

„This is for you. See you tomorrow!"[1]

„Ok, bye."

Anat nahm das Buch, ohne auch nur einen Blick darauf zu werfen. Als sie den Raum verließ, nahm sie nichts um sich herum wahr. Sie schämte sich für die plötzliche Schwäche, die ihre vorherige Stärke in die Flucht geschlagen hatte und sie nun wieder ganz beherrschte. Heimatlos fühlte sie sich. Auf dem Weg nach draußen sah sie, wie der Korridor der Botschaft vor Asylbewerbern überquoll. Einige von ihnen waren mit ihren Familien gekommen, andere standen alleine da und schauten niedergeschlagen zu Boden. Ein bizarres Aufgebot verschiedenster Kleider und Hautfarben, verschiedenster Dialekte und Sprachen, Körper und Gesichter, gezeichnet von einer Vergangenheit, die schwer auf den Seelen lastete.

Inmitten der Menge schrie ein bärtiger Mann plötzlich: „Ihr Schwuchteln, ihr dreckigen Hunde, ihr! Ihr Hurensöhne, glaubt ihr etwa, euer Land sei das Paradies!"

---

[1] Das ist für dich, bis morgen dann.

Im Nu erschienen zwei Sicherheitsbeamte der Botschaft und zerrten ihn nach draußen. Seine Stimme hallte weiter durch die Gänge und verlor sich in Schimpfwörtern ... „5.000 Dollar soll ich zahlen, um in das Land gehen zu dürfen, in das ich gehen will! Für was haltet ihr euch eigentlich, ihr Hunde!" Anat wollte sich gerade nach dem Jungen erkundigen, als sie von einem älteren Libyer freundlich angesprochen wurde. Vor kurzem erst hatte sie seine gesamte Lebensgeschichte übersetzt. Anat vermutete, dass seinem Antrag gerade stattgegeben worden war. Glücklich grüßte sie ihn, während er sie voller Dank anblickte. Es kam ihr vor, als reiße er sich zusammen, um ihr nicht aufs Geratewohl um den Hals zu fallen. Dann begann er, in einem schwer verständlichen Dialekt draufloszureden. Kaum hatte er zu Ende gesprochen, drängte sich eine etwas untersetzte, kräftige Frau in einem langen und weit geschnittenen lila Kleid und einem ebenfalls lila Kopftuch an sie und übersäte sie mit Küssen, so dass Anat ins Wanken geriet. Anat begriff, dass sie seine Ehefrau sein musste, die auf diese etwas unbeholfene Weise ihre Dankbarkeit zum Ausdruck bringen wollte.
„Sie haben unser Leben verändert, meine Dame, alles wird nun anders!" Dann brach die Frau in Tränen aus. Anat fühlte sich zu schwach, ihr zu erklären, dass sie in der Sache gar nichts zu bestimmen hatte. So lächelte sie nur und wollte endlich nach draußen gelangen. „Aber meine Dame, warten sie doch, warten sie ...", hörte Anat jemanden hinter sich rufen. Der Mann aus Libyen wollte sie auf irgendetwas aufmerksam machen, bevor sie ging.

Sein dicker Zeigefinger kreiste über einem Blatt, das an der Wand des Ganges hing. Darauf war eine Weltkarte mit verschiedenen, bunt markierten Zonen abgebildet.
„Warten Sie, mein Fräulein. Bald sind wir hier in dieser roten Zone, neben der grünen da. Nur noch ein paar Wochen ... ein paar Wochen nur noch! Ach, ich weiß nicht, wie ich Ihnen danken soll."
Ich aber blieb stumm. Dieser Mann aus Libyen wusste doch gar nicht, wohin ihn sein Schicksal noch führen würde. Er würde sich blind auf den Weg machen, in eine rote Zone, die neben einer grünen lag, mehr nicht. Das war alles, was er wusste, er kannte keine Namen, keine Daten; er wusste nichts über das Land, in das man ihn werfen würde. Flucht schien sein einziger Gedanke zu sein – alles andere war ihm offensichtlich egal; egal auch, in welches Land die Reise führte, Hauptsache nicht in seines.
Schließlich verließ Anat das Botschaftsgebäude.
Sie musste noch beim Sitz des Hochkommissariats für Flüchtlinge im Raudaviertel vorbei, wo sich auch die meisten Botschaften befanden. Obwohl es nicht weit entfernt lag, kam Anat der Weg endlos vor. Das letzte bisschen Kraft hatte sie verlassen. Wenn das so weiter geht, werde ich bald meine Arbeit verlieren, noch vor Ende des dritten Schwangerschaftsmonats, dachte sie, als sie eilig durch Rauda lief. Der für die Vormittagszeit übliche Lärm durchdrang das gesetzte Viertel und hallte von den alten Mauern der Häuser wider. Sie ging hinab in Richtung Sobkipark, bevor sie ein Taxi anhielt und sich ins Innere des Autos fallen

ließ. Gerade lief im Kassettendeck des Autoradios ein Lied des berühmten syrischen Sängers Ali Al-Dik. Obwohl seine kreischende Stimme sehr laut war, hörte man sie kaum inmitten der noch lauteren Musik. Der junge Taxifahrer benutzte sein Lenkrad als Trommel. Anat schrie ihm mit der letzten Kraft, die ihr geblieben war, zu:
„Nach Dummar bitte, und bitte schnell, wenn es geht.“

Vater hatte sich wie immer auf der Couch ausgebreitet. Sein magerer Leib versank darin, sodass er und das Sofa nicht mehr zu unterscheiden waren. Er hatte seine himmelblaue Wolldecke über sich gezogen. Und wie immer schaute er einen dieser Pornosender.

Mir war völlig unbegreiflich, woher mein alter Vater all diese unstillbare Begierde nach Sex hatte. Welche Mengen unterdrückter und sich seit Jahren aufstauender sexueller Energien dieser Mann in sich barg! Perplex schaute er mich an, da ich viel früher als sonst nach Hause gekommen war. Rasch versuchte er, den Sender zu wechseln und drückte hysterisch auf Remote Control, wie einer, der seinen Revolver auf eine weit entfernte Zielscheibe richtet.

Was sollte ich mit einem über siebzigjährigen Vater anstellen, der sich wie ein fünfzehnjähriger pubertierender Junge verhielt? Der dachte, ich bekäme es nicht mit, wenn er sich seine Nächte mit Sexfilmen um die Ohren schlug. Er legte das Bündel mit den Tabakblättern auf das alte, hölzerne Brettchen und begann, die Blätter zu zerkleinern, ohne seinen Blick vom Fernsehbildschirm zu nehmen. Dabei hatte er den Mund weit geöffnet, und seine Zunge hing heraus wie ein feuchter Lappen.

Es würde mich nicht wundern, wenn mein Vater anstelle seiner Tabakblätter eines Tages seine Finger abhacken würde, so sehr stierte er manchmal auf den Bildschirm. Sein geheimes Hobby versetzte mich in ständige Angst davor, dass sein Herz eines Tages von einer Sekunde auf die andere von einem weiteren Infarkt heimgesucht werden könnte –

und nicht wie gewöhnlich von einem Anfall der Lust.
„Hallo, Abu Hayyan." Ich nannte meinen Vater nach dem großen arabischen Gelehrten, obwohl er eigentlich mit Vornamen Hassan hieß.
Er lächelte peinlich berührt. Immer fühlte ich, wie mein Herz sich zusammenzog, wenn ich sah, wie seine Augen Tag für Tag mehr in ihren Höhlen versanken, und wie sich in sein einst hübsches, braunhäutiges Gesicht noch mehr dunkle Falten eingruben.
„Du kommst aber früh heute, bist du müde?"
Er spitzte mitleidsvoll seine Hasenscharte. Sein ganzes Leben hatte er unter diesen Lippen gelitten. Obwohl sein Schnurrbart nur an den Seiten wuchs, beharrte mein Vater darauf, seinen komischen Bart zu behalten.
Mit meiner gewollt unsensiblen Art zog ich ihn immer damit auf und sagte Dinge wie: „Wieso rasiert du ihn nicht endlich ab? Wäre das nicht schöner als zwei getrennte Barthälften?"
„Ein Mann ohne Bart, unmöglich", wehrte er dann meistens ab.
Und dennoch beneidete ich ihn! Für ihn waren die Dinge glasklar. Der Mann war ein Wesen, das niemals seinen Bart entfernt, keine einfachen Arbeiten im Haushalt übernimmt, obendrein die wichtigsten Entscheidungen im Leben trifft und auch unter den härtesten Umständen keine Tränen vergießt.
Das machte seiner Auffassung nach einen Mann zum echten Mann. Einer Frau hingegen war alles Gegenteilige zu Eigen. Es macht überhaupt keinen

Sinn, sich darüber den Kopf zu zerbrechen, was es heißt, eine Frau oder ein Mann zu sein, denn selbst mit Feminismus und Frauenbewegung hat sich nichts geändert.
„Ich beneide dich", sagte ich knapp.
Mein Vater verstand genau, was ich meinte, ignorierte meinen Kommentar jedoch.
Ich wusste, dass es in seinem Inneren anders aussah. Aber in den letzten Jahren war kaum noch etwas von seinen einstigen Überzeugungen übrig geblieben. Er konnte die Rolle eines echten Mannes, so wie er ihn sich vorstellte, ohnehin nicht ausfüllen, da die Frau, so wie er sie sich vorstellte, es nicht zugelassen hatte. Und so war es ihm nie gelungen, im Angesicht dieser wahren Frau ein echter Kerl zu sein.
Jene besagte Frau, die eigentlich nie seine Frau gewesen war, war meine Mutter.
Als ob er sicher gehen wollte, dass ich ja nicht einen Blick auf einen nackten Hintern oder auf kopulierende Körper erhaschen könnte, lehnte er sich zurück, um die Nachrichten auf Al-Jazeera zu schauen. Ich blickte ebenfalls auf den Fernseher.
Man sah einen Mann, der über den Fall Bagdads durch die britischen Truppen unter Führung des General Maude sprach. Das war im Jahr 1917, also noch während des ersten Weltkriegs gewesen. Mit seiner Entrüstung zog der Fernsehjournalist all meine Aufmerksamkeit auf sich. Er verglich die damaligen Geschehnisse mit den Ereignissen, die sich erst vor wenigen Tagen zugetragen hatten: Bagdad fiel zum zweiten Mal, am 9. April 2003, dies zweite Mal jedoch durch amerikanische Truppen und

unter der Führung des amerikanischen Generals Tommy Franks. Dazu hatte es keines Weltkriegs bedurft.
Hassan zog am Saugrohr seines Matetees, das zwischen seinen Hasenlippen hing, und schlürfte die bittersüße Flüssigkeit in sich hinein, um dann wieder auf den Bildschirm zu stieren. Mir kam es so vor, als wollte er mit der „neuen Katastrophe", wie er den Krieg gegen den Irak nannte, die Momente vergangener Lust verjagen. Nach einer Weile erhob er sich ein wenig von seinem Sitz und griff mit seiner Hand unter das Kissen des lila Sofas. Er zog ein Bündel gepresster Tabakblätter hervor, die mit kleinen Blättern grüner Minze vermischt waren, stellte das neben ihm befindliche Brettchen zum Schneiden der Blätter zurecht und schickte sich von neuem an, den Tabak zu zerkleinern.
„Du siehst heute aber wirklich sehr müde aus, Anat."
Anat entgegnete nichts und ging stattdessen auf ihr Zimmer. Sie schleuderte das Bündel Dokumente, das ihr Jonathan Green mitgegeben hatte, aufs Bett und warf sich daneben.
Deutlich spürte sie ihren Pulsschlag unterhalb ihres Bauchs. Es kam ihr vor, als wäre ihr Herz ganz weit nach unten gewandert, oder als würde ihr Blut von dort in die restlichen Teile ihres Körpers gepumpt. Das kleine Wesen in ihr aber spürte sie nicht. Der Arzt hatte gemeint, dass es noch zu früh sei, seine Bewegungen zu spüren. Sie würde wohl noch bis zum vierten Monat warten müssen, um das in ihr heranwachsende Leben wahrnehmen zu können.
In der Tat fühlte sie sich müde und erschöpft.
Ein geradezu kosmisches Gefühl erfüllte sie jedes

Mal, wenn sie an das heranwachsende Baby in ihrem Bauch dachte, an dieses Wunder, das ihre Lende von einem leeren Loch in ein göttliches Gefäß verwandelt hatte. Und nur dieses besaß die Zauberkraft, neues Leben zu schaffen.

Voll Sehnsucht erwarte ich dich, mein zartes Mäuschen. Du mein Kleines, all meine Zeit, mein Gedächtnis und meine Vergangenheit, alles, was ich habe, würde ich für dich hergeben! Mag er mit meiner Seele seine Füße beschuhen und gehen, wohin er will, dachte sie im Stillen.

Ihr gegenüber, neben dem Computer, stand in einem silbernen Rahmen das Bild von Dschawad Abu Atta, auf dem die Zeit bereits ihre Spuren hinterlassen hatte. Da war er, lächelnd und mit vollen Wangen. Seine Augen zusammengekniffen wie üblich, wenn er lachte, so als ob sie den letzten Funken Glück, der in seinem Innern noch übrig geblieben war, bewahren wollten. Auf dem Tisch an der Wand lagen Briefe unordentlich übereinander. Dünnes, feines Zigarettenpapier, zerbrechliche Wörter, die sich auf winzigen Schnipseln tummelten. Es waren Dschawads Briefe aus dem Gefängnis. Er hatte darauf bestanden, sie ihr auch während der letzten zehn Jahre in Haft zu schicken, in der Zeit, als er vom Gefängnis des Wüstenortes Palmyra in das näher an Damaskus gelegene Saidnaya verlegt worden war.

Über den Briefen hing das Bild von Dschamila Al-Ali, Anats Mutter, in einem vergoldeten, etwas kitschigen Rahmen. Und neben dem Computer lag Ibrahim Al-Konis Roman „Blutender Stein“.

Unzählige Romane hatte sie schon verschlungen. Lesen war für sie zur vielleicht letzten Möglichkeit geworden, ihren Tagen etwas von ihrer Schwere zu nehmen, einer Schwere, die sich anfühlte, als ob ihre Seele bald zerbersten würde.
Einzig Romane vermochten ihr andere Welten zu eröffnen, weil sie von alltäglichen Dingen erzählten, die doch nicht alltäglich waren, und weil sie wahrhaftige Figuren zeigten, die doch nicht der Wirklichkeit entstammten. Romane führten Anat in eine Fantasiewelt, die reicher, mannigfaltiger, bunter, und voll ungeahnter Bedeutungen war, die von Grund auf anders war als die sie immer und überall umgebende Monotonie.
Plötzlich betrat ihr Vater das Zimmer. Er hatte einen Bund vergilbter Blätter und einen Federhalter in der Hand, auf dem die Tinte eingetrocknet war. Sie wusste, dass er ihr gleich ein Gedicht zum Besten geben würde, das ihm gestern die Inspiration eingehaucht hatte. Beim Eintreten bemerkte er, dass sie jenes besondere Bild von Dschawad betrachtete, und ihm fiel ein, dass er erst vor kurzem angerufen hatte.
„Warum ruft er denn nicht auf dem Handy an?"
„Er sagte, es sei nicht an gewesen ..."
Er weiß doch, dass ich es während meiner Arbeit ausschalten muss, dachte sie ärgerlich. Dann kann er es doch später noch einmal versuchen.
„Außerdem hat er gesagt, dass du ihm ein E-Mail schreiben kannst, und auch dieses Tsch... dieses Tsch... versuchen kannst. Wie heißt das doch gleich?"
„Chatting, Papa, chatting."

Für einen Moment schwiegen wir. Dann zeigte ich auf das Bündel Blätter in seiner Hand.
„Es ist wohl wieder ein neues Liebesgedicht entstanden, habe ich Recht?"
„Gewiss."
Mein Vater würde mich wohl auch weiterhin regelmäßig mit Liebesgedichten beglücken. Liebesverse an eine Frau, von der ich lange Zeit glaubte, sie sei lediglich ein Hirngespinst, das in seiner Wunschwelt herumgeistert. Ich hatte keinen blassen Schimmer, wer es hätte sein können. Irgendwann aber begriff ich, dass es sich nicht um meine Mutter handelte. Außerdem war sie auch schon zu Lebzeiten nicht seine Muse gewesen, wieso sollte sie Jahre nach ihrem Tod zu seiner Muse geworden sein?
Das Gedicht war in Reime gekleidet und im Versmaß Wafir verfasst, wie er mir erklärte: gestelzte, hölzern geordnete und wie mit Blei in Form gegossene Wörter.
„Papa, deine klassischen Gedichte sind lange aus der Mode gekommen. Die klingen wie aus einer anderen Zeit. Man kann ja beinahe den Staub herabfallen sehen, guck!"
Mein Vater lachte und fuhr mit der Rezitation seines Gedichts fort.
Was für eine Schande! Wie kann er nur auf diese Art schreiben und das Erbe von Al-Mutanabbi und Abu Tammam so im Schlamm der Gegenwart wälzen. Für ihn war das altehrwürdige Geschichte. Wehe, wenn ich einmal einen sprachlichen Fehler begangen, meine Abneigung gegenüber seiner Dichtung zu sehr gezeigt oder gar meine Vorliebe

für Prosadichtung geäußert hatte! Dann musste ich mir als Strafe einen Vortrag über den Ruhm und die Größe der arabischen Dichtung und die Schönheit ihrer Reime anhören.

Mein Vater, Hassan Isma'il, hat nicht weniger als vier Gedichtbände veröffentlicht. Er hat sie in einer heruntergekommenen Druckerei drucken lassen, die sich in einem der Kuppelgebäude in der Kuwatlistraße von Latakia befindet. An einem Sommertag war er durch Zufall auf sie gestoßen, gerade als er aus dem Kaffeehaus Adschan kam. Das war eines jener alten Kaffeehäuser im Viertel Scheich Dahir, das direkt an eine gut besuchte Moschee grenzte, die Adschan-Moschee hieß.

Gewöhnlich verließ Abu Hayyan das Kaffeehaus kurz vor dem Nachmittagsgebet, betrat die Moschee und betete mit den dort Anwesenden. Keiner seiner Verwandten wusste von dieser Gewohnheit, und wenn sie erführen, das er in einer Moschee betete, die einer anderen Konfession gehörte, hätte es ihm auch einiges an Problemen bereitet, von denen er wahrlich schon genügend besaß.

Manchmal sann er darüber nach, warum ihn das Beten in genau dieser Moschee so sehr anzog. Er wusste keinen bestimmten Grund zu nennen. Vielleicht war es die Gesellschaft seiner alten Freunde, vielleicht aber auch der saubere, gut belüftete und schön verzierte Gebetsraum der Moschee, die wie ein Empfangssaal in einem Sultanspalast aussah. Tatsächlich aber gab es einen dritten möglichen Grund, der sich später als richtig herausstellen sollte. Es war die bezaubernde Stimme des Muezzins,

der imstande war, ihn mit seinen koranischen Melodien, die zwischen hohen Oktaven und tiefen, beruhigenden Tonlagen oszillierten, aus dem geschlossenen Raum in unbekannte Weiten zu tragen.
Der Muezzin der Adschan-Moschee hatte wahrlich die schönste Stimme, die Hassan je gehört hatte. Ganz besonders zauberhaft war sie, wenn sie die Gläubigen zum Morgengebet rief:
„Das Gebet ist segensreicher als der Schlaf."
Dann dehnte er die Worte des Satzes noch stärker, sein Gesang klang noch melodiöser: „Das Gebet ist segensreicher als der Schlaaaaf." Als ob er den Anbruch der Morgenröte mit einem trunken machenden Gesang heraufbeschwören könnte.
An jenem Tag aber betrat er die Moschee nicht. Er war zornig, weil er beim Backgammon gegen einen seiner Kameraden verloren hatte. Das schallende Gelächter der spöttischen Zuschauer hallte noch auf dem Heimweg in seinen Ohren wider. Dieser bittere Nachgeschmack vermengte sich mit der Bitterkeit des Tees, der stark und wie immer viel zu süß gewesen war. Er durchquerte die Annaba-Gasse und rauchte den Rest seiner Zigarette zu Ende, die er sich im Kaffeehaus gedreht hatte, denn er wollte die Rückkehr zum großen Haus der Familie noch etwas hinauszögern.
Die vernichtende Hitze, kombiniert mit der hohen Luftfeuchtigkeit, wie sie typisch für einen Augusttag an der syrischen Küste ist, strapazierten seine Nerven bis zur Unerträglichkeit. Wahrscheinlich waren sie der eigentliche Grund dafür, dass er seine Schritte zur Corniche der Stadt lenkte.

An der Ecke, an der er schließlich nach rechts abbog, stieß er auf ein Metallschild, das mit kleinen Plastiksandalen behängt war. Die Sandalen hatten verschiedene Farben und Größen und waren mit Hanfstricken befestigt. Das Schild sollte auf das Schuhgeschäft gegenüber der Druckerei aufmerksam machen.
Und da war sie, die „Druckerei der Freude", die einem gewissen Mustafa Al-Sufi gehörte. Ihren Namen zu lesen genügte, um sein Leben über den Haufen zu werfen und ihm einen neuen Sinn zu verleihen. Und diesen Sinn sollte jener Mustafa Al-Sufi für meinen Vater in tagtägliche Wirklichkeit verwandeln.
Hunderte von Gedichtbänden stapelten sich bald Jahr um Jahr in einer Ecke der Küche. Das Häuschen platzte bald aus allen Nähten. Zu all dem brachte Abu Hayyan jedes Mal, wenn er wieder aus Latakia zurückgekehrt war, ein neues Paket mit Gedichtbänden mit. Es sollte das Schicksal eines jeden zukünftigen Gastes werden, ein oder zwei Poesiebände als kostbares Geschenk mit auf den Weg zu bekommen, ganz gleich, ob er sich für Dichtung interessierte oder nicht. Wie oft sah man den Gesichtern seiner Besucher ihr Missbehagen und ihre Enttäuschung an, wenn ihnen klar wurde, um was es sich bei dem Geschenk handelte!
Trotz all der peinlichen Umstände, die seinen lyrischen Ergüssen seit Jahr und Tag anhafteten, wurde er nicht müde, mir seine Verse zu präsentieren. Einmal sprach ich bei der Gelegenheit über das Wasser und die Sprache und darüber, wie sich beide Dinge im Wesen glichen. Das hatte ich irgendwo gelesen, und es hatte mir gefallen. Dort

stand auch, dass der Akt des Dichtens wie das Erschaffen eines Gefäßes sei, in das die Sprache, die dem Wasser gleiche, hineingegossen würde.
„Was ist denn das für ein Unsinn“, entgegnete mein Vater unwirsch, denn er hatte verstanden, dass ich indirekt auf sein eigenes dichterisches Schaffen anspielte und es damit diffamierte. Dies unterstrich er, indem er gleichzeitig eine dichte, nach Minze riechende Rauchwolke aus seinen Nasenlöchern blies.
Ich fragte ihn, ob Dschawad ihm mitgeteilt hätte, wann genau er ein zweites Mal anrufen würde. Mein Vater schüttelte leicht den Kopf, verneinte mit leiser, zögerlicher Stimme und schaute mich dabei mitleidsvoll an.
„Geduld, mein Kind, du musst Geduld haben. Bestimmt werden sich alle Probleme bald wie von selbst lösen.“
„Das ist nett von dir gemeint, Papa, aber ich habe das Gefühl, dass ich mich eher selbst bald auflösen werde“, entgegnete ich.
Intuitiv hob er seine dunkle Hand und berührte sanft mein Haar. In jenem Augenblick sehnte ich mich nach nichts mehr als nach dieser Berührung. Während er so über meine Haare strich, rezitierte er zwei Halbverse von Abu Nuwas:

Noch die vollkommenste Schönheit wird an Pracht und Zartheit von der Ackerwinde übertroffen
Und du glaubtest, die Rosen umschmeichelten mit ihren Wangen den Jasmin

Er gab mir einen Kuss auf die Stirn und streichelte behutsam, mit einem sanften Lächeln im Gesicht,

meinen Bauch: „Übrigens hat Isabel heute Morgen angerufen."
„So, wann wird sie denn kommen?"
„Möglicherweise schon im August!"
Sein Lächeln entblößte seine gelb gewordenen Zähne. Erneut küsste er mich auf die Stirn und deckte mich mit meiner Decke zu, bevor er das Zimmer verließ. Ich sagte ihm, dass ich heute an Mutter gedacht hätte. Er lächelte und streichelte zärtlich meine Wangen.
Vielleicht vermisst er sie ja auch, dachte ich. Doch seine wahren Gedanken blieben mir verborgen.
„Denke an dein Kind und an dich, und jetzt schlaf gut!"
„Die Arbeit macht mich sehr müde, Abu Hayyan. Vielleicht ist das ja der Grund all meiner Probleme. Aber mach dir keine Sorgen um mich."
Mir schien, ihm fehlten die Worte, um darauf zu antworten, denn er verharrte in Schweigen.
Wieder schweiften meine Gedanken ab. Mir kam alles sehr verworren und kompliziert vor. Wenn man als Übersetzer arbeitete, und mehr noch als Dolmetscher, wie es bei mir tagtäglich der Fall war, hatte man mit allerlei Schwierigkeiten zu kämpfen. Man musste neutral und auf bestimmte Weise indifferent bleiben, musste stets eine Distanz zu den Leidensgeschichten bewahren, mit denen man konfrontiert war, um all das geballte Leid überhaupt in Sprache verwandeln zu können. Und natürlich durfte man weder etwas an dem Gesagten verändern noch eigene Gedanken oder Gefühle, die während der Arbeit in einem aufkamen, in die Übersetzung einfließen lassen.

Man sollte diese Leiden so darstellen, wie sie waren, unangetastet von ihrem Übersetzer.
Ich weiß nicht, warum ich das in letzter Zeit immer wieder vergaß. Ich spürte förmlich, wie mir der Boden unter den Füßen entglitt und mir meine professionelle Erfahrung abhanden kam, die ich über Jahre hinweg erworben hatte. Mit jedem neuen Tag tappte ich in neue Fallen, die mir die Sprache stellte. Sie verschleppte mich, riss mich durch zu viel Gefühl einfach mit sich fort. Weil ich mich zu sehr mit den Menschen und ihren Geschichten identifizierte! Ob es wirklich die Sprache war, die mir die Last und Bürde dieser Geschichten auferlegte, und die mich diese Ängste und Erniedrigungen durchleben ließ? Es schien mir, als ob sie an mir zerrte und mich beinahe mit Gewalt verwandelte, sodass ich schließlich unter all diesen Leben, all diesen Geschichten, die sich Tag um Tag und Befragung um Befragung in meiner Erinnerung angehäuft hatten, zusammenbräche.
Immer mehr verstrickte ich mich in der Arglist der Sprache.

Bevor er das Zimmer verlassen würde, bat ich meinen Vater, den Kassettenrecorder anzustellen. Ich hatte heute früh eine Kassette mit Sufimusik eingelegt. Ich wünschte mir, die Melodien der islamischen Mystik trügen mich weit weg von hier, um mich alles vergessen zu machen. Als die orientalische Musik dann erklang, zog ich mir den engen Gürtel aus. Mit jedem neuem Tag spürte ich, wie er mehr und mehr meinen Bauch einklemmte und mir das Atmen erschwerte. Das Blut staute sich in meinen Brüsten, sodass sie bereits bei leichter Berührung zu schmerzen begannen. Auch ihr Umfang hatte sich schon verändert. Mein Körper verwandelte sich Tag für Tag vor meinen Augen. Es schien mir, dass er, während er sich gemächlich auf den Tag der Geburt vorbereitete, mehr und mehr aus den Fugen geriet.

Trotz der quälenden Übelkeit, die mich seit heute Morgen nicht mehr verlassen hatte, sank ich in tiefen Schlaf. Das Bild Dschawads schwebte dämmernd vor meinen Augen. Aus der Ferne aber drang lustvolles Gestöhne an mein Ohr. Abu Hayyan schien sich mit Hilfe der Pornokanäle wieder in Erregung zu versetzen.

Anat dachte an die vielen, an der Wand hängenden Briefe, die ihr halfen, der Realität zu entfliehen und sich zu neuen Horizonten aufzumachen. Die Briefe gaben ihr Geduld, wenn sie diese beinahe schon verloren hatte. Sie flößten ihr neue Stärke ein, wenn sie das Gefühl hatte, der letzte Funke Lebenskraft sei bereits aus ihr gewichen. Wie oft hatte sie in ihrer Vorstellung die fünfzehn Jahre schon hinter sich gebracht, zu denen Dschawad verurteilt worden war.

Wie sie so dalag, versperrte ihr der Computer die Sicht auf die meisten der Briefe: Manche von ihnen waren zu kleinen Tintenflecken verschwommen, auf denen die Wörter beinahe schon erloschen waren; andere wiederum waren ursprünglich mit Bleistift geschrieben, sodass rein gar nichts mehr erkennbar war.

Doch was die Zeit auch mit den Briefen anstellen würde, sie würden dort hängen bleiben, stolz

darauf, die Bürde mitgetragen zu haben, Zeuge all dieser bitteren Jahre, die vergangen waren, gewesen zu sein.
Als Dschawad Abu Atta damals verhaftet wurde, war Anat noch nicht einmal dreiundzwanzig Jahre alt. Sie hatte soeben ihr Englischstudium absolviert. Sechzehn Jahre waren seit jenem Tag vergangen. Es war an einem wolkenreichen Tag im April des Jahres 1987 gewesen.
Den Hinterhalt, in den sie Dschawad gelockt hatten, hatte sein Cousin väterlicherseits, Hussam Abu Atta ersonnen. Viel Zeit hatte es gebraucht, bis Hussam sein Versteck schließlich entdeckt hatte. Dschawad hatte sich damals in ein kleines Zimmer auf dem Dach eines Gebäudes eingemietet, das direkt an der Autobahn lag, die durch den Damaszener Vorort Mezze führt. Jener Schritt erfolgte auf Anweisung der Partei, bis Dschawad endlich sein Zimmer im Studentenwohnheim bekommen sollte, wo er unter all den Studenten nicht mehr auffallen würde. Dieses Untertauchen hätte es den Leuten der Staatssicherheit erschwert, ihn ausfindig zu machen und aufzuspüren.
Die Verhaftungswelle jenes Jahres traf die meisten Oppositionsgruppen, von den Linksradikalen bis zu den extremen Rechten, ja sogar die Oppositionellen der politischen Mitte. Damals wurde auch Mayyasa Al-Scheich inhaftiert, als sie sich gerade in einer Vorlesung im zentralen Universitätsgebäude befand. Die Stimme des Professors für Vergleichende Literaturwissenschaft hallte durch den Hörsaal, als plötzlich und ohne Befugnis vier Männer in Zivil eindrangen und nach Mayyasa

Al-Scheich fragten. Diese versuchte, sich in ihrem Sitz in einer der hintersten Reihen zu verkriechen, denn sie hatte die aufkommende Gefahr gewittert. Kaum aber hatten ein paar Zeigefinger auf sie gezeigt, als sie auch schon nach draußen abgeführt wurde. Sie versuchte noch, Aufsehen zu erregen, damit ihr vielleicht jemand durch ein Ablenkungsmanöver zur Flucht verhelfen könnte. Doch in diesem Moment traf sie schon blitzschnell und ohne Vorwarnung ein brutaler Schlag. Ihre Brille flog im hohen Bogen davon und lag zerbrochen auf dem Boden. Dann ein weiterer Stoß von hinten, der ihr weites T-Shirt aus ihrer dunkelblauen Hose rutschen ließ.

Beinahe ohnmächtig schwankte sie vor ihnen her, bis sie in das Auto der Staatssicherheit gestoßen wurde, das bereits vor dem Universitätsgebäude auf sie gewartet hatte.

Die Studenten verharrten in Schweigen, ihnen hatte es wie durch Zauberhand den Atem verschlagen. Auch der Professor schaute reglos und in stummem Entsetzen auf das sich entfernende Grüppchen. Der letzte der Geheimdienstleute hatte ihm noch mit einer widerlichen Geste zum Abschied seinen Mittelfinger gezeigt, frech seine Zunge herausgestreckt und war dann in der Tür des Hörsaals verschwunden.

Langsam verhallte das Geräusch des davonrasenden Autos.

Dann ging der Professor an das Hörsaalpult zurück und setzte mit heiser gewordener Stimme seine Vorlesung fort, als ob nichts geschehen wäre. Doch im Innern schämte er sich zu Tode.

Vor dem hölzernen Stehpult kam er sich jetzt vor wie eine hässliche, feige Ratte, die nichts anderes konnte als immer nur mit dem Kopf nicken, damit alles irgendwie normal wirkte. Er versuchte, sich zusammenzureißen, doch die verschiedenfarbigen Gesichter der Studenten vor ihm trieben ihn in den Wahn, ließen ihn sich immer tiefer in seine furchtbaren Mutmaßungen verlieren. Der Hörsaal vor ihm erschien völlig verwandelt und durcheinander. Darin wimmelte es plötzlich von Spitzeln, und die Studenten hatten sich in furchtbare Ungeheuer verwandelt, die ihre Arme nach ihm ausstreckten.

Bereits wenige Wochen später reichte der Professor seine Kündigung ein. Er verließ das Land und wurde wissenschaftlicher Assistent an der Universität Muskat, das im westlichen Teil des Oman liegt.

Als Mayyasa Al-Scheich inhaftiert wurde, jährte sich zum fünften Mal die Verhaftung ihres Ehemannes Iyad Al-Schalati, der an einem Tag im Jahre 1982 ohne Vorankündigung verschwunden war. Als er verhaftet wurde, war ihr gemeinsames Kind noch nicht geboren. Am selben Tag verschwand auch der Mann von Duha, der Suleiman Al-Ahmad hieß. Sie hatten sich an der Kreuzung Abedstraße – Salihiyator, die genau vor dem Parlament liegt, verabredet, um parteiinterne Dinge zu besprechen.

„Die Zeitung befindet sich in der Bibliothek hinter der Tür."

„..."

Iyad hätte eigentlich keine Erkennungsparole gebraucht, um Suleiman zu erkennen, obwohl dieser sich einen auffallend dichten und kohlrabenschwarzen Vollbart hatte wachsen lassen. Außerdem trug er nun eine Brille mit breitem, dunklem Rahmen, die die Hälfte seines Gesichts hinter sich zu verbergen schien. Aber sein breiter Akzent, ein Akzent, der den meisten Fischern eigen ist, verriet ihn.

Kaum aber hatte Suleiman seine Erkennungsparole zu Ende gesprochen, stürzten sich mehrere, in Zivil gekleidete junge Männer auf die beiden. Im ersten Moment dachte Iyad daran zu fliehen, sah aber dann, dass sie bewaffnet waren und die Waffen bereits entsichert hatten. In den wenigen Sekunden, die ihn noch von ihnen trennten, schoss es Iyad durch den Kopf, dass sie ihn einfach so abknallen könnten. In jenem Augenblick dachte er wohl weder an die vielen Passanten, die sich in der Nähe befanden und die bei der Aktion aus Versehen getötet werden könnten; noch dachte er an eine Szene mit von Kugeln durchlöcherten, kreischenden Körpern, die wie in einem Actionfilm massenhaft niedergestreckt würden und mit ihren Leichen den Schauplatz übersäten. Stattdessen wusste er mit einer irritierenden Gewissheit, dass er weder die Kraft besaß, davonzurennen, noch mit seinem ausgelaugten Körper ihrem Kugelhagel standzuhalten.

Nach wenigen Schritten blieb er stehen und ging, die Hände erhoben, zu ihnen zurück. Suleiman wurde ebenfalls verhaftet. Die Hochzeit mit Duha Al-Scheich lag noch keine drei Monate zurück.

Der Hinterhalt, den man für Dschawad Abu Atta vorbereitet hatte, befand sich im Haus eines

Palästinensers, der Fahd Al-Dschalili hieß. Er gehörte der Volksfront zur Befreiung Palästinas an. Auf irgendeine Weise war er mit der Partei verbunden. Im Keller seines Hauses, das am äußersten Rand des Flüchtlingslagers Jarmuk südlich von Damaskus lag, hatte er sich eine kleine Tischlerwerkstatt eingerichtet.

Dschawad ging bei Fahd Al-Dschalili ein und aus, um ihm Flugblätter und Schriften der Partei vorbeizubringen. Fahd verteilte die Sachen dann im Flüchtlingslager Palästina, in Uruba, in Jarmuk und in den umliegenden Gegenden. Weil er erstaunliches Talent darin besaß, Hunderte von Schriften, Flugblättern und auch mündlich weiter getragenen Nachrichten in Rekordzeit unter die Leute zu bringen, war es für Dschawad das Allerwichtigste, unter keinen Umständen die gute Beziehung zu Fahd zu gefährden. Das war umso erstaunlicher, als es einer wahren Folter gleich kam, viel Zeit mit Fahd zu verbringen, denn dieser redete wie ein Wasserfall, ohne seinem Gegenüber auch nur einen Moment Pause zu gönnen.

Als Dschawad einmal wieder in den geräumigen Keller hinabstieg, der sich unter der gesamten Fläche des Hauses erstreckte und wo er seine Schreinerei voller Möbel und Geräte eingerichtet hatte, rutschte er auf dem feinen Holzstaub aus, der die Treppenstufen wie Schmierseife überzog. So musste er den penetranten Gestank, vermischt mit Fahds nach Kuhstall stinkendem Schweißgeruch, ertragen; ein Gestank, der unerbittlich in seine Nasenlöcher drang und ihm das Gefühl gab, zu ersticken.

„Was wir in der Volksfront auf die Beine gestellt haben, dafür braucht ihr noch Jahre, Genosse Mustafa ... Ihr seid kleine Debütanten." Dann ließ Fahd ein dröhnendes Gelächter hören. Er hatte Dschawads Parteinamen - seinen richtigen Namen kannte er nicht - in die Länge gezogen und dabei seine kurze, rot glühende Zigarette zwischen seine wulstigen Lippen gepresst. Wie die meisten Bewohner des Jordanbeckens hatte er tiefbraune Haut, dunkles gekräuseltes Haar und pechschwarze Augen.
„Ob du's glaubst oder nicht, seit gestern hab' ich von den Blättern, die ihr mir gebracht habt, schon an die 150 verteilt." Wieder ließ er ein schallendes Gelächter los und blies Dschawad eine dichte Wolke Tabakrauch ins Gesicht.
Bei den ersten Treffen war es für Dschawad ein Leichtes gewesen, Fahd seinen Parteinamen zu verklickern. Hingegen war es nicht gerade einfach, ihm auch seine neue Identität zu verkaufen. Schließlich kam Dschalili nach einiger Zeit dahinter, wer dieser Dschawad in Wirklichkeit war.
Einmal überraschte er ihn mit der Frage:
„Stimmt es, dass du aus dem Dschabal Al-Arab stammst?"
„Nein."
„Woher bist du dann?"
„Ich bin aus Raqqa."
Fahd lachte schallend. Dann schaute er Dschawad schief an, und sein braunes Gesicht versprühte den Spott von jemandem, der begriffen hatte, dass er selbst gerade hinters Licht hätte geführt werden sollen.

„Lieber Genosse Mustafa ... Du glaubst wohl, dass Fahd Al-Dschalili diese Märchen schluckt? Du scheinst weder vom Dschabal noch aus Suweida zu kommen, und auch nicht aus Sahnaya oder gar aus Jaramana. Sag mir nicht, du kommst aus Raqqa! Deinen Akzent erkenne ich zehn Meter gegen den Wind. Wie du den Buchstaben „z" aussprichst, bist du Druse, hab ich recht, Genosse?"

„..."

„Ha, er sagt, er kommt aus Raqqa!"

Dschawad fehlten die Worte. Nach diesem Kreuzverhör schwieg auch Fahd eine Weile und rauchte seine Zigarette, bis nur noch der Stummel übrig war. Dann wollte er schon wieder darauf zu sprechen kommen, woher Dschawad denn eigentlich stammte. Doch gerade in dem Moment kamen ein paar Hilfsarbeiter, die Möbel für ein Wohnzimmer in den Keller trugen, die Treppe hinunter.

Dschalili wollte ihn noch fragen, ob in seiner Gemeinschaft Kinder wirklich Mustafa genannt würden, er jedenfalls hatte anderes gehört. Doch Dschawad nutzte die Gelegenheit und machte sich, ohne zu zögern, aus dem Staub, nachdem er sich vergewissert hatte, dass die Flugblätter in der obersten Schublade von Fahds Schreibtisch sicher verstaut worden waren.

Bei den darauf folgenden Treffen versuchte Fahd nicht mehr, das Thema anzuschneiden, und Dschawad bemühte sich, die Blätter schnell abzugeben, um so rasch wie ein Dieb wieder zu verschwinden.

Damals war es die offizielle Linie der Partei, zu den Vertretern sämtlicher politischer Gruppierungen, die in den palästinensischen Flüchtlingslagern aktiv waren, gute Beziehungen zu pflegen. Während Dschawad für die Volksfront zuständig war, oblag es anderen Genossen, enge Beziehungen zur Demokratischen Front und zum Politbüro der PLO zu wahren. Nur so war es der Partei möglich, in den palästinensischen Flüchtlingslagern, in denen es vor unterschiedlichen politischen Zugehörigkeiten nur so wimmelte, gut informiert zu bleiben.

Zu jener Zeit wurden die Islamisten in Syrien immer stärker. Lokale religiöse Gruppierungen waren darauf aus, Kontakt zu den Muslimbrüdern aufzunehmen und auch mit anderen islamistischen Gruppen, die sich gerade gegründet hatten, enger zusammenzuarbeiten.

Bis zu dem Tag, an dem der Sohn eines hohen Tiers der Staatssicherheit in die Sägewerkstatt von Fahd Al-Dschalili kam, war es reine Routine für Dschawad gewesen, die revolutionären Flugblätter der Partei bei ihm abzuliefern. Der junge Mann, dem sein Ruf vorauseilte, wollte Möbel für sein Schlafzimmer anfertigen lassen, bevor er in wenigen Monaten heiraten würde. Fahd zeigte ihm mehrere aktuelle Kataloge, damit er seine bevorzugte Variante auswählen konnte. Mit einer zuvorkommenden, noblen Geste überließ er sie dem jungen Mann, damit jener ganz in Ruhe die Skizzen zu Hause durchschauen und Fahd sich schon einmal an die Details seines Schlafzimmers machen konnte. Immerhin sollte es ein Schlafzimmer wie in den schönsten Träumen werden!

„Morgen würde ich die Kataloge dann gerne wieder haben ... grüße deinen Vater herzlich von mir, wie sehr würde ich mich freuen, ihn einmal wieder zu sehen!"
Fahd war sich sicher, dass sich hier die einmalige Gelegenheit bot, eine gute Beziehung zum einflussreichen Vater aufzubauen. Er würde dem Sohn einfach nicht den vollen Preis in Rechnung stellen, um damit gute Kontakte zur Regierung und den Sicherheitsdiensten zu gewinnen.
Kurz vor Mitternacht aber riss eine Einheit der Staatssicherheit Fahd Al-Dschalili grob aus seinen Träumen und zerrte ihn in ihr Auto, das am Eingang zu der engen Gasse stand. Sie störten sich nicht am hysterischen Geschrei seiner Ehefrau, deren Hilferufe die Stille der Nacht durchbrachen. Nur rudimentär mit einer rot verzierten Unterhose sowie der Bettdecke bekleidet, schauten ihre Brüste hervor. Sie störten sich auch nicht daran, dass Al-Dschalili ebenfalls vollkommen nackt gewesen wäre, wenn es ihm nicht im letzten Moment gelungen wäre, sich ein durchsichtiges Deckchen vom Teetisch im Wohnzimmer zu schnappen.
Zu seinem Pech hatte Fahd ein Flugblatt der Partei in einem der Kataloge vergessen, das er als kleines Andenken darin aufbewahrt hatte, nachdem er zuvor so viele davon in den palästinensischen Flüchtlingslagern verteilt hatte.

Bei Tagesanbruch nannte Fahd schließlich Dschawad Abu Attas Namen, beziehungsweise dessen Kampfnamen Mustafa. Unter Röcheln gestand Fahd außerdem, wie er alle Nummern der beiden Zeitschriften „Das rote Banner“ und „Der Ruf des Volkes“, die ganzen politischen Erklärungen und Flugblätter der Partei in den Palästinenserlagern verteilt oder auch nicht verteilt hatte. Die gesamte Geschichte seiner Familie wurde wie von einem Band abgespult, von der Flucht des Großvaters aus seiner Heimat Galiläa im Jahr 1948 über die Minderwertigkeitskomplexe, die die als Naksa bekannte Niederlage im Krieg von 1967 bei dem jungen Mann hinterließ, bis hin zur Gegenwart. Als Al-Dschalili auch noch Genaueres von der Heirat mit seiner Frau und dem anschließenden unehrenhaften Fremdgehen mit der Nachbarin erzählen wollte, schleuderte ihm der ihn verhörende Polizist seinen Schuh ins Gesicht. Dann drohte er ihm damit, seine Zunge herauszureißen, wenn er es wagen sollte, auch nur ein Wort mehr zu erzählen. Fahd hatte wie ein Geschichten ausspuckender Roboter bereits eineinhalb Stunden ohne Unterlass geredet.

„Ich will die Jungs haben! Hast du mich verstanden? Ich will sämtliche Arschlöcher, die du kennst. Und als Allerersten lieferst du mir diesen Mustafa, oder wir machen hier wieder weiter, klar?“

Ohne zu zögern beteuerte Al-Dschalili, er werde ihnen mit allen Mitteln bei der Ergreifung von Mustafa behilflich sein.

„Das Versprechen eines freien Menschen ist eine Verpflichtung“, sagte der Polizist sarkastisch und zermalmte Fahds Knie zwischen seinem Schuh und dem gnadenlos unnachgiebigen Betonboden. Al-Dschalili wand sich immer noch unter Schmerzen. Erst vor wenigen Minuten hatte man seine

Hoden, die seit gestern Abend mit einer durch einen Metallring an der Decke der Folterkammer geführten Schnur nach oben gezogen worden waren, in die „Freiheit entlassen". Während all dieser Zeit hatte sich sein nackter Leib über den harten, unebenen Boden gewälzt. Doch der Folterbeamte hatte ihn mit seiner besonderen Art überzeugt, und so hatte ihn die Gewissheit, wieder auf freien Fuß gesetzt zu werden, von gestern an begleitet: Wenn erst einmal derjenige geschnappt wäre, der das Palästinenserviertel mit kommunistischen Traktaten überschwemmte, die zum Sturz der Regierung und zur Bestrafung all ihrer Kollaborateure aufriefen, würde das Gefängnis seine Tore für ihn weit öffnen, und er könnte die ganze Partei mit einem Mal in eine dunkle Flasche einsperren, aus der niemand je wieder entkäme.

Bereits am Mittag lagen Fotografien einiger im Untergrund aktiver Kommunisten vor Fahd. Er zeigte unter Tränen und mit einer kaum vernehmbaren, wimmernden Stimme auf das Bild eines jungen bärtigen Mannes mit dunklerer Haut, von dem er angeblich nur seinen Vornamen Mustafa kannte. Er komme einmal pro Woche und bringe die besagten Flugblätter und Zeitschriften, behauptete Al-Dschalili. Diese habe er entweder mit dem Gürtel um seinen schlanken Körper befestigt oder in den Innentaschen seines Militärparkas, manchmal auch in seine Socken oder seine Unterhosen gestopft.

Den Hinterhalt im Haus von Fahd legte aber Dschawads Cousin, der ein schon in Vergessenheit geratenes Foto von Dschawad eindeutig zuordnen konnte. Beide Männer, Hussam Atallah und Fahd Al-Dschalili, sollten im Haus mit der Überraschung aufwarten, Dschawad dort zu einem geselligen Abend einzuladen. An jenem Tag bereitete sich die Hauptstadt auf ein außergewöhnliches Ereignis vor: Eine Staatsparade sollte auf der Schnellstraße durch den Damaszener Vorort Mezze bis zur am Rand des Viertels gelegenen Dschalaa-Sportarena defilieren. Aus diesem Grund waren auf allen Dächern der zur Straße angrenzenden Häuser Polizeibeamte postiert. Auch in den Seitengassen und Hauseingängen hatten sie sich versteckt, ihre Waffen und Funkgeräte für den Ernstfall in Bereitschaft. Es sah aus, als hätte man Holzpuppen zu beiden Seiten der Straße aufgestellt.

Weil es für ihn noch zu früh war, sich auf den Weg zu Fahd zu machen, kehrte Dschawad noch einmal in sein Zimmer zurück. Er dachte, dass er eigentlich jetzt schon seine Kleider, die schmutzig waren und heftig nach Fisch stanken, wechseln und sich für das abendliche Rendez-vous mit Anat, mit der er sich für neun Uhr verabredet hatte, schick machen könnte. Zudem musste er noch sein Zimmer aufräumen, damit sich zwei vor Verlangen beinahe berstende Verliebte dort ungestört ihrer Liebe hingeben konnten. Ein ganzer Monat war seit ihrem letzten Rendez-vous bereits vergangen.

Als Dschawad zuhause ankam, erwartete ihn eine Einheit der Staatssicherheit, die sich in unmittelbarer Nähe zu seinem Zimmer in Stellung gebracht hatte, um von dort die Schnellstraße zu beobachten. Drei von ihnen beugten sich mit ihrem ganzen Körper nach vorne, während zwei andere die benachbarten Gebäude musterten. Für einige kurze Augenblicke verlor er die Fassung und versuchte so gut es ging, die Männer normal und freundlich zu grüßen, um bloß keinen Verdacht zu erwecken. Er hörte seine eigene Stimme wie von fern, so als ob sie jemand Fremdem gehörte, den gerade ein anderer Mann am Kragen gepackt hielt. Als er weiter in Richtung seines Zimmers ging, begannen seine Beine gegen seinen Willen heftig zu schlottern.

Die Polizeibeamten erwiderten seinen Gruß und wandten sich dann wieder ihrer Pflicht zu.

„Puh ... Gott sei Dank", murmelte Dschawad unhörbar, bevor er den Schlüssel ins Türschloss steckte. „Sie sind nicht meinetwegen hier." Er entschloss sich, nicht ins Zimmer zu treten, steckte den Schlüssel wieder in die Hosentasche und verließ eilig das Haus. Er hielt es einfach keine Minute länger in ihrer Nähe aus. Der Zeitpunkt des Treffens mit Fahd rückte näher. Das wegen der Feierlichkeiten und dem Eintreffen der Parade starke Gedränge auf der Schnellstraße würde ohnehin dafür sorgen, dass er zu spät käme.

An jenem Abend war es Anat gelungen, ihren Eltern vorzugaukeln, dass sie nach Tartus fahren würde, um die Großmutter von Mayyasa Al-Scheich, die durch die Verhaftung ihrer Tochter erkrankt war, zu besuchen. Sie wollte sich vergewissern, dass es der alten Frau und auch Mayyasas Tochter Diana den Umständen entsprechend gut ging. Ihres Vaters und ihrer Mutter beraubt hatte man die Kleine, die noch nicht einmal fünf Jahre alt war, einfach zur kranken Großmutter gebracht.

Bevor sie ihren Geliebten treffen konnte, wollte Anat außerdem Beine und Scham enthaaren. Allerdings musste sie Acht geben, dass ihre Mutter Dschamila nichts davon mitbekam, sonst hätte sie vielleicht Verdacht geschöpft.
Sie verließ kurz vor achtzehn Uhr das Haus, damit es so aussah, als ob sie mit dem Bus abreisen würde. Sie legte ihr neues, schneeweißes Nachthemd, das mit rosa Blümchen verziert war, vorsichtig in ihren großen Koffer aus Bast. Der sanfte Baumwollstoff würde seine Fantasie schon anregen, freute sie sich insgeheim. Sie konnte es kaum erwarten, bis der Anblick des sinnlichen Kleides seine Begierde entfachen würde. Dann stopfte sie ebenfalls ihre Zahnbürste und ihr kleines Schminkkästchen in den Koffer. Schließlich packte sie den letzten auf Arabisch erschienenen Roman von Milan Kundera ein, denn sie wollte, dass Dschawad zur Abwechslung auch mal etwas anderes als seine trockenen politischen Traktate zu Gesicht bekam. Es war sicher eine Bereicherung, einmal Geschichten aus einer völlig anderen Region der Welt zu hören, auch wenn das Geringste, was die Genossen über einen Autor wie Kundera sagen würden, wäre, das er reaktionär sei. Sie wünschte sich, dass Dschawad seinen Horizont erweiterte und sein Augenmerk auf neue Ufer richtete, die anders und vielleicht sogar all dem entgegengesetzt waren, was er bisher kannte: nicht die theoretischen Ausführungen Lenins oder Rosa Luxemburgs, und auch nicht die Romane Tolstois oder Scholochows.
Sie schloss ihren Koffer und verließ das Haus.
Sie hatte noch etwa drei Stunden bis zum verab-

redeten Zeitpunkt mit Dschawad. Die frühe Dunkelheit und Kälte des Wintermonats März machten die Sache nicht leichter.
Wie sehr ich mich nach dir sehne! Wo ich auch hingehe, nehme ich deinen süßen Duft, der an den erfrischenden Duft bald eintreffenden Regens erinnert, über alle meine Poren in mich auf. Deine dunklen Augen verfolgen und verführen mich. Und deine Bartspitzen streicheln sanft über meine Haut.
Ich bekomme Gänsehaut und blicke mich um. Ich muss mich zwingen, mich aus meinen Tagträumen zu reißen, wenn mich plötzlich wieder so ein Zustand wahnsinnigen Verlangens erfasst, sonst halten mich die Leute auf der Straße noch für verrückt.
Ein ganzer Monat, Dschawad ... ein ganzer Monat! Das darf nicht wahr sein.
Vom Mezze-Berg kommend schlendere ich durch die Straßen in Richtung Omayyadenplatz. Während ich den Unicampus durchquere, schießen mir Bilder unseres letzten Treffens durch den Kopf, als wir uns in einem Zimmer trafen, das sich im oberen Teil eines an der Mezze-Schnellstraße gelegenen Gebäudes befand, in Wirklichkeit aber mitten im Himmel schwebte.
Ich spüre, wie deine Finger über meine Glieder streifen und schließlich die Form meiner Brüste nachzeichnen. Dein Atem dringt in mein Ohr, du flüsterst mir lüsterne Worte zu, die mich berauschen, deine Zunge leckt alle noch übrig gebliebene Feuchte auf. Du kostest vom Erdbeergeschmack meiner roten Lippen, lachst

mich spöttisch aus und nennst mich „bourgeoise“; die gemeinste Beleidigung, die du auf Lager hast, weil du genau weißt, dass sie mich zum Rasen bringt, wo ich doch die Geliebte eines waschechten Kommunisten bin. Du treibst es auf die Spitze und sagst, mein Äußeres sei gar zu künstlich, immer zu viel Schminke und übertrieben aufreizende Kleider, ich sähe aus wie eine alberne Salondame aus der Stadt.

Ich lache, und du genießt es, gemächlich deine Nase über meine weiche Scham fahren zu lassen. Ich spüre, wie deine Zunge sie anfleht, sich geschickt hin und her bewegt, wie deine Zunge sie erkundet. Dann sinkst du in ihre feuchten Tiefen, wo es nach Zypressen duftet, auf die sich plötzlich ein Regenschauer ergossen hat.

Hast du nicht so meine überfließende Feuchtigkeit beschrieben?

Ich lächele genussvoll, als du verkündest, dass eine revolutionäre Frau niemals ihre Scham enthaart und sie dann sanft zwischen deinen gierigen Fingern knetest. Ich kontere damit, dich an eure vermännlichten Genossinnen zu erinnern, die sich stets in widerwärtige Männerkleider werfen, die zu allem Übel auch noch nach Männern stinken.

Und du lachst.

Ein weiteres Mal streichst du mit der feuchten Innenfläche deiner Hand über meine Brust bis zum Halsansatz. Du flüsterst mir zu, dass jeder den Stand meiner Erregung an den kleinen scharlachroten Punkten ablesen kann, die sich wie wild auf meiner Haut ausbreiten.

Und du lachst ...

Es ist, als ob ich es jetzt erlebe, genau in diesem Moment, hier in dieser Straße, die vom Zollamt zum Nationaltheater führt, das seit über fünf Jahren schon restauriert wird.
Während Anat durch die halbleeren Straßen streifte, war Hussam Abu Atta gerade dabei, das in einen Hinterhalt verwandelte Haus von Fahd Al-Dschalili in höchster Eile zu verlassen. Er hatte bereits die Hoffnung aufgegeben, dass Dschawad noch kommen könnte.
Eine Stunde war seit der abgemachten Zeit bereits vergangen. Er begann damit zu drohen, seinen Bossen zu erzählen, dass Fahd seinen Freund Dschawad wohl vor der Falle gewarnt hätte. Fahd war kreidebleich und zitterte am ganzen Leib, als er sich im Detail an die körperlichen Qualen der gestrigen Folter erinnerte. Er spürte förmlich, wie ein plötzlicher Schmerz seine Lenden durchzog, während seine Frau neben ihm saß und hysterisch weinte.
Als Dschawad in jenem Moment den Eingang des Hauses betrat, wurde er sofort von der am Ende des Viertels postierten Sondereinheit der Sicherheitspolizei aufgegriffen, ohne dass jemand der drei, die im Haus warteten, etwas davon registriert hätte.
Dschawad hörte nur noch das Weinen von Fahd und dessen Frau, bevor einer der Sicherheitskräfte seinen Kopf in den Wagen drückte. Dann erblickte er das Gesicht seines Cousins. Es grinste vor Genugtuung. Im ersten Moment kam es ihm völlig fehl am Platz vor. Dann hatte er begriffen.
Auf dem Weg zur Hölle brummte Dschawads

Kopf vor lauter Fragen ...
Fragen, auf die er lange keine Antwort fand.

Um zehn Uhr abends stand Anat wieder vor der Haustür, mit zersaustem Haar und verweinten, von Kajal verschmierten Augen. Die Tränen wollten einfach nicht zu fließen aufhören. Eigentlich hätte sie jetzt in Tartus sein müssen.
Vor wenigen Augenblicken hatten Hassan und Dschamila noch gemütlich vor dem Fernseher gesessen, auf dem man nur einen einzigen Kanal anschauen konnte, den syrischen Staatssender natürlich. Die algerische Sängerin Warda umschmeichelte gerade vielsagend ihren Hamdy und besang seine schönen schwarzen Augen. Als Dschamila aufschaute und gewahr wurde, in welchem Zustand sich ihre Tochter befand, sprang sie erschrocken auf und nahm sie in die Arme.
Alles sah danach aus, dass sich einer an ihrer Tochter vergangen haben musste. Alle möglichen schrecklichen Szenarien, all das Schlimme, was da draußen in den nächtlichen Straßen – nur wenige Schritte von ihrem Sofa entfernt, auf dem sie gemütlich ihren Matetee getrunken hatte – um diese Zeit einer jungen Frau passieren konnte, schoss ihr durch den Kopf. Die Verbrecher breiten sich überall aus wie Läuse, hocken in irgendwelchen dunklen Ecken der Nacht, und meine Tochter Anat, die so jung und unschuldig ist, hält sich zu dieser späten Stunde draußen auf ...
Sie hielt Anat, die völlig in sich zusammengesunken war, fest in ihren Armen und führte sie mühsam aufrecht haltend, zum Sofa.
Die Unterhose hochgezogen und die Augen weit aufgerissen, stürzte Hassan, der Anats lautes Schluchzen und das aufgeregte Schreien seiner

Frau gehört hatte, erschrocken aus dem Badezimmer.
„Sie haben Dschawad verhaftet."
Keiner ihrer Eltern wagte zu fragen, wer dieser Dschawad sei.
Die halbe Nacht blieben wir wach. Ich erzählte mir die Seele vom Leib. Ich hatte die dünne Decke meiner Mutter über mich geschlagen und spielte an den beiden Schwälbchen herum, die darauf gestickt waren. Mein Koffer, den ich beim Eintreten irgendwo hingeworfen hatte, lag noch immer halb offen an seinem Platz, meine Kleider um ihn herum verstreut. Mein Vater drehte sich ohne Unterbrechung eine Zigarette nach der anderen, leckte jedes Zigarettenpapier mit seinem Speichel ab und ließ den ledernen Tabakbeutel die ganze Nacht offen liegen. Das Zimmer war ganz vernebelt von dem vielen Rauch. Der Dunst und meine zunehmende Müdigkeit ließen ihre beiden Gesichter immer mehr verschwimmen.
„Und was heißt das jetzt alles?"
„ ... dass ich auf ihn warten werde!"
„Und wenn er sehr lange im Gefängnis bleiben muss, was dann?", fragte mein Vater halb ängstlich, halb nervös. Dabei presste er immer wieder seine Hasenscharte zusammen und hatte seine Arme um meine Schultern gelegt.
„ ... dann werde ich trotzdem auf ihn warten."
Dschamila versuchte ihre Tochter davon zu überzeugen, dass nur Gott allein wissen könne, wann Dschawad aus dem Gefängnis entlassen würde. Vielleicht hielten sie ihn nur wenige Stunden gefangen, vielleicht musste er aber auch mehrere

Jahre in Haft verbringen. Das hing einzig und allein von den Behörden ab. Sie warf Hassan einen auffordernden Blick zu, damit auch er ihre Worte unterstützte. Doch Hassan verharrte in seiner Schweigsamkeit und kaute in sich versunken auf seiner Zigarette herum.

...

„Ich warte auf ihn."

Dann sagte Hassan: „Wer hineingeht, ist verloren, wer herausgeht, neu geboren, mein Kleines."

Wieder warf sie Hassan rasch und heimlich einen Blick zu, um ihn dazu zu bewegen, Anat umzustimmen. Endlich fuhr er fort: „Außerdem darfst du nicht vergessen, dass seine Familie vielleicht gar nicht zulässt, dass er ein alawitisches Mädchen heiratet. Du weißt doch selbst, dass sie immer nur Mädchen aus ihrer eigenen Konfession heiraten dürfen."

„Das ist uns egal ... Wir haben uns schon geeinigt, Papa."

Ihr schoss durch den Kopf, dass er nun sicher fragen würde, wie es überhaupt angehen könnte, dass sie sich geeinigt hatten, ohne sie auch nur ein einziges Mal nach ihrer Meinung zu fragen. Doch der Vater sagte nichts.

„Ich liebe ihn, Papa! Außerdem, seit wann kümmert es dich überhaupt, wer welche Konfession hat. Dein ganzes Leben hast du voll Abscheu über diese ganze Sache mit der Religion geredet. Gerade du fandst es doch immer das Letzte, wenn jemand sich durch dieses Konfessionsgehabe in die Schranken weisen ließ. Du warst es doch, der dieses Denken immer bekämpft hat."

Wieder fehlten ihm die Worte.
„Wenn ihr ihn erst mal kennen gelernt habt, werdet ihr sehen. Ich bin mir sicher, dass ihr ihn sofort gern habt. Er ist wirklich ein wunderbarer Mensch."
„Beruhige dich, mein Kleines, beruhige dich erst einmal."
Dann kamen sie nicht mehr darauf zu sprechen.
Für mich war ihre Reaktion eine wirkliche Überraschung. Ich hätte nie damit gerechnet, dass sie sich verständnisvoll und freundlich verhielten, wenn ich ihnen so etwas erzählen würde. Sie bemühten sich aufrichtig, mir das Gefühl zu geben, dass sie für mich da sind, dass ich bei ihnen in Sicherheit wäre. Irgendwann stand meine Mutter auf und küsste mich auf die immer noch von Tränen und Kajal verschmierte Wange. Nachdem sie den Fernseher ausgemacht hatte, in dem ein Sprecher gerade den Sendeschluss verkündet hatte, ging sie in die Küche. Zuvor war wie jede Nacht begleitet vom Hissen der syrischen Flagge „Hüter der Heimat" abgespielt worden, die syrische Nationalhymne.
Sie wird diese lange Zeit nicht warten können. Ich kenne doch meine Tochter, versuchte sich Dschamila insgeheim zu beruhigen, während sie starken Tee mit Zimtstangen zubereitete.
Ich kenne sie, das Fenster der Geduld wird sich schnell schließen. Sie liebt das Leben und den Trubel doch mehr als irgendetwas sonst auf der Welt. Wenn ihr Freund ein Jahr oder länger eingesperrt bleibt, wird sie nicht mehr auf ihn warten wollen. Der Drang nach Leben in ihr wird sicher stärker sein.

Dann erschrak sie bei dem Gedanken, dass auch Anat verhaftet werden könnte. Sie lief, das Tablett mit den Gläsern darauf in der einen Hand und dem Teekrug in der anderen, wieder ins Zimmer. Immer mehr Fragen kamen ihr in den Sinn. Wer ist denn dieser Dschawad überhaupt? Woher kommt all diese mit solcher Bestimmtheit zum Ausdruck gebrachte Liebe? Sie würde niemals einer Heirat mit einem Drusen zustimmen, das wusste sie. Sie wollte nicht, dass Anat leiden müsste. Wie würden ihre Verwandten auf diese Geschichte reagieren? Wahrscheinlich würden sie den Kontakt zu ihnen abrechnen – obwohl sie das eigentlich gar nicht schlimm fände, wie ihr dann unmittelbar bewusst wurde. Die Verwandten hatten seit geraumer Zeit nichts mehr von sich hören lassen. Und zu guter Letzt müsste dieser Dschawad es wagen, seine eigene Familie davon zu überzeugen, ein Mädchen heiraten zu dürfen, das keine Drusin wäre. Daran hatte sie ihre Zweifel.

Auf der anderen Seite spürte sie deutlich die tiefe Zuneigung, die von Anat ausging und die dem Haus Wärme und neues Leben einflößte. So sehr fühlte sie sich von dieser Liebe geborgen, dass sie bisweilen das Gefühl hatte, sie selbst hätte sich Hals über Kopf in diesen Dschawad verliebt, der so plötzlich in ihr Leben eingedrungen war und dieses auf den Kopf gestellt hatte.

Ihre Tochter schien wie von einer Art Aureole umgeben. Saß sie auf dem Sofa, kam es Dschamila vor, als ob das Sofa zu leuchten begänne. Erstaunlich, was die Liebe alles vermag, dachte die Mutter im Stillen.

Schon begann Hassan, Liebesgedichte von Madschnun Leila und anderen Klassikern zum Besten zu geben:

Bei Gott, bei Gott, ich schmelze dahin vor Liebe und sinne, was mag ich bloß an dir begangen haben und weiß doch keine Antwort

Als Dschamila in das Wohnzimmer trat, sah sie, dass Hassan seine Tochter fest in seinen Armen hielt. Obwohl Hassan nicht müde wurde, ein altarabisches Gedicht nach dem anderen auf die Liebe anzustimmen, wusste sie, dass er, wenn er erst einmal in Ruhe über die ganze Angelegenheit nachdachte, mit ziemlicher Wahrscheinlichkeit nicht zustimmen würde. Jetzt lässt er sich noch von seinen Gefühlen leiten, und den Tränen seiner Tochter, dachte sie skeptisch.

Soll ich das Band der Liebe etwa trennen, wo selbst der Tod ihr unterlegen ist?
Soll ich von eurem Kelche trinken, den bislang keiner kostete?
Soll ich in die Ferne fliehen, wo keiner mehr mir Beistand leistet?
Was soll ich tun? Etwa gestehen, dass ich besiegt wurde?

Durch das Aufsagen der Gedichte bewegt ließ Hassan seinen Tränen freien Lauf, während Dschamila tief in ihrem Inneren ein für sie unnennbares Glück und zugleich ein Schaudern der Lust zu fühlen begann, was sie sich selbst aber nicht eingestehen konnte. Und da war auch ein Anflug versteckter Eifersucht in ihr, ausgelöst durch den verführerischen Zauber und die überbordende Weiblichkeit, die die Liebe, einmal entfacht, gewöhnlich in alle Poren einer Frau einzuflößen pflegt, und die selbst noch aus Anats verquollenen Augen strahlten.

Anat Ismail hatte ihren Brief in den Blütenblättern einer Damaszenerrose versteckt, die sie Dschawad bei ihrem ersten Besuch durchs Gitter reichte. An jenem Tag wurden die Gefangenen wie immer sehr genau durchsucht. Der Gefängniswärter zerrupfte die Rose und entdeckte dabei den Brief, der in ihre Blütenblätter gewickelt war. Als Strafe musste Dschawad zwei Wochen in Einzelhaft verbringen.

Beim darauf folgenden Besuch hatte Anat ihren Brief vorsorglich in ein Stück gefüllte Zucchini gestopft, die ihre Mutter zubereitet hatte:[1]

Geliebte Anat ... Licht meiner Augen!
Dein wundervoller Brief hat seinen Weg zu mir gefunden, versteckt im Mund von Ahmad Musa, der ein Stück von deiner gefüllten Zucchini gegessen hat. Du weißt ja, wen ich meine, unseren Genossen, den Doktor ...
Dein Brief ließ mich sofort alles vergessen, das Essen, die Welt draußen und all das, was ihr sonst noch bei eurem schönen Besuch mitgebracht habt. So sehr sehne ich mich nach dir, meine Geliebte, so sehr! Dein Geist sucht mich heim in den kalten, einsamen Nächten. Manchmal werfe ich mich auf das Bett und

---

[1] Dschawad und seine Mitgefangenen entdeckten den Brief, nachdem einer der Genossen in der Zelle auf einem Stück Zucchini kaute, auf einen in transparentes Nylon eingewickelten Brief biss und er so zum Vorschein kam. Dschawads folgender Brief verließ das Gefängnis wiederum lange Zeit später im Inneren einer Schokoladenkugel, die er Anat bei einem ihrer Besuche geschenkt hatte.

versuche, ein Buch zu lesen, doch da sehe ich dich wieder vor mir, erblicke dich zwischen den Zeilen, du märchenhafte Meerjungfrau, die meine Träume mit ihrem Flüstern erfüllt; und ich, dein Seemann, durchquere die Ozeane auf der Suche nach dir. Oft denke ich zurück an die vielen gemeinsam verbrachten Momente im Zimmer jenes Hauses, das an der Schnellstraße nach Mezze liegt. Deine rote Kerze durchflutet mit ihrem Licht den kleinen, intimen Raum wie mich sonst nur einer deiner sanften und doch so erregenden Küsse zu durchströmen vermag. Die Stimme Asmahans von der Kassette, die du mitgebracht hast, hüllt mich ein und macht mich mit dem Honig deines Mundes und den Weiten deines glühenden Körpers ganz trunken. Unter meinen Händen, mit Hilfe meiner Zunge, erwachst du wieder zu neuem Leben, meiner Zunge, die alle Details deines verführerischen Körpers ausspioniert.

Wie sehr ich dich vermisse, meine Geliebte! Jedes Wort, jedes einzelne Wort, dass ich zu dir sagte in dem kleinen Zimmer, kommt mir jetzt so roh und grob vor. Und das quält mich jeden Tag aufs Neue. Als ob ich Sisyphos wäre, meine Geliebte. Kannst du mir meine Worte von damals verzeihen? Glaube mir, ich liebe dich genauso, wie du bist, mit all dem, was dich ausmacht und was zu dir gehört, du mein Schatz.

…

Als wir aus dem Gefängnis von Palmyra hierher gebracht wurden, dachten wir anfangs, wir seien im Paradies. Alles hier ist anders, auch wenn sie uns feierlich empfangen haben, auf ihre Art. Denn kaum hatten wir das Gefängnis betreten, begannen sie,

mit ihren Schuhen, ihren Peitschen und Stöcken auf uns acht Gefangene einzuschlagen. Dann warfen sie uns in eine isolierte Gemeinschaftszelle, die sie „die schwarze Tür“ getauft hatten.
Schon bald darauf haben unsere Genossen, die schon lange in einer anderen Zelle saßen, von einer Ecke her eine Verbindung zu uns entdeckt. Stundenlang hörten wir Geräusche, als ob jemand mit einem harten Gegenstand gegen die Wand klopfte oder schlüge. Im ersten Moment dachten wir, es wären Gefängniswärter, die nach irgendetwas im Gemäuer stöberten. Als es bereits Mittag war, überraschte uns dann plötzlich ein Geflüster, das wie von fern aus einem kleinen Spalt in der Wand, genau aus jener Ecke unserer Zelle, drang. Weil der Spalt zu schmal war, mussten wir einer nach dem anderen von der Wand zurücktreten, damit sie uns von ihrer Zelle aus überhaupt sehen konnten.

Seit unserer letzten Begegnung sind so viele Jahre vergangen.
Stell dir vor, mehr als sieben Jahre müssen es sein, Geliebte, seitdem ich Mahmud oder Tarik das letzte Mal leibhaftig gesehen habe. Anat, du kannst dir nicht vorstellen, wie schön dieses Wiedersehen war! Ich hatte mir nichts sehnlicher gewünscht als Gesellschaft. Obwohl wir monatelang isoliert hinter der „schwarzen Tür“ saßen, eröffnete uns dieser kleine Spalt in der Wand doch ungeahnte Wege zu vielen schönen Dingen: zu den Stimmen der Genossen, zu ihrer Liebe, ihren guten Seelen und ihrer angenehmen Art. Das wichtigste aber war wohl, dass wir auf diese Weise eine Brücke zu einer anderen Welt gefunden

hatten, und wir uns selbst nicht mehr so von allem abgeschnitten vorkamen. Das ist auch deshalb wichtig, weil wir hier in Saidnaya sind, wo das Leben einem geradezu bunt vorkommt. Wundere dich nicht, Anat, das sind die Beschreibungen eines Gefangenen. Das, was ich sage, stimmt wahrscheinlich nur, wenn man es mit der Friedhofsstille der dunklen Löcher vergleicht, in denen wir zuvor in Palmyra gehaust haben.

Eines Nachts, als die Wachen schliefen, hörten wir die Stimme von Mahmud, der durch den Spalt flüsterte, wir sollten einen Becher holen. Als wir dies wie geheißen gemacht hatten, führte er ein Röhrchen aus einem alten Serumbeutel durch den Spalt und goss uns daraus eine dunkelrote Flüssigkeit in unseren Becher. Und stell dir vor, es war Wein!

Nach fünf Jahren, acht Monaten und ein paar Tagen sauge ich endlich wieder den Duft von Wein in mich ein! Sofort kamen mir die Tränen, sodass ich mich von den Kameraden abwenden musste. Eigentlich ist es nicht normal, dass ich schon wegen dem bloßen Geruch von Wein in Tränen ausbreche. Ich wollte nicht, dass die Anderen das sehen, diese meine Schwäche.

Ein saurer, scharfer Geruch, in den sich ein wenig Süße gemischt hatte.

Einer der Genossen hatte ihn in seiner Zelle aus Weintrauben gemacht, die von Besuchen des letzten Sommers übrig geblieben waren. Durch dasselbe Trinkrohr kosteten wir anschließend gekochten Kaffee, ebenfalls zum ersten Mal seit sehr langer Zeit, und berauschten uns am Duft der Kaffeebohnen.

Weißt du was, meine Liebe? Er duftete nach dir!

...

Ich weiß, wie schwierig es für dich da draußen ist, wie sehr du leidest. Auch deshalb, weil du noch so jung bist und in der Blüte deines Lebens stehst. Was du mir in deinem letzten Brief geschrieben hast, ging mir durch Leib und Glieder, ganz so, als ob es mir selbst widerfahren wäre.
Wie sehr träume ich von dem Tag, an dem ich entlassen werde und dich endlich in meinen Armen halte. Womöglich fehlst du mir mehr als ich dir fehle, denn da draußen, im echten Leben, gibt es mehr Gelegenheiten, sich abzulenken, und mich hin und wieder ein wenig zu vergessen. Hier aber, inmitten der Gefängnismauern, lebe ich mit dir Tag für Tag, Sekunde für Sekunde, während die Tyrannen eine Mauer nach der anderen bauen, um uns voneinander zu trennen.
Ich träume davon, hier herauszukommen und mit dir ein kleines Haus zu finden, für uns ein gemeinsames Nest zu bauen, das dann von unseren Kindern und ganz alltäglichen Dingen, von Kleinigkeiten und nicht zuletzt meiner verrückten Liebe zu dir bis in alle Winkel erfüllt sein wird.
Ich warte auf dich, erwarte dich im kommenden Monat. Und ich sende dir einen langen, langen Kuss, so lang wie meine schrecklich kalten Nächte, die ich ohne dich verbringen muss. Und ich bitte dich, schreibe mir einen Brief, Geliebte, schreib über alles, auch die kleinsten Dinge, über jeden Moment deiner Tage und deiner Nächte. Erzähl mir auch von deinen Freunden, deinen Bekannten, deiner Familie ... von deinen Gedanken und was dich so beschäftigt.
Denn deine Worte, Anat, sind für mich wie das

tägliche Brot, das ich brauche, um am Leben zu bleiben.

Dein Dschawad
Gefängnis Saidnaya
23. November 1992

Heiliger Abd Al-Razzaq, mein Helfer und Beschützer steh mir bei …
Mein Schutzheiliger, nimm' mich unter deinen Schutz und bewahre mich vor allem Schlechten, das mich umgibt.
Mit deiner Fürsprache, heiliger Scheich Abd Al-Razzaq, und der Fürsprache des heiligen Al-Khader und unseres Imams Ali, bewahre mich vor allem Bösen, beschütze meine Tochter Anat und leuchte ihr den rechten Weg.
Mit deiner Fürsprache, heiliger Scheich und Gottesdiener …

Obgleich Dschamila noch nicht alle Bitten, die sie an ihren Heiligen richten wollte, niedergeschrieben hatte, war der enge Rand des Korans, auf den die Besucher ihre Fürbitten für gewöhnlich eintrugen, bereits voll. So blieb am Rande des Buchs kein Platz mehr, denn zuvor hatten schon viele andere Pilger in den verschiedensten Schriftarten ihre Botschaften im dafür bestimmten Koranexemplar zurückgelassen. Manche konnte man lesen, andere hingegen schienen verschlüsselt und wie in einer seltsamen Fremdsprache verfasst zu sein.
Die Bittsteller waren zumeist Frauen. Eine flehte in ihrem Brief den Heiligen an, ihr einen Bräutigam zu schicken, bevor es zu spät und ein Leben als alte Jungfer unvermeidlich wäre. Ihr sei es egal, welche Eigenschaften der Mann hatte, ob dick oder dünn, arm oder reich, selbst verheiratet oder ledig sei ihr gleich. Sie bräuchte unbedingt einen Mann. Mit deiner Fürsprache, heiliger Abd Al-Razzaq, mein Helfer und Schutzbefohlener …

Dschamila wurde von Neugierde gepackt und begann, die Seiten umzuschlagen, um weitere Briefe zu lesen, die den heiligen Schutzpatron um Hilfe anflehten. Sämtliche Ränder des Buchs waren voll mit diesen Hilfsgesuchen, Fürbitten und Gebeten. Einer – oder wohl richtiger: eine hatte sogar ein Bild ihres Sohnes in das Buch hineingelegt. Auf der Rückseite stand, dass er vor Jahren in den Libanon gegangen, doch seither nicht mehr zurückgekehrt sei. In ihrem Brief bat die Frau den Heiligen, ihren Sohn wieder in den Schoß ihrer Familie, zu Vater und Mutter, zurückzuführen.
Masud, der Hüter des Schreins, riet Dschamila schließlich, für ihren Brief doch einen separaten Zettel zu verwenden. Den sollte sie dann zwischen die Stofffalten des grünen, gesegneten Umhangs legen, der das heilige Grab umkleidete. In vielen Falten steckten schon Briefe, die in stiller Hoffnung von Hilfesuchenden hinein geschoben worden waren. Dschamila entschloss sich, den Ratschlag des Dieners zu befolgen, wiederholte das bereits Geschriebene auf einem weißen, linierten Blatt Papier, das sie einem Schulheft entnahm, das neben dem Grab bereit gelegen hatte, und fügte die restlichen Bitten und Wünsche hinzu. Ihr Ersuchen beendete sie schließlich mit der Bitte, Gott möge ihr aufgewühltes, wie ein Dampfkessel brodelndes Herz mit Ruhe und Liebe erfüllen. Als sie den Brief gefaltet hatte, fiel ihr ein neuer Wunsch ein. Sie nahm das Blatt wieder heraus, faltete es auseinander und fügte noch hinzu: Mit deiner Fürsprache, mein Herr, mach, dass Dschawad bald aus dem Gefängnis entlassen wird.

Denke an meine Tochter Anat, die so leiden muss. Sie schmilzt dahin wie eine Kerze, mein Herr und Heiliger. Doch wenn du nicht willst, dass er frei kommt, dann schicke ihr einen anderen Mann, damit sie Dschawad vergessen kann, denn du bist der Allwissende und der Gebende, ich flehe dich an, Herr.

Als Dschamila am Grab des Heiligen eingetroffen war, war ihr Masud bereits entgegengelaufen. Seine hölzernen Krücken schlugen in einem ebenso schnellen Rhythmus auf den Boden, wie seine Holzbeine sich vorwärts bewegten. Mit jedem Schritt, mit jeder Bewegung, klopfte und pochte es. Auf seinem Gesicht strahlte ein breites Grinsen. Dschamila Al-Ali war heute alleine gekommen. Keiner sollte wissen, welchen Ort sie heute aufsuchte. Masud forderte sie auf, sich erst einmal auf die Holzbank vor dem Schrein zu setzen. Aus seinen Kleidern, die eher wie Lumpen aussahen, strömte der Geruch von Weihrauch. Dschamila zog die Seiten ihres schlichten, schwarzen Rocks zu Recht, der bis unterhalb ihrer Schenkel reichte. Aus einem alten Kassettenrekorder ertönte Umm Kulthums Lied „All die Liebe“, das auch schon bei ihrem letzten Besuch gelaufen war.

„Sieht so aus, als würdest du Umm Kulthum sehr mögen.“

Sogleich war sie darum bemüht, die Verwirrung, die in den Worten mitgeschwungen hatte, wieder zurückzunehmen. Ohne ihrer Unsicherheit Beachtung zu schenken, antwortete Masud, er liebe Umm Kulthum in der Tat sehr. Oder besser gesagt liebe er in Wahrheit drei Dinge, nämlich Gott, Umm Kulthum und Lenin. Als er beim Sprechen seinen Mund öffnete, sah man in einen zahnlosen Schlund. Dschamila war verwirrt und hatte ein starkes Bedürfnis zu sprechen. Sie wollte ihm von den Dingen erzählen, die ihr durch den Kopf gingen, aber er hörte nicht auf, auf sie einzureden. Dann führte er sie ins Innere des Schreins, damit sie das übliche Ritual verrichten konnte. Sie zog ihre honigbraunen Schuhe mit den hohen Absätzen aus, bevor er sie aufforderte, eine Geldspende in den Almosenkasten zu werfen, der hinter der Tür hing. Er blickte zufrieden auf den Fünfzig-Lire-Schein, den Dschamila in die Öffnung der Box steckte. Dann ließ er sie allein, damit sie in Ruhe ihren Bittbrief an den Heiligen anbringen konnte.

Auf einem Bild ohne Rahmen sah man den Imam Ali, um dessen Haupt ein Heiligenschein leuchtete. Am Rand waren die zwölf Namen der Imame geschrieben; daneben ein Bild des heiligen Al-Khader, wie er hoch zu Ross sitzend einen Drachen bekämpft; dann noch ein Bild von Dschafar Al-Tayyar.

Auf derselben Wand, ein bisschen niedriger, hing ein Portrait von Lenin. Dieses Bild kannte Dschamila gut, denn jedes Mal, wenn sie morgens Anats Zimmer betrat, bekam sie es zu Gesicht.

Masud war das Befremden nicht entgangen, das in Dschamilas Gesicht geschrieben stand, als sie die Ausstellung dieser Bilder betrachtete. Voll Eifer und ganz in seinem Element fühlte er sich ermutigt, ihr in allen Einzelheiten die ganze Geschichte zu erzählen, während sie voll Ungeduld darauf brannte, endlich selbst sprechen zu können. Sie wollte, dass er endlich zu reden aufhörte, damit sie ihm verraten konnte, aus welchem Grund sie dieses Mal gekommen war.

Das Portrait von Lenin hatte ihm ein einflussreicher Mann namens Hussein Salih vorbeigebracht. Besagter Hussein war zuerst ein durch und durch überzeugter Baathist gewesen. Dann hatte ihn die Partei, ausgestattet mit einem Stipendium, in die Sowjetunion geschickt, um dort Elektrotechnik zu studieren. An jenem fernen Ort vermochte es Lenin, sein Herz zu erobern. Er vergaß die baathistische Ideologie Michel Aflaqs und seiner Kampfgenossen, um nur noch an Lenin und die kommunistische Revolution zu glauben und zum überzeugten Bolschewiken zu werden. Dann aber kam der Tag, an dem er erfuhr, dass er unheilbar krank war. Kein Arzt konnte ihm helfen, und so führte ihn der Weg laut Masuds Worten hierher an das Heiligengrab.

All seine Hoffnung auf Heilung setzte er auf seine in regelmäßigen Abständen verrichteten täglichen Gebete, das Berühren der Heiligenkleider, in die das Grab des Imams eingewickelt war, das gesegnete Öl und die langen Meditationen, mit denen er die kalten Nächte und Tage des Dezembers zubrachte.

„Beim barmherzigen Gott und beim allmächtigen Vater im Himmel, er war in kürzester Zeit geheilt!"

„Großer Gott!" entfuhr es Dschamila.

Eines Tages war dann Hussein Salih erneut erschienen. Dieses Mal hielt er ein Portrait von Lenin in der Hand. Es sollte ein Geschenk an Masud und

an die ehrwürdige Grabstätte sein. Denn beide hatten es ihm ermöglicht, die Gnade des barmherzigen Gottes zu gewinnen und vollständig geheilt zu werden. Er wollte sich seiner dunklen Vergangenheit entledigen, sie ganz auslöschen, indem er das Bild an den Schrein übergab.
„Möge Gott dich und all dein Wissen segnen – wenn Gott will, wird dir dieses Bild all das schenken, was du dir dein Leben lang gewünscht hast. Gesegnet seien alle, denen du Beistand geleistet hast und denen du noch Beistand leisten wirst, der Gnade Gottes teilhaftig zu werden."
Nach diesem Vorfall war Hussein Salih kein Kommunist mehr.
In seinem Dorf war er inzwischen, und das trotz seiner linken Vergangenheit als Kommunist, zu einem ehrwürdigen, angesehenen Scheich geworden, zu dem die Leute aus den umliegenden Orten nur so hinströmten, um seinen Segen zu empfangen. Das Portrait von Lenin hingegen verblieb bei Masud, um ihn jedes Mal, wenn er das Bild erblickte, an die Tausenden oder gar Millionen Seelen zu erinnern, die er auch noch auf den rechten Weg bringen und aus der Gefangenschaft jenes Abgebildeten erretten musste.
„Dieses Bild hat mir viel Glück gebracht ... als ob Gott mir durch diesen Atheisten all seinen Segen geschickt hätte", stellte Masud mit einem Lachen fest.
Nachdem Dschamila den Raum des Schreins mit Weihrauch parfümiert und noch einmal das Geschriebene, ihre Bitten an den Imam und an Gott, durchgelesen hatte, kam auch sie endlich dazu,

Masud zu berichten, was sie hergeführt hatte. Während er ihr zuhörte, tauschte er mehrere Male die Kassette mit den langen Liedern von Umm Kulthum aus. Erst nahm er „All die Liebe“ heraus und steckte Umm Kulthums „Du bist mein Leben“, hinein. Später dann hörten sie noch Atlal, „Inmitten der Ruinen der Liebe“.
Als sie ihre Erzählung beendet hatte, bemühte sie sich vergeblich, ihre Tränen zurückzuhalten. Dann offenbarte sie ihm ihre Angst, dass ein Fluch sie heimgesucht haben könnte. Sie habe bereits mit den unterschiedlichsten Mitteln versucht, diesen Fluch abzuwehren. Doch bisher sei alles vergeblich gewesen.
Keine Woche war vergangen, in der sie nicht ein Stück Blei geschmolzen und in Wasser geworfen hätte. Sie glaubte fest daran, dass heißes, in Wasser gegossenes Blei die bösen Blicke der Neider abhalte. Doch nichts hatte sich seitdem merklich verändert. Ihr Haus hing voller Ikonen, blauer Steine und silberfarbener Augen mit Gravur. Keinen Scheich, der als Wunderheiler bekannt war, hatte sie ausgelassen, um bei ihm ihr Glück zu versuchen. In die Ecken des Hauses hatte sie zuhauf Amulette gelegt, für die Liebe und für die Heilung von Krankheiten, die ihren Körper mit jedem neuen Tag mehr bedrängten. Sogar ein gewisser Hass hatte sich in ihr Herz eingenistet und in ihr Haus, das mehr und mehr einem Grab glich.
„Vor kurzem erst befiel mich Atemnot ... und ich hatte starke Schmerzen in meiner Brust, hier“, berichtete sie, und zeigte auf die besagte Stelle, bevor sie wieder in Tränen ausbrach.

„Der Brief an unseren Heiligen wird dir bestimmt Rettung schenken, da kannst du sicher sein. Ich werde für dich tun, was ich kann."

Nach all den Gebeten und den mit leiser Stimme gesprochenen Bittgesuchen, nach all den vielen, in einem metallenen Gefäß angezündeten Weihrauchkugeln und dem Zwiegespräch mit dem Heiligen des Schreins, verriet Masud Dschamila endlich, was sie eigentlich zu tun hätte.

Es gäbe da ein gut verschlossenes Kästchen, das irgendwo im Haus ihrer Familie unter einem kleinen Kissen verborgen lag. Es sei ein schwarzes Kissen mit Nähnadeln und Stecknadeln darin; jede Nadel in dem Kästchen verkörpere etwas Böses, das ihre Familie treffe, das an den Wegrändern ihres Lebens lauere und in die Herzen eindringe, so wie die Spitzen der Nadeln sich in den weichen Stoff des Kissens bohrten. Sie müsse stöbern, um sie ausfindig zu machen, um sie zu verbrennen. Dann müsse sie die Asche in das fließende Wasser eines Baches werfen und dabei ständig folgende Worte aufsagen:

Ihr sollt brennen, Augen der Neider, wie dieses Kissen verbrannte
Bei Gott im Himmel und seinem Heiligen ...
All euer Übel weiche von mir, wie dieses Wasser von mir fließe
Bei Gott im Himmel und seinem ehrwürdigen Imam ...

Wochenlang suchte Dschamila im heruntergekommenen Garten des Hauses ihrer Familie nach

dem Kästchen. Sie suchte es überall, konnte es aber nirgendwo finden. Sie brachte Haus und Garten völlig durcheinander, aber kein Kästchen, weder schwarz noch bunt, kam ans Licht.
Dennoch war Dschamila später davon überzeugt, dass alles, was daraufhin geschah, einzig und allein deshalb so eintrat, weil sie das Kästchen nicht finden konnte, ja weil sie all das Böse nicht verbrennen konnte, das sich unwiderruflich in ihre Seele und ihr Leben eingenistet hatte.
Sie stand am Fenster zur Gasse und wartete auf ihre Tochter. Anat musste bald aus Saidnaya, wo sie ihren Dschawad im Gefängnis besuchte, zurückkehren.
Aber ihre Tochter hatte sich schon sehr verspätet ...

Die zweite Mappe war in neutralem Grau gehalten und passte nicht besonders zu dem Fall des jungen Chaldäers, der uns als nächstes beschäftigte. Jonathan versuchte erst gar nicht, mir irgendwelche Papiere über ihn weiter zu reichen. Ich wäre auch nicht in der Lage gewesen, dem Anblick von Verbrennungen, Blut oder auch nur kleinsten Anzeichen geschehener Gewaltausübung und Schmerzen standzuhalten. Das Krankheitsgefühl stand mir seit dem Morgen schon ins Gesicht geschrieben. Joe berichtete in breitem Englisch:
„Emmanuel Jemmo ... spent 6 years in Saddam Hussein prisons. He is a chaldean young 30 years old, single."[1] Dann fügte er unter lautem Lachen hinzu: „Saddam Hussein no more exists."[2]
„But he still exists in his memories, Joe. Missiles don't kill memories."[3]
Angesichts meiner morgendlichen Laune schwieg Joe, an seinen Lippen konnte man ablesen, dass er schmollte. Aber heute konnte ich Späße solcher Art wirklich nicht ertragen.
Kurz darauf trat Emmanuel, der bezaubernde junge Chaldäer, in das Zimmer. Mir kam es vor, als trage er in seinen feinen, anmutigen Gliedern und seinem langen schwarzen Kraushaar auf eine ganz besondere Weise die reiche Kultur Mesopotamiens,

---

[1] Emmanuel Jemmo, hat sechs Jahre in Saddam Husseins Kerkern verbracht. Er ist Chaldäer, dreißig Jahre alt und allein lebend.

[2] Saddam Hussein lebt ja nicht mehr.

[3] Aber er lebt weiter in seinen Erinnerungen, Joe. Immerhin töten Raketen keine Erinnerungen.

aus der er stammte. Beim Anblick seiner großen Gazellenaugen wurde mir augenblicklich bewusst, dass ich mich nun besser fühlte und die Übelkeit verschwunden war.
Der junge Mann lachte selbstbewusst und blickte mich neugierig an. Er trug eine braune Lederjacke und darunter ein Hemd aus grünem Stoff. In diesen Kleidern sah er wie Charles Aznavour aus, während ich im Schwarz meiner Kleider versank. Joes Bemerkung, ich würde mit meinen deprimierenden schwarzen Kleidern ziemlich übertreiben, erschien mir plötzlich mehr als wahr.
„Guten Tag, Emmanuel. Ich heiße Anat Ismail und werde dem Herrn Direktor alles wortgetreu übersetzen, was du sagen wirst. Du musst ihm deine Geschichte schildern und ihn mit all den guten Gründen, die du hast, überzeugen, damit er deinen Antrag auf Asyl unterstützt. Er ist einer der maßgeblichen Verantwortlichen, die über deinen Antrag entscheiden werden. Ist soweit alles klar?“
„Bist du Chaldäerin?“ fragte mich Emmanuel, der überrascht schien und sehr impulsiv reagierte, in irakischem Dialekt.
„Nein“, antwortete ich.
„Assyrerin?“
„Auch nicht.“
„Dann bist du syrisch-aramäisch?“
„Nein.“
Emmanuel blickte verlegen.
Ich hatte das Bedürfnis, ihm die Sache, die es mit meinem Namen auf sich hatte, zu erklären. Mein Vater war nämlich ein eifriger Anhänger der syrischen Nationalisten gewesen, und das war

der Grund, weshalb er mir „Anat“ als Vornamen gab. Er wollte immer zu ihnen gehören. Aus irgendeinem Grund verspürte ich den Wunsch, mit Emmanuel darüber zu sprechen – wahrscheinlich, weil ich es genoss, sein feines, anziehendes Gesicht noch länger betrachten zu können. Aber dann kam mir die ganze Geschichte doch etwas zu langwierig vor, und ich befürchtete, dass es ihn sicher nicht interessieren würde, Genaueres darüber zu erfahren. Emmanuel hatte wohl Sehnsucht nach der Erde seiner Vorfahren bekommen. Ich fragte mich noch, ob er wohl das großartige Buch jenes kanadischen Autors mit indianischen Wurzeln, William Camus, gelesen hatte, sagte dann aber lediglich:
„Ich bin eine arabische Syrerin, Emmanuel.“
Für einen kurzen Augenblick schien er sichtlich enttäuscht, fasste sich dann aber schnell und lächelte Joe an.
„Well Emmanuel, tell us what you have in mind”[1], begann Joe die Befragung und lächelte dabei freundlich. Der Chaldäer fing an, seine Geschichte zu erzählen, die er mit heftigen Bewegungen seiner rechten Hand untermauerte.
Er war ein irakischer Künstler, der die Buzuq spielte.
An einem Winterabend des Festes der beiden Heiligen gab er in einem kleinen Theater der nordirakischen Stadt Irbil ein Konzert. Er spielte lange und sang dazu. Die Feier fand aus Anlass

[1] Emmanuel, erzähl uns doch, was dir gerade so durch den Kopf geht.

eines Treffens aller assyrischen Gemeinschaften statt, der Chaldäer, der Syrer und der Nestorianer. Darunter befand sich auch eine Delegation von syrisch-aramäischen Jugendlichen aus dem Nachbarland, die extra zu dem Treffen eingeladen war ...
„Es war eine außergewöhnliche Feier, wie sie niemand in der Region seit Jahrzehnten erlebt hatte. Als der Abend seinem Ende zuging, bat mich das Publikum begeistert, ein bestimmtes chaldäisches Lied zu singen; eines jener Lieder, die ich besonders gut beherrschte. Alle verlangte es danach, dieses Lied öffentlich in chaldäischer Sprache zu hören, nachdem das Sprechen unserer Sprache über Jahre hinweg vom Staat verboten gewesen war. Ja sogar in den Schulen und in Kirchen war uns das bloße Hören unserer geliebten Sprache verboten.
Der Text des Liedes lautete folgendermaßen:

Komm, mein Gefährte, damit wir zusammen singen
denn nur Lieder allein führen uns zusammen
tralala tralala
denn nur Lieder allein können uns vereinen
tralala tralala
denn nur Lieder allein können fliegen ohne Flügel
und führen uns dorthin, wo wir uns wünschen zu sein

Ich sang das Lied von Anfang bis zum Ende. Ich sang es wie ich es nie zuvor gesungen hatte. Die Menschen vor mir verschmolzen zu einem einzigen großen Ganzen. In der Dunkelheit, die mittlerweile hereingebrochen war, wiegten Kerzen in leichten Bewegungen hin und her, und eine erfrischende

Abendbrise streifte über mein Gesicht. All das machte mich wie betrunken, und meine Stimme klang noch sehnsüchtiger, so als ob sie die Buzuq in meiner Hand mit zärtlichen Worten leiten würde.
Dieser Abend war wie in einem Traum, wie eine Feier von Engeln, oder wie ... Ich kann es nicht beschreiben.
Doch kaum war meine Stimme verklungen und das Lied zu Ende, da umstellten die Leute der irakischen Staatssicherheit den gesamten Ort, bewaffnet wie eine Armee auf dem Weg zum Schlachtfeld. Sie verbarrikadierten die Ausgänge des Theaters und nahmen Dutzende der anwesenden jungen Männer und Frauen fest.
Doch mich nahmen sie nicht mit ins Gefängnis. Nein, sie hielten mich stattdessen mehrere Tage in einem der Räume hinter den Kulissen gefangen, ohne Essen und ohne Wasser. Nach drei Tagen hatte ich das Gefühl, als stecke ein Haufen trockener Dornen in meiner Kehle. Ich konnte mich kaum noch bewegen.
Am Ende des letzten Tages, den ich dort verbrachte, betraten vier Männer den Raum, Männer von der Staatssicherheit aus der Hauptstadt. Sie brachten mich, der ich schon halb ohnmächtig geworden war, in das berüchtigte Mahdschar-Gefängnis in Bagdad. Meine Anklage lautete, wie ich später erfahren sollte, dass ich zu einem Aufstand der chaldäischen Minderheit aufgerufen hätte."
Er schwieg einen kurzen Moment und fuhr dann fort.
„Ich war also der Führer eines Volksaufstandes, ohne es zu wissen. Sie warfen mir vor, der Demo-

kratischen Chaldäischen Einheitspartei anzugehören."
Daraufhin lachte Emmanuel und zeigte dabei seine strahlend weißen Zähne. Anat kostete diesen Anblick für einige Momente aus. Sie übersetzte Joe die letzten, von Emmanuel gesprochenen Worte, während sich dessen Gesichtszüge bereits wieder entspannt hatten.
Als sie zu Ende gesprochen hatte, fragte Joe: „Had you belonged to them?"[1]
„No, never!"
Die Details über das Mahdschar-Gefängnis, von denen er anschließend berichtete, ließen Anat vor Schrecken am ganzen Körper erzittern. Das Gefängnis war zugleich ein Ausbildungszentrum der Polizei, an das eine Abteilung zum Training von Polizeihunden angeschlossen war. Immer diese Details, diese verdammten Details. Dabei war sie doch der festen Überzeugung gewesen, sich an diese Geschichten bereits gewöhnt zu haben, und hatte geglaubt, nach all den Jahren täglicher Übersetzungsarbeit bei der Botschaft immun gegen die Leidensgeschichten der Flüchtlinge geworden zu sein.
Doch von Immunität, von Undurchlässigkeit konnte keine Rede sein. Vielmehr handelte es sich um Durchdringung, um ein Verschmelzen mit dem Schicksal derer, die aus ihr, der eigentlich teilnahmslosen Zuhörerin, mit jedem neuen Arbeitstag eine Figur ihrer Geschichten machten. Es war tatsächlich so, dass sie das Erzählte beim

[1] Und, hast du zu denen gehört?

Übersetzen selbst durchlitt, dass sie es mit ihrem gesamten Körper, mit ihren Gefühlen und in ihrer eigenen, ganz privaten Welt noch einmal erlebte. Sie war nicht mehr nur eine Übersetzerin, die mit der Sprache spielte und wie ein Papagei alles nachplapperte, was die Antragssteller sagten, sondern wurde selbst Teil der Ereignisse, die passiert waren – oder vielleicht auch nicht passiert waren.

Mag sein, dass es das kleine Wesen in ihrem Inneren war, das sie ein um das andre Mal so dünnhäutig werden ließ. Sie war dann ihres verhassten Gedächtnisses entledigt, so als säße sie zum ersten Mal vor diesem Schreibtisch, lauschte dem Gesagten und sähe sich selbst dabei zu, wie die Angst in sie fuhr und sie verschreckt erzittern ließ. Das kleine Wesen, das verborgen in ihrem Bauch heranwuchs, verwandelte sie in ein weißes Blatt Papier. Ein Klumpen weicher Erde, noch nicht hart geworden durch die Schicksalsschläge, schmerzerfüllten Seufzer und Stürme von Leidensgeschichten, die ausgehend von ihr unbekannten Menschen unaufhaltsam auf sie zustürmten wie ein rasender Zug, der nicht mehr zu stoppen ist.

Es hieß, dass Frauen infolge von Gewaltakten, die im Mahdschar-Gefängnis an ihnen begangen wurden, häufiger an schwer heilbaren Geschlechtskrankheiten und wiederholten Blutungen litten. Emmanuel berichtete, dass die verzweifelten Hilferufe der Frauen, manchmal übertönt vom Bellen der Hunde, bis in seine Zelle drangen.

Unter der Erde gab es dreißig Zellen für Gefangene, und weitere dreißig „Zellen“ für die Hunde.

„Ich weiß nicht, wieso ich mir oft einbildete, dass

meine Schwester Inaam oder meine Mutter in einer dieser Vergewaltigungszellen waren. Inaams Gesicht tauchte bei jedem Schrei, den ich vernahm, mit flehendem Blick vor mir auf. Ich sah, wie sich ihr Körper unter der Folter krümmte, und der Schmerz ihr Gesicht verunstaltete und entstellte, immer wieder von vorn: ein fremdes, mir unbekanntes Gesicht, schmerzerfüllt und von Gewalt und Terror gezeichnet.

Viele, viele kamen im Gefängnis zu Tode, um in improvisierten Massengräbern verscharrt zu werden. Man erzählte sich, dass sie die Gräber um das Gefängnis herum aushoben, wo es ihnen gerade gefiel.

Sie verbanden mir die Augen, zogen mich vollständig aus und ließen mich stundenlang an meinen Handgelenken baumelnd herabhängen, meistens die linke Hand hinter den Rücken gebunden, bis sie ganz verdreht war."

Emmanuel schwieg für einen kurzen Augenblick.

Von Beginn der Befragung an hatte er seine Hand an die Hüfte gelegt. Anat konnte ihren Blick nicht von seiner Hand lösen. Ihr wurde klar, dass er mit dieser verstümmelten Hand niemals mehr die Buzuq spielen konnte.

In Anats Eingeweiden begann es zu kochen. Das Zimmer mit dem Schreibtisch wankte in ihrem Innern hin und her und gab ihr das Gefühl, sie versinke im brodelnden Abgrund eines Vulkans.

Als der junge Mann zu Ende gesprochen hatte, drehte sie sich zu Jonathan, um ihre Unpässlichkeit zu entschuldigen. Es gab kein Halten mehr. Entweder würde sie sofort aus dem Zimmer stürmen oder sich auf der Stelle übergeben, hier auf den Tisch. Joe schaute sie an. In seinem Blick lagen Müdigkeit, Tadel und Mitleid zugleich. Dann schoss sie aus dem Zimmer, ohne sich noch einmal ihm oder Emmanuel zuzuwenden. Sie schämte sich zu Tode. Gewissensbisse, die ihr Schamgefühl noch verstärkten, wallten in ihr auf. Die heftige Übelkeit verschwand erst, als sie die Gassen des Maliki-Viertels erreicht hatte. Das angenehm warme Frühlingswetter nahm ihr ein wenig ihr Unwohlsein. Sie fühlte sich wieder wie ein Mensch und machte sich auf den Weg nach Hause. Dennoch sehnte sie sich nach nichts so sehr wie nach Schlaf ...

Winteranfang des Jahres 1993
Die Stimme des Radiomoderators, der seine Fragen an sein Gegenüber stellte, hallte im Großraumtaxi wider. Sein Gast im Nachrichtenprogramm antwortete mit scharfer, beinahe kreischender Stimme. Thema der Sendung war das kürzlich unterzeichnete Abkommen zwischen Syrien und der Türkei bezüglich der Kurden und die sich zu Beginn der Neunzigerjahre verschärfenden Probleme in der Kurdenfrage. Der laute Ton des Radios steigerte noch die bereits aufgeladene und angespannte Atmosphäre im Taxi. Der Fahrer schimpfte ununterbrochen auf Kurdisch und spuckte alleweil aus dem offenen Fenster seines Fahrzeugs, Ausdruck seines Ärgers über die verfluchte Kälte. Das Taxi befand sich auf dem Weg von Minin die Berge hinauf nach Saidnaya.
Die Spucke allerdings wurde vom Fahrtwind wieder ins Innere des Autos zurückgeworfen und landete im Gesicht von Mayyasa Al-Scheich, die hinter dem Fahrer auf der Rückbank saß. Der Moderator begann erneut davon zu sprechen, dass die Syrer unmissverständlich klargestellt hätten, dass sie keinerlei Aktionen der Kurden auf syrischem Boden akzeptieren würden, gleichzeitig aber auch die Verfolgung von in Syrien befindlichen Anhängern der PKK durch die Türkei nicht duldeten. Im Gegenzug würden sie sich bemühen, ein in der libanesischen Bekaa-Ebene gelegenes militärisches Trainingslager, die Mahsum Korkmaz-Akademie, zu schließen.
Der Gast begann hysterisch zu kreischen, worauf der Fahrer ebenfalls eine Schimpftirade nach der anderen losließ.

Anat versuchte trotz des Geschreis und des Lärms, der Sendung zu folgen. Neben ihr auf dem Sitz hielt Mayyasa ihre kleine Tochter im Arm, die gerade schlief. Die Tochter wirkte beinahe schon so groß wie ihre klein gewachsene Mutter. Mayyasa wischte sich ab und an die Spucke aus dem Gesicht, rieb ihre Brille mit einem rosa geblümten Stofftaschentuch sauber und schaute aus dem Fenster des Kleinbusses, der mit atemberaubender Geschwindigkeit die Hügel erklomm. Sie trug ein kunterbuntes Kleid im Stil der Achtziger Jahre, das abgetragen ihren schmalen Körper bedeckte. Die Schulterpolster ließen das Kleid noch abgetragener aussehen. Ihr schwarzes, zu einem langen Zopf gebundenes Haar fiel ihr bis auf die Schulter. Und ihre Hornbrille, die sie gerade wieder aufgesetzt hatte, verdeckte mit dem dicken, dunklen Rahmen beinahe das gesamte Gesicht.
Mayyasa wird sich ihren Lebtag nicht verändern. Sie wird immer ausschauen, als käme sie aus einer anderen Zeit. Das Taxi war voller Frauen, die ihre Männer im Gefängnis besuchten: Mayyasa und ihre Tochter besuchten ihren Ehemann und Vater, Umm Usama und ihre Tochter besuchten Vater und Bruder, Umm Elias Khoury wollte ihre beiden Söhne sehen und Falak, Muna und Umm Mahmud ebenfalls ... Frauen, die jemanden in Haft besuchten, gab es viele.
„Was geht dir durch den Kopf?“ Anat realisierte, dass ihre Freundin Mayyasa die ganze Fahrt über schon schweigsam gewesen war. Mit einer Geste gab Mayyasa Anat stumm zu verstehen, dass alles in Ordnung sei. Dann blickte sie wieder

gedankenverloren aus dem Fenster. Also ist doch etwas nicht in Ordnung. Anat nahm die ruhig auf dem Rücken von Diana liegende Hand, drückte sie sanft und spürte dabei die feinen Knöchelchen. Mayyasa musste sicher an ihre Schwester Duha denken. Vielleicht wünschte sich Mayyasa, dass ihre Schwester gerade da wäre. Wenn man Mayyasa und Duha beisammen sah, kam man nicht auf die Idee, dass die beiden Schwestern waren. Der schlaffe Körper Mayyasas und daneben der gut gebaute Körper Duhas, der vor Lebendigkeit und Energie nur so strotzte. Es war erstaunlich, wie unterschiedlich Schwestern sein konnten!

Bei Mayyasa hatte man stets den Eindruck, dass sie das Leben in ihrem Inneren zu verstecken versuchte, während Duha all ihre Lebendigkeit nach außen kehrte und damit auch ihre Umgebung unendlich lebendiger machte. Die eine introvertiert, die andere das Gegenteil davon, die eine ein in sich verschlossenes Wesen, und die andere ging ständig aus sich heraus.

Trotz dieser Gegensätze waren die beiden ein Herz und eine Seele, als wären sie zwei Hälften desselben Wesens, einst vereint und dann irgendwann durch einen Eisprung voneinander getrennt, oder wie zwei siamesische Zwillinge, die durch eine komplizierte Operation entzwei geteilt worden waren, wobei jede der beiden die Gene der anderen weiterhin in sich trug. Eineinhalb Jahre nach der Verhaftung von Iyad Al-Schalati und Suleiman Al-Ahmad reichte Duha vor Gericht die Scheidung ein. Ohne zu zögern gab der Richter dem Antrag statt und schickte den Entscheid über

die Scheidung direkt an Suleiman, der damals im Palmyra-Gefängnis einsaß.
Suleiman nahm den Scheidungsbescheid auf, als wäre er zum sofortigen Tod durch den Strang verurteilt worden. Er brach an der Tür zur Zelle zusammen und ließ sich mit all seinem Gewicht fallen, sodass es einen vom Aufprall auf den Boden seltsam dumpfen Klang gab. Als seine Genossen zu ihm liefen, war sein Gesicht so bleich wie Kreide. In einem plötzlichen Anfall von Atemnot rang er verzweifelt nach Luft, als hätte man sie ihm mit einem Mal genommen.
Suleiman Al-Ahmad verlor völlig den Verstand, schlug seinen Kopf gegen die Wand, weinte, schluchzte und schrie wie ein Tier, das geschlachtet werden soll. Als die Gefängniswärter in der Zelle eintrafen, war er bereits bewusstlos.
Das Papier, das er erhalten hatte, sorgte dafür, dass er so ziemlich von allen Entscheidungen, die für ihn unantastbar gewesen waren, zurücktrat: Er war, ohne auch nur einen Augenblick zu zaudern, bereit, das Dokument zu unterschreiben, dass die Verwaltung des Gefängnisses ihn zu unterzeichnen monatelang gedrängt hatte. Sein kategorisches Nein hatte sich von einer Sekunde auf die andere in ein plötzliches, bedingungsloses Einverständnis verwandelt.
Mit der Unterschrift verpflichteten sich die politischen Gefangenen ab sofort dazu, keine oppositionellen Aktionen mehr zu verüben. Darüber hinaus erkannten sie an, dass ihre vorherigen geheimen Aktivitäten falsch gewesen seien. Sie hätten darauf hingearbeitet, das Land in einen Bürgerkrieg

oder andere chaotische Verhältnisse zu stürzen. Abschließend hieß es, sie bereuten ihr Vergehen zutiefst.
Die Behörden und die Staatsicherheit versprachen ihrerseits, die Gefangenen unmittelbar nach Unterzeichnung des Dokuments aus der Haft zu entlassen.
Aufgrund dieses verlockenden Versprechens spalteten sich die vielen Aktivisten der Partei in zwei Gruppen: die Einen wollten unterschreiben, die Anderen waren dagegen. Im Gefängnis tobte wegen dieser Frage für längere Zeit ein heftiger Streit. Suleiman, der zuerst zur Gruppe der Gegner jeglicher Zugeständnisse gezählt hatte, gehörte nun von einem Tag auf den anderen der Gruppe der Befürworter an. Er glaubte, dass er durch seine sofortige Entlassung die Dinge zwischen sich und Duha schon würde regeln können. Der Grund, warum sich Duha getrennt hatte, nämlich seine Abwesenheit auf unbestimmte Zeit, wäre damit nicht mehr existent. Alles würde dann wieder ins Lot kommen, er konnte sich nichts anderes als ein glückliches Ende vorstellen.
Aber fatalerweise entließ der Geheimdienst weder ihn noch die anderen, die unterzeichnet hatten, aus der Haft.
Sie mussten Seite an Seite mit ihren Mithäftlingen und Genossen noch für viele Jahre im Gefängnis leben. Bei jeder Begegnung, in jedem kurzen Gespräch ließen die standhaft Gebliebenen ihre Genossen, die eingeknickt waren, ihre Schwäche spüren. Diese waren seitdem wie zu Eis erstarrt und völlig ermattet vor lauter Versagen. Der Gedanke

an die nicht von der Hand zu weisende Tatsache, dass sie dem Staat alle ihnen überhaupt möglichen Zugeständnisse gemacht hatten, ohne etwas zum Austausch dafür zu erhalten, zermürbte sie zusätzlich.
Nach einem Jahr hatte sich Duha Al-Scheich bereits wieder verheiratet. Sie wurde die Zweitfrau eines der reichsten Stoffhändler von Aleppo. Die beiden waren sich begegnet, als er Naschidsch besuchte, die Firma, bei der sie arbeitete. Die junge, attraktive Angestellte eroberte im Handumdrehen sein Herz. Von ihrem kleinen Holzschreibtisch aus hatte sie kokett mit ihm geschäkert. Er hatte sich ihr gegenüber gesetzt, ganz gefangen von ihrem strahlenden Lächeln, von der zu erahnenden Zartheit ihres Körpers und dem Zauber, der sie stets umgab. Bei seinem zweiten Besuch ein paar Tage später begrüßte ihn Duha erneut mit einem anspielungsreich koketten Lächeln. Er zögerte keinen Augenblick und hielt um ihre Hand an. Als er sie fragte, ob sie ihn heiraten wolle, unterschrieb sie gerade den Kaufvertrag, weshalb er sie zumindest dem Anschein nach ein zweites Mal aufgesucht hatte. Ihre einzige Reaktion war ein breites Lächeln, ohne auch nur ein einziges Mal von ihren Papieren aufzuschauen.
Sie zögerte jedenfalls keinen Moment. Im nächsten Monat feierten sie die Hochzeit.
Die Scheidung und dann die unerwartete, direkt darauf folgende Heirat veranlassten Mayyasa, mit ihrer Schwester zu brechen. Sie beschloss, Duha unwiderruflich aus ihrem Leben zu streichen, als risse sie einen Teil ihres Körpers heraus und werfe ihn unwiederbringlich aus dem Fenster.

„Ist da nicht etwas, über das wir miteinander sprechen sollten?“, fragte Anat, doch Mayyasa schüttelte nur leicht den Kopf.
„Also nach dem Besuch, ok?“ hakte Anat nach.
Wieder schüttelte Mayyasa ablehnend ihren Kopf. Sie hatte das Gefühl, ihre Seele presse und drücke auf ihren Kehlkopf, als ob sie sich aus ihr befreien wollte. Warum nur widerfuhr ihr all das? Und dennoch: Immer und überall trug sie ein Lächeln auf dem Gesicht. Unter keinen Umständen sollten die Anderen von ihrem Gesicht ablesen können, was in ihrem Inneren vor sich ging. Diese Undurchschaubarkeit, die sie wie ein Schutzschirm umgab, flößte ihr Sicherheit ein, während die Offenheit der Anderen ihrer Meinung nach zu viel Raum ließ, alles Mögliche in sie hinein zu interpretieren. Denn sie empfand Offenheit als eine Form der Nacktheit.
Sie kam sich nackt vor und schämte sich deshalb in allen möglichen Situationen zu Tode. Obwohl sie Angst davor hatte, dass sie eines Tages vor lauter angestautem Druck, vor lauter geheimen Gedanken, platzen könnte, durfte niemand, unter keinen Umständen, von ihren Gedanken erfahren. Keiner, nicht einmal Anat, durfte erahnen, was in ihrem Innern vor sich ging. Die einzige, die mehr über jene geheime Welt, die sich in ihrem Inneren verbarg, gewusst hatte, war Duha gewesen. Und nun hatte sie auch Duha aus ihrer Welt verbannt. Das war nur logisch, wenn sie weiterhin sicher sein wollte, auf der richtigen Seite zu stehen. Wenn sie weiterhin diese Art von Selbstvertrauen aufrechterhalten wollte, musste sie alles hassen, was Duha

tat, wenn es auch bedeuten mochte, die mit ihr verwachsene Zwillingsschwester für immer aus ihrem Herzen, ihrem Verstand und ihrem ganzen Leben zu verbannen.

Bald würden sie beim Gefängnis ankommen.

Die Frauen kramten schon einmal ihre Besuchserlaubnis hervor, um sie gleich den Sicherheitskräften vorzeigen zu können, die an der Pforte des Gefängnisses standen. Anat musste jeden Monat den Personalausweis von Dschawads Schwester, Maysun Abu Atta, und dazu die auf deren Namen ausgestellte Besuchserlaubnis vorweisen. Es waren nur Besuche von Verwandten ersten Grades gestattet. Maysuns bereits ein wenig verblasstes Passbild sah Anat kein bisschen ähnlich. Dafür sah sie zu sehr aus wie ihr Bruder. Die gleichen braunen Augen, die vollen Lippen und ein sehr heller Teint. Und schließlich diese extreme Schlankheit, die ihre Wangen- und Backenknochen markant hervortreten ließen. Der einzige Unterschied zwischen den beiden Geschwistern waren die langen, dichten Zöpfe, die ständig in Maysuns Gesicht und über ihren Rücken fielen, sodass sie aussah wie eine gerade dem Wasser entstiegene Meerjungfrau: eine märchenhafte Nixe, die aus heiterem Himmel Anat zu Hilfe gekommen war.

„Ist doch nicht wichtig, ob ich ihn besuche oder nicht. Er will dich sehen, nicht mich!“, meinte Maysun lachend und hielt die Hand vor ihren Mund. „Wichtig ist nur, dass keiner aus meiner Familie dich sieht. Ich glaube aber nicht, dass ihn einer von ihnen vor nächster Woche besuchen wird. Und vergiss bitte nicht, ihn von mir zu grüßen." Maysun gab ihr lachend einen Kuss und ging eilig in den Campus der Universität zurück, bevor das Tor geschlossen wurde. Zum Abschied winkte sie ihr noch einmal, dann sah man wieder ihre dunklen Zöpfe hinter ihrem Rücken hin und her baumeln.

Bei der Ankunft war alles recht schnell erledigt. Das Sicherheitspersonal an der Pforte warf wie gewöhnlich einen flüchtigen Blick auf die Papiere, dann fuhr das Großraumtaxi weiter bis zum großen Gefängnisgebäude.

Das zweite große Tor durchquerten sie ohne anzuhalten. Am dritten Tor mussten sie erneut allesamt aussteigen und ihre Taschen mit den fertigen Gerichten, den mitgebrachten Lebensmitteln und Schüsseln vorzeigen. Alles wurde mit nervenaufreibender Genauigkeit und Sorgfalt durchsucht, bevor es endlich zu den Häftlingen gelangen durfte. Während der ganzen Zeit musste der Fahrer außerhalb der Pforten warten, bis die Besuchszeit vorbei war und er mit den Frauen der Häftlinge wieder zurück nach Damaskus fahren konnte.

Die übliche Kontrolle wie bei jedem Besuch. Umm Usama musste den Topf mit gekochten Bohnen, den sie ihrem Sohn mitgebracht hatte, öffnen, damit der Beamte mit einem kleinen Stock darin herumstochern konnte. Er war noch sehr jung und wirkte unerfahren und unschuldig wie die meisten Neuen. Auch seine Stimme klang etwas zögerlich, als er die ältere Frau aufforderte, die Fleischklößchen mit Joghurt langsam in einen anderen Topf zu füllen, damit man sehen konnte, ob dem Essen nichts untergemischt war. Als er dann auch noch begann, die Klöße zu zerteilen, griff Umm Usama unwillkürlich nach seiner Hand und bat ihn, dies nicht zu tun. So viel Mühe hätte sie sich gemacht! Wieder stockte er einen Moment, warf einen Blick auf ihren Sohn, dessen Augen böse funkelten, ließ sie stehen und wendete sich mürrisch einer anderen Frau zu.

Auch Anat musste sich und all ihre Mitbringsel durchsuchen lassen: Die Schüsseln mit dem Obst, die Kasserolle mit gefüllten Weinblättern, den Teller Zuckerringe, die kleinen Pizzastücke und andere Köstlichkeiten, für deren Zubereitung Dschamila fast zwei Tage lang gebraucht hatte. Selbst Abu Hayyan hatte ihr geholfen, die Kartoffeln geschält und die Bohnen zerkleinert. Anschließend musste Anat ihre Romane Seite für Seite vor den Augen des Sicherheitspersonals umblättern.

Ganz in der Nähe stand ein Gefängnisbeamter, der eine Hammelkeule inspizierte, die Umm Mahmud mitzubringen sich die Mühe gemacht hatte, um sicherzustellen, dass nichts in das Fleisch hineingesteckt worden war. Nach eineinhalb Stunden war die Durchsuchung vorbei.

Jede der Frauen packte ihre Sachen zusammen und machte sich auf zur letzten Pforte, dem Eingang des Gefängnisgebäudes. Wie auf einer Ameisenstraße schulterte jede der Ameisen ein Korn Weizen, viel zu groß für ihren schmalen Körper. Währenddessen hüpften die Kinder vor lauter Vorfreude auf die nur noch wenige Meter entfernte Zusammenkunft ausgelassen um ihre Mütter herum.

Bei der Rückfahrt aber hatte sich die gute Stimmung verflüchtigt. Das Radio war ausgeschaltet. Der Fahrer, der auf der Hinfahrt wie ein Wahnsinniger gerast war, blickte ruhig vor sich hin, und diejenigen, die zuvor ununterbrochen mit flüsternden Stimmen geschwatzt hatten, waren nun verstummt. Die Kinder schließlich waren eingeschlafen, manche weinten leise. Jede einzelne der Passagierinnen des Großraumtaxis blickte gedankenverloren vor sich hin.
Obwohl man mir versichert hatte, ich könne in einem geschlossenen Raum eine halbe Stunde allein mit ihm sein, wenn ich mich als Maysun ausgäbe, ist es nun doch nicht dazu gekommen. Irgendetwas ist schief gelaufen, aber ich habe keine Ahnung, was, grübelte Anat. Immerhin war es mir gelungen, meinen Vater dazu zu überreden, mit einem Bekannten von ihm zu sprechen, der beim Zoll arbeitet. Dieser Zollbeamte wiederum sollte mit dem Offizier sprechen, damit ich die besondere Besuchsgenehmigung bekäme.
Und nun war alles umsonst gewesen, wo ich mich doch so sehr auf diesen Besuch vorbereitet habe. Ich habe extra Dschawads Lieblingsjacke angezogen, die einer Fields-Militärjacke ähnelt, wie man sie als Leutnant in der Armee trug; ich habe die Holzkette mit den vielen bunten Perlen getragen, die er für mich gemacht hat, und an deren Ende die Perlen so geformt sind, das man meinen Namen lesen kann. Ich habe meine Haare und meinen Hals mit einer halben Flasche Parfum besprüht, weil ich gedacht hatte, ich könnte ihn kurz umarmen, und wenn es nur für ein paar

Sekunden wäre. Doch daraus ist nichts geworden. Nicht einmal einen Hauch deines Dufts konnte ich in mich aufnehmen. Nur in meinen Träumen, so will es wohl das Schicksal, erreicht mich dein Duft. Nur in den Augenblicken, in denen ich dich begehre, bis ich mich selbst mit dem Spiel meiner Finger, die meinen ganzen Körper zum Leben erwecken, noch mehr in Erregung versetze, strömt dein Geruch aus den Tiefen meines Gedächtnisses in mir empor.

Wie alle vergangenen Male blieb es mir auch dieses Mal versagt, deine Hände zu berühren. Deine Gestalt ist in kleine Vierecke zerteilt, verschwommen hinter dem doppelt verglasten Gitter, das die Wände zum Korridor hin, in denen die Wärter auf und ab gehen, trennt. Wie ein Puzzle sieht dein Gesicht aus, zerstückelt und auseinander gebrochen wirkt es, und mir bleibt nur übrig, dich wieder zusammenzusetzen. Mir bleibt nichts anderes übrig, als dich, obgleich du weiterhin so weit weg bist, zu mir zu holen.

Dschawad rief mit lauter Stimme, er habe mir ein Bild geschickt. Das bedeutete, dass er darin irgendwo einen Brief für mich verborgen hatte. Ich nickte mit dem Kopf: „Das Stück Kuchen heute habe ich selbst gebacken, ich hoffe, es schmeckt dir. Es liegt auf dem Pappteller."

Dann schwiegen wir wieder eine Weile.

Ich befürchtete, dass Dschawad vielleicht nicht auf die Idee kommen würde, dass ich einen Brief von Maysun in dem Pappteller versteckt hatte.

Ich bemühte mich, ihm noch mehr Hinweise zu geben, damit er richtig verstand, was ich ihm mitteilen wollte, doch die Bewegungen in seinem Gesicht und in seinen Augen ließen mich verstummen. Es sah aus, als hätte er begriffen, was ich meinte. Er sollte die oberste Schicht der Pappe ablösen. Dann würde er den Brief entdecken, den ich in die eng aufeinanderliegenden Schichten gesteckt hatte.

Außerdem wollte ich, dass er die Romane las, die ich ihm mitgebracht hatte: Die Dattelpalme und die Nachbarn von Ghaib Tuma Farman und Der Meister und Margarita von Bulgakow. Auf einer der Seiten hatte ich ihm einen Brief geschrieben, indem ich unter jedem Buchstaben, mit dem ich die Wörter bilden wollte, einen kleinen schwarzen Punkt gesetzt hatte. So machte ich es immer. Er musste nur noch die verstreuten Buchstaben zusammenfügen und konnte meinen Brief lesen.

Dieses Mal war mein Brief sehr kurz: Er begann mit einem I, dann C, H, dann L, I, E, B, E, D, I, C, H und danach noch B, E, G, E, H, R, E, D, I, C, H.

Er würde mir die Kürze des Briefs wohl sehr übel nehmen, das wusste ich. Aber ich war nicht in der Lage gewesen, noch weitere Buchstaben zu markieren. Eine gewaltige Verbitterung hatte sich eine Zeit lang in meiner Kehle aufgestaut und mich paralysiert.

Wie viele Worte hatte ich mir für meinen Besuch zurecht gelegt, der so besonders werden sollte. Zu allem Übel würde ich ihn im nächsten Monat nicht einmal besuchen kommen können. Das nächste Mal war Maysun endlich mal an der Reihe und sollte ihren Bruder sehen. Lautes Rufen und Lärmen waren das einzige, was uns umgab.

Umm Usama weinte, die Augen ihres Mannes hinter dem Gitter der Trennwand quollen über vor Tränen. Mayyasa lachte hysterisch wie eine Schauspielerin, die in einem schlechten Film eine durchgedrehte Frau spielen soll. Auf unserer Seite schrien die Angehörigen, auf der anderen Seite die Häftlinge. Nichts als Schreien.
Vor lauter Geschrei habe ich kein Wort von dem verstanden, was du während unseres Gesprächs gesagt hast, das nicht einmal zwanzig Minuten dauerte. Dann, das Ende der Besuchszeit bekanntgebend, forderten die Gefängniswärter die Häftlinge auf, sich zu erheben, und stießen sie vorwärts in ihre Zellen.

Auf den Fenstersims gestützt, hielt Dschamila Ausschau nach ihrer Tochter. Wie sie so weit nach draußen gelehnt dastand, schweiften ihre Gedanken zurück in vergangene Zeiten. Früher schon hatte sie einmal so auf den Fenstersims gelehnt dagestanden. Das war noch im Haus ihrer Eltern in Latakia gewesen. Sie war noch keine dreizehn und schaute den Mädchen aus den Nachbarsfamilien zu, die über den mit Kreide gemalten Linien auf dem Straßenasphalt hin und her sprangen. Sie stellte sich vor, wie ihr Herz mit ihnen über die auf den Boden gezeichneten Linien sprang, wie sie laut keuchte und ab und an vor Freude kreischte.
Vierzig Tage war es bereits her, dass sie zum letzten Mal das Haus hatte verlassen dürfen, um mit ihnen in der Gasse zu spielen. Es war nur wenige Monate, nachdem ihr Vater vom Dorf in die Stadt gezogen war. Der Umzug hatte zur Folge, dass ihr Vater, nachdem sie ihn mehrere Male dazu gedrängt hatte, ihr schließlich erlaubte, ihre in der Koranschule im Dorf begonnene Ausbildung in einer Schule der Stadt fortzusetzen.
Und da steht sie nun, in ihrer schwarzen Schuluniform, die ihren Körper zusammenpresst und ihn in strenge Linien zwängt, und einem Stoß Bücher, den sie gegen ihre Brust gedrückt hält. Durch die leeren Straßen der Stadt hat sie sich auf den Weg zur Mädchenschule gemacht, die am Rand des Viertels Scheich Dahir liegt und an die Mar-Thekla-Straße angrenzt.
Das kleine Stück Land, das ihr Vater nach der Landreform von 1908 zugewiesen bekommen hatte, war wieder in die Hände von Salim Agha

zurückgefallen, jenem Großgrundbesitzer, für den ihr Vater so lange geschuftet hatte. Die Regierung Dawalibi hatte wenige Monate zuvor einem Verdikt zugestimmt, das Korrekturen an dem neuen Gesetz zur Landreform vorsah, und den Großgrundbesitzern die Ländereien wieder zueignete, die einst den Bauern zugesprochen worden waren. Was also blieb ihrem Vater anderes übrig, als das Dorf hinter sich zu lassen und in Latakia ein neues Zuhause zu suchen?

Nun stand sie auf den Fenstersims gelehnt da und schaute neidisch ihren Spielkameradinnen zu. Die Alten begingen gerade die Trauerfeier aus Anlass des vierzigsten Todestages ihrer Schwester Saniya. Sie standen im großen Zimmer umher, wo die Mutter für das Zusammensitzen der Gäste alles vorbereitet hatte. Ein Schlachtmesser lag still auf dem kleinen sauberen Holztisch und wartete auf das Ende ihrer Gebete, damit das Opfertier geschlachtet und der Beginn der Trauerfeier eingeläutet werden konnte.

Der Hammel, der an der Tür zur Küche festgebunden war, betäubte das gesamte Haus mit seinem erschrockenen Blöken.

Weshalb nur verfolgst du mich nun wie ein Gespenst, Saniya, fragte sich Dschamila, ans Fenster gelehnt. Ich erinnere mich an dich wie an einen Traum, du meine sieben Jahre ältere Schwester. Du bist verunglückt, als der Bus, der euch alle von Raqqa nach Latakia bringen sollte, umkippte, an einer der Kreuzungen auf dem Weg einfach umstürzte.

Sie war die einzige der Mitfahrenden, die starb: So als hätte ihr zerbrechlicher, feiner Körper

keine weitere Last aushalten können, auch keinen umgekippten Bus. Saniya war im fünften Monat schwanger gewesen, das Kleine starb mit ihr in ihrem Bauch. So war es mir nicht vergönnt, dein Kind jemals zu sehen, Saniya. Nur deine Tochter Sabah kenne ich. Wenn du wüsstest, dass du mir und meinem Leben nur Unheil gebracht hast!
Doch weshalb suchst du mich gerade jetzt heim?
In jenem Jahr 1962, genauer gesagt, zu Beginn jenes Jahres, wurde Latakia ebenso wie die meisten anderen syrischen Städte von Unruhen erfasst. Auf Demonstrationen wurde die Wiedereinsetzung der zivilen Regierung gefordert, die durch einen Militärputsch aus den Ämtern gejagt worden war. Eine weitere Forderung der Demonstranten war die Wiederherstellung der syrisch-ägyptischen Einheit.
Während sie so am Küchenfenster stand, vernahm sie aus der Ferne undeutliche Stimmen. Sie wusste nicht, wann sie ihr endlich erlauben würden, zum Spielen wieder nach draußen auf die Gasse zu gehen – und wann sie wieder in die Schule gehen durfte. Damals hatte sie keinen blassen Schimmer von dem wahren Grund für das Chaos in der Ferne, auf den Straßen der Stadt. Unzählige Männer und Frauen riefen dort laut und mit erhobenen Fäusten immer wieder dieselben, ihr unverständlichen Worte. Während der Lärm aus der Ferne in ihre Gasse drang, hörte Saniyas Ehemann Hassan nicht auf, vor sich hin zu weinen. Seit vierzig Tagen schon trauerte er, und hatte nicht bei einer einzigen der zahlreichen politischen Aktionen jener Tage teilgenommen, obgleich er doch immer

Feuer und Flamme für die syrische Sache und den syrischen Nationalismus gewesen war.
Jedes Mal, wenn der Radiosprecher wieder von den Unruhen berichtete, brach Hassan in Tränen aus oder flüchtete aus dem Zimmer; er schlief tagsüber mehrere Stunden ohne Unterbrechung und schien völlig in einer anderen Welt versunken zu sein.
Jedes Mal, wenn ich ihm einen Tee oder einen Teller Suppe gebracht hatte, habe ich mich darüber gewundert, wie eine junge, hübsche Frau wie Saniya einen Mann mit solch einer hässliche Hasenscharte so lieben konnte, der zudem noch ein Hasenfuß ist, weil er ohne Unterlass heult wie eine Frau, die gerade ihr Kind verloren hatte. Die altbekannten Verse des aus Homs stammenden Dichters Dik Al-Dschinn fielen mir ein:

Lass die Augen weinen, denn sie haben ihren Geliebten verloren

Ich kann mich sogar noch an weitere Verse jenes Dichters erinnern, obwohl ich mich doch kaum an mein genaues Geburtsdatum erinnern kann:

Die, denen bei seinem Anblick die Hände abfielen, werden erst zufrieden sein, wenn auch ihre Herzen herausgerissen sind

Ich habe sie mir eingeprägt, als er sie meinem Vater und meiner Mutter ins Gesicht schluchzte. Er wischte sich mit seinem Taschentuch, das von den vielen Tränen ganz durchnässt war, über das

Gesicht, heulte laut auf wie ein Tier und schlug seinen Kopf gegen den metallenen Türpfosten.
An jenem Tag verließ mein Vater mit düsterem Gesicht das Haus. Er hatte völlig den Verstand verloren, während meine Mutter stumm vor sich hin klagte, während sie mit dem Zipfel ihres weißen Kopftuchs ihren Mund verdeckte.
Wie konntest du ihn nur lieben? Warum hast du ihn so plötzlich in unser Leben geschmuggelt?
Während die älteren Männer am Grab für den Leichnam der jungen Saniya beteten, standen die Frauen, wie es Sitte war, hinter den Männern, in Schwarz gekleidet und mit weißem Kopftuch. Wohl oder übel mussten sie sich damit begnügen, unter der nahen Eiche mit nur gedämpft klagender Stimme ihrer Trauer Ausdruck zu verleihen. Denn die ganz im Gebet versunkenen Männer wollten nicht von den Klagerufen der Frauen gestört werden. Sonst, so warnten die männlichen Angehörigen der Familie, könnten die Gebete bei ihrem Schöpfer in verwirrtem, unreinem Zustand ankommen.
Alle unterwarfen sich diesen Regeln - außer Hassan. Er stand abseits, war stets auf irgendeine Weise jenseits von allem. Seine „höhere" Hälfte im Grab, die andere auf der Erde liegend, beklagte er hysterisch seine Geliebte, die der Tod ihm entrissen hatte, als sie noch nicht einmal neunzehn Jahre alt gewesen war.
Ich stand hinter den Anwesenden und beobachtete ihn. Die Gesten der Männer und das Geflüster der Frauen machten nur noch deutlicher, dass dieser Hassan wirklich nicht dafür geschaffen war,

Teil einer ehrenhaften Familie mit lauter angesehenen Würdenträgern zu sein. Arm dran war sein alter Vater, dessen erstgeborener Sohn, im Gegensatz zu den anderen männlichen Mitgliedern der gesegneten Familie, weder die angemessene Würde noch die entsprechende Ehrerbietung zeigte. Einer, der es wegen einer Frau, die bereits in ihrem Grabe liegt, sogar wagt, seine Kleider mit Erde zu besudeln!

Als der hohe Geistliche ansetzte, die Grabgebete zu rezitieren, entfuhr Hassan erneut ein Vers von Dik Al-Dschinn: „Oh du Grab von Fatima ..." Sogleich schalt ihn mein bei ihm stehender Vater mit ängstlichem Blick auf die versammelten Trauergäste, doch Hassan blieb ungerührt und schrie mit noch lauterer Stimme: „Oh, du Grab von Saniya, das du bist wie kein zweites Grab so gut, ein wohnliches Obdach ..."

Drei Männer packten ihn und zerrten ihn vom Grab weg. Manche der Anwesenden tuschelten, dass der Junge doch verrückt geworden sein müsse, und es nicht mehr lange dauern könne, bis er seiner Ehefrau ins Grab folge. Er schrie weiter, die Arme nach dir ausgestreckt. Seine verkrampften Füße hatten eine lehmige, schmutzige Furche in der Erde hinterlassen.

Manchmal beneide ich dich, Saniya, auch wenn deine Knochen schon lange zu Staub geworden sind. Dass dich einer liebt, wie er dich geliebt hat, das passiert nicht vielen. Eigentlich liebt er dich bis heute, das kannst du mir glauben. Und der einfache Grund dafür ist, dass er nicht alt werden möchte. Er überließ das Streben nach Ehre seinem

Vater und seinem jüngeren Bruder, damit sie sich am Ruhm berauschen können. Schließlich ließ er das Dorf ein für alle Mal hinter sich zurück und unterrichtete die Kinder Raqqas in der arabischen Sprache. Von seiner Familie hat er nichts mitgenommen, kein Erbe, außer seinen Spitznamen Abu Hayyan. Ich kenne nicht einmal den Grund für diesen Namen, habe ihn immer gehasst und Hassan deshalb auch nie so angeredet.
Mein Vater hatte sich jahrelang davon zu überzeugen versucht, dass Hassan lediglich aus jugendlichem Leichtsinn so reagierte. Bestimmt würde er bald wieder zu Sinnen kommen. Er hat lange darauf gehofft, dass sein Traum, der seine Fantasie anfeuerte, sich doch noch bewahrheiten würde. Hassan sollte sich in einen ehrwürdigen Mann zurückverwandeln und die Bestimmung der geheiligten Sippe vervollkommnen.
Hassan hingegen wollte einfach nur Lehrer werden, Gedichte schreiben und seiner Liebe zur verstorbenen Geliebten auf ewig treu bleiben. Das sagte er immer meinem Vater gegenüber, der daraufhin den Herrn um Gnade anrief, er solle ihn vor der grenzenlosen Schamlosigkeit dieser Generation doch bewahren.
Weißt du, dass ich heute nur noch eine Sache von dir in Erinnerung behalten habe, etwas, dass sich in mein Gedächtnis eingeschrieben hat, obwohl ich doch höchstens sieben Jahre alt war. Du bestiegst ein weißes Pferd und rittst mit Hassan von Freudentrillern begleitet durch die vom Mond erleuchtete Sommernacht. Zwei pistaziengrüne Augen, die von langen Wimpern, schwarz wie die

Nacht, bekleidet sind. Und heute bist du nur noch ein Gespenst.
Bald darauf bist du nach Raqqa gefahren, wo Hassan den Schülern der fünften Klasse arabische Dichtung beibrachte. Während der kommenden fünf Jahre, die ihr verheiratet wart, bist nur wenige Male nach Hause gekommen.
Während sie noch immer am Fenster stehend die vorbeikommenden Menschen betrachtete und auf Anat wartete, stieg in ihr die Erinnerung an einen fernen Freitagmorgen auf, so fern wie eine in die Weiten gezogene Wolke. Sie wusste nicht mit Bestimmtheit zu sagen, ob die Einzelheiten, an die sie sich erinnerte, tatsächlich so stattgefunden hatten, ob sie in jener Nacht von einem Albtraum heimgesucht worden war oder ob sich ein bloßes Fantasiegebilde in ihr Gedächtnis eingeschlichen hatte. Die Rufe der Kinder in der Gasse drangen an ihr Ohr, als sie gerade in der Küche die gekochten Eier schälte und den Strauß Petersilie wusch, damit diese ungeheure Anzahl an Gästen bald das morgendliche Mahl zu sich nehmen konnte, das ebenfalls zu Beginn der vierzig Trauertage begangen wurde.
Es sah aus, als hätte ein Stamm Beduinen im Wohnzimmer die Kamelsättel abgelegt, und ihr Herz schlug heftig und hüpfte draußen mit den kreischenden Kindern in der Gasse.
„Mama, ich will auch draußen mit den Kindern spielen."
Keine Antwort.
Über die wiederholte Bitte Dschamilas verärgert, blickte die Mutter unter ihrem weißen Kopftuch

hervor. Dschamila erwartete, wieder die gleichen Sätze wie sonst zu hören - zum Beispiel, sie sei doch schon zu alt für das Spielen in der Gasse, sie solle sich um die christlichen Kinder nicht scheren, sie aber ... Wenn einer ihrer Verwandten sie so ausgelassen und unschicklich in der Gasse herumhüpfen sähe, was würde er dazu sagen? Mit ihren schmalen, kleinen Körpern erschienen die anderen Kinder alle noch so jung, während Dschamila schon wie eine junge Dame wirkte, deren Brüste unter ihrem Baumwollkleid auf und ab hopsten wie zwei kleine Mäuse, die frei und ungebändigt und noch nicht eingezwängt in einen Büstenhalter spielen konnten.
Und außerdem waren die vierzig Trauertage ja noch nicht vorüber. Doch die Mutter, die gerade das volle Tablett aus geflochtenem Bast mit den Tellern voller Frisch- und Weißkäse, den Eiern und den mit Tee gefüllten Gläsern in der Hand hielt, drehte sich, bevor sie aus dem Zimmer trat, zu Dschamila um und sagte: „Na gut, aber komm nicht zu spät nach Hause!"
Wie sie diese wenigen Worte doch vor Glück taumeln ließen! Ohne einen Augenblick zu zögern, rannte sie mit ihren blauen Plastiksandalen und der mit rosa Blümchen auf grauem Stoff bestickten Schürze aus der Küche und eilte atemlos durch die Zimmer, um so schnell es eben ging in die Gasse zu gelangen. Als sie jedoch den Flur passierte, hörte sie lautes Gemurmel, das aus dem Eingangsbereich drang. Eine Art Geflüster, das sie in Angst und Schrecken versetzte. Sie blieb wie angewurzelt stehen und lauschte, als hörte sie die Gespenster um Mitternacht miteinander raunen.

Da öffnete sich plötzlich die Tür, und ein alter Herr mit einem weißen Turban und einem langen hellen Umhang betrat das Zimmer. Er kam dem jungen Mädchen wie ein aus einem Märchen entsprungener Riese vor, der mit einem Mal vor ihren Augen auftauchte. Erschrocken schrie sie auf und wollte schon fliehen, als der Greis ihr zu bleiben befahl und mit lauter Stimme, damit alle im Haus ihn hören konnten, bekannt gab: „Das Mädchen hat dem Gebet gelauscht!"
Alle anderen Anwesenden rannten ebenfalls in den Flur und blieben vor der Tür zum Zimmer stehen. Einige der älteren Männer traten aus dem Zimmer und stellten sich auch vor die Tür. Alarmiert eilte die Mutter heran, doch der Vater hatte die Tochter bereits am Kragen gepackt und hörte nicht auf, sie zu ohrfeigen und ihr auf den Kopf und die Hände zu schlagen.
Unterwürfig und lautlos erduldete die Kleine alles. Nur ein paar Tränen fielen geräuschlos hinab.
„Nicht, hör auf! Sie hat doch nicht absichtlich zugehört. Sie ist hier vorbei gerannt, als ich gerade aus dem Zimmer kam. Lass sie um Gottes willen los, wir werden das klären!"
Der Vater gehorchte dem Befehl des Scheichs. Er ließ von der weinenden Dschamila ab, flüsterte ihr dann aber ins Ohr, er werde ihr schon noch eine Lektion erteilen, sobald die Trauerzeit zu Ende sei. Dann wandte er sich ab, nicht ohne vorher einen letzten drohenden Blick auf sie geworfen zu haben, der ihre Knie erzittern ließ in Erwartung der baldigen Strafe.
Als alles sich aufgelöst hatte, nahm ihre Mutter

sie in die Küche und zündete Rächerwerk für ihre Tochter an. Sie warf die Räucherkugeln in die kleine Metallschale und umkreiste damit das Haupt des Mädchens. Die Mutter hörte erst damit auf, als sich der in einer Rauchwolke versunkenen Kleinen vor lauter Rauch der Hals zuschnürte, und sie vor Husten zu ersticken drohte.
„Ruf Gott um Beistand an, dass er dich vor Taubheit bewahre!" Dann verließ sie die Küche.
Die alten Männer hatten sich in der Zwischenzeit wieder in ihr Zimmer zurückgezogen und die Tür hinter sich verschlossen. Sie mussten mit ihren Gebeten von vorne beginnen.
Trotz allem brannte Dschamila weiter darauf, hinaus auf die Straße zu ihren Freundinnen zu kommen. Sie fürchtete sich schon nicht mehr vor der Taubheit, mit der die Heiligen jedem drohten, der heimlich den Gebeten lauschte, fürchtete sich nicht mehr vor allen Krankheiten der Welt, die sie nun heimsuchen könnten. Sie dachte nur noch an das Hüpfspiel auf den mit Kreide gezogenen Linien. Sie schluckte ihre Tränen hinunter, wusch sich das Gesicht und ging dann so schnell sie nur konnte hinaus auf die Gasse.
Dort empfingen sie die Küsse ihrer Spielkameradinnen. Wenn man sie so spielen und hüpfen sah, hätte man meinen können, dass ihr langer blonder Pferdeschwanz sich vor Glück noch eifriger dem Spiel überließ als sie selbst.
Es war noch nicht viel Zeit vergangen, da rief ihre Mutter am Fenster nach ihr. Im Blick der Mutter lag etwas Seltsames, das sie nicht einzuordnen vermochte. Schon an der Küchentür gab ihr die

Mutter bekannt, dass die Alten sich darauf verständigt hätten, dass sie heute die Frau eines Sohnes der anwesenden ehrenwerten Herren werden sollte. So hätte Gott entschieden, der ihr Schicksal sicherlich in glückliche Bahnen lenken würde.
„Jetzt kann er noch als Lehrer arbeiten, aber bald wird ihm Gott gewiss etwas Besseres bescheren und ihn auch wieder zu Verstand bringen. Und dann, eines Tages, da bin ich mir sicher, wird er von seinem Vater den Rang eines Würdenträgers übernehmen."
Völlig perplex fragte Dschamila nur: „Wer?"
„Hassan", sagte die Mutter mit Begeisterung, wenn auch etwas zögerlich. Dann klopfte sie dem Mädchen auf die Schulter, während die Kleine fühlte, wie sich ihre großen schwarzen Augen langsam mit Tränen füllten.
„Onkel Hassan?!"
„Ja, genau, Hassan. Du brauchst nun aber nicht mehr Onkel zu ihm sagen."
„Aber, aber ich ..."
„Ich weiß, meine Kleine. Außerdem, Sabah, die Tochter deiner verstorbenen Schwester, solltest du nicht wie eine Fremde behandeln. Du bist doch ihre Tante und solltest ihr jetzt wie eine Mutter sein.
„Sabah, meine Tochter, aber ich ..." stammelte Dschamila.
„Mein Mädchen, welche Frau eines Vaters wird schon hart gegen so eine Kleine sein. Du bist doch wie ihre Mutter, Gott hab sie selig. Mein Liebes, du weißt doch, wenn die altehrwürdigen Männer etwas entscheiden, haben wir zu gehorchen."
„Aber ..."

Die Mutter verlor kein Sterbenswörtchen mehr, stellte sich taub und machte sich daran, das Essen aufzutragen. Sie bemühte sich, ihren Tränen Einhalt zu gebieten, Tränen der Freude und der Trauer zugleich. Sie wusste selbst nicht genau, was sie empfand, so durcheinander waren ihre Gefühle in diesem Moment.

An jenem Tag brach die Welt über Dschamila zusammen. Sie heiratete. Das bedeutete, dass sie nicht mehr die Schule besuchen, nicht mehr draußen in den Gassen mit ihren Freundinnen spielen durfte. Alles, wovon sie geträumt hatte, musste sie in einem fremden Haus in Raqqa zu Grabe tragen, im Haus eines fremden, abstoßenden Mannes, der zu allem Übel noch eine Hasenscharte hatte und unaufhörlich heulte. Welch' ein Unglück!

Die Flitterwochen waren schnell vorüber, denn Hassan riskierte bei noch längerer Abwesenheit, seine Anstellung als Lehrer zu verlieren. Aus diesem Grund wurde schnell ein kleines Fest veranstaltet, an dem nur der Scheich und die Familienmitglieder anwesend waren. Dschamila trug einen neuen, schneeweißen Büstenhalter, mit feiner Spitze umrandet. Zum ersten Mal in ihrem Leben hatte sie etwas Derartiges am Leib.

Er presste ihre Brust zusammen und raubte ihr die Luft zum Atmen. Über dem Büstenhalter hatte ihr die Mutter ein rosa Kleid angezogen, das einmal Saniya gehört hatte. Auch roten Lippenstift hatte sie zum ersten Mal in ihrem Leben aufgetragen. Ihre Lippen sahen sehr anmutig aus.

Am frühen Morgen hatte sie den Schwamm rau über ihren Rücken reiben gespürt, den ihre Mutter schweigsam schrubbte.

An jenem Tag entdeckte sie kleine Wassertropfen auf den Wangen der Mutter. Erst dachte sie, sie kämen von Dampf aus dem Bad. Die Mutter jedenfalls verriet nichts, und Dschamila fragte nicht danach.
Was sollte sie auch fragen? Was es hieß, Hassan zu ehelichen? Wie eine Heirat für eine Frau überhaupt ablief? Ob es wehtun würde? Was sie tun und worauf sie, wenn es so weit wäre, achten müsse?
Als die Mutter sie dann abzutrocknen begann, stellte Dschamila nur eine einzige Frage, die ihr plötzlich in den Sinn gekommen war:
„Mama, ist Raqqa so wie Latakia?“
Doch die Mutter gab keine Antwort.
Als sie ihr das weiße Unterkleid angezogen hatte und dabei war, ihr das blonde Haar zu kämmen, sagte die Mutter, sie wolle, dass Dschamila ihrem Mann gehorche und ihm niemals eine Bitte abschlage. Auch solle sie der Familie ihres zukünftigen Mannes keine Schande bringen, indem sie sich unschicklich verhalte. Sie solle ihr neues Zuhause achten, damit ihre Eltern stolz auf sie sein könnten.
Am Abend jenes Tages betrat Hassan ihr Zimmer. Sie hatte ihn bereits erwartet, auf der Bettkante sitzend, genau wie man sie geheißen hatte.
Er sieht eben genauso aus wie Onkel Hassan, dachte Dschamila und betrachtete die in jenem Moment noch deutlicher erkennbare Hasenscharte ihres Zukünftigen. Der hatte seine Lippen zusammengepresst, seine Augen quollen über vor Tränen. Er setzte sich neben sie, ihr Herzschlag drang deutlich und laut an ihr Ohr, das Bett unter ihr

vibrierte. Er nahm ihre Hand, blickte ihr in die Augen, die ganz verquollen waren von den vielen Tränen, die den ganzen Abendlang ununterbrochen aus ihren Augen geströmt waren. Er küsste sie auf die heiße Stirn. Ein Geruch von Tabak entströmte ihm. Er legte ihr die Hand auf die Schulter, wie er es auch die seltenen Male gemacht hatte, als sie Saniya besucht hatte. Dann warf er sich aufs Bett, zog den Tabakbeutel aus seiner Hosentasche, drehte sich eine dünne Zigarette, die er an einer Seite von Anfang bis Ende mit Speichel beleckte. Wenige Minuten später war er bereits eingeschlafen.

In jener Nacht machte Dschamila kein Auge zu. Irgendwann schlüpfte die Tochter, Sabah, in ihr Bett, um seelenruhig zwischen ihrem Vater und ihrer Tante, der neuen Mutter, einzuschlafen. Bereits in jener Nacht hatte Dschamila Gewissheit darüber erlangt, dass dieser Mann niemals ihr Traumritter werden, sondern für sie immer Onkel Hassan bleiben würde, was auch geschehen sollte. Auch dieses junge Mädchen würde ihr niemals eine Tochter werden. Die Kleine war für sie so weit weg, mit ihren Augen, die an die Stelle der Augen der Mutter getreten waren und in denen jetzt ein Funke Rachsucht lag. Herausfordernd glotzte sie Dschamila an.

Zwei olivgrüne Augen, von dichten schwarzen Wimpern umrandet, die ihr sagten: Ich will das nicht, ich bin Saniya, und ich bin immer noch da. Du wirst meinen Mann niemals bekommen! Die kleine Sabah erschien Dschamila wie ein Teufelchen, das urplötzlich aus einem alten, tönernen

Krug mitten in ihr Bett gesprungen war.
Warum erinnerte sie sich gerade jetzt an all dies? Anat hatte sich bereits sehr verspätet. Sie hätte eigentlich seit geraumer Zeit von ihrer Reise zurückgekehrt sein und sie endlich von ihrem Warten erlösen müssen.
Sie hatte sich verspätet und so zugelassen, dass die Erinnerungen ihre Mutter in dunkle, feuchte Räume entführt hatten, die sie mit ihren faulen, klammen Gerüchen peinigten.
Ganze zehn Tage vergingen, bis Hassan Dschamilas Lippen berührte. Ein flüchtiger Kuss, der sich niemals wiederholen sollte. Sie war verblüfft, wie unmittelbar sie erregt war, mit welcher Intensität sie diesen Kuss empfand, obwohl sie weder die Form seiner Lippen erspürt noch seinen Speichel geschmeckt hatte.
Dann, Wochen später, streckte sich Hassan über sie aus, und forderte von ihr, dass sie ihre Beine breit mache.
Ihr Onkel Hassan befahl, und sie hatte zu gehorchen.
An jenem Tag unternahm er den Versuch, Dschamilas Körper, den zarten, aber lange noch nicht reifen, mit der Berührung seiner Hände von einem trockenen Stück Holz in einen durch Erregung zu neuem Leben erweckten Leib zu verwandeln. Seine Versuche aber waren vergeblich. Seine Finger ließen ihre Haut noch trockener werden, und es war nur zu deutlich, dass Dschamila sich niemals in seine geliebte Saniya verwandeln würde. Er war außerstande, in ihr den Funken der Begierde zu entfachen, obgleich ihre Augen ihn wie aus

weiter Ferne stetig anblickten. Mehrmals befeuchtete er sein Glied mit Spucke, um in ihre trocken gebliebene Scheide einzudringen, dabei kaum die Enge ihres Geschlechts passierend. Er versuchte, ihre Schmerzens- und Protestschreie zu ignorieren, die jedoch lauter und lauter wurden. Alsbald ließ er von ihr ab, nachdem er einige Augenblicke erfolglos versucht hatte, in ihr zum Höhepunkt zu kommen.

Sieben Monate später wurde sie plötzlich von Blutstropfen auf dem Stoff ihrer weißen Unterhose überrascht. Im ersten Moment dachte sie, dass das Blut das gleiche wäre wie jenes, das geflossen war, als Hassan in sie eingedrungen war. Doch dieses Mal durchzogen die Schmerzen ihren gesamten Unterleib. Das Blut hörte tagelang nicht auf zu fließen, bis das Stück Stoff, das sie sich in die Unterhose gesteckt hatte und das sie aus einem alten Lappen geschnitten hatte, ganz durchtränkt war.

Sie blutete und kannte nicht den Grund dafür.

Sie hatte Schmerzen, ohne zu wissen, was sie dagegen hätte tun können. Sie weinte ununterbrochen, bis Hassan endlich aus der Schule nach Hause kam und sie in diesem Zustand in der Küche sitzend entdeckte.

„Hat deine Mutter dir denn nichts gesagt?"

„Was gesagt?" fragte Dschamila nur.

„Das nennt man die Monatsregel. Du brauchst keine Angst zu haben, Dschamila, das kommt ungefähr jeden Monat, bis du die vierzig überschritten hast, dann hört es irgendwann auf. Hab keine Angst."

Er nahm sie in die Arme, und aus ihren Augen strömten die Tränen. Sie empfand Hassan gegenüber eine tiefe Dankbarkeit, denn in jenem Moment brauchte sie wie nie zuvor eine Hand, die sie hielt. Sie hatte keinen blassen Schimmer, dass Hassan sich im selben Moment stille, aber heftige Vorwürfe machte, denn es wurde ihm zum ersten Mal richtig bewusst, dass er mit Dschamila ein Kind geheiratet hatte ...

Warum erinnerst du dich an all das gerade jetzt? Warum nur?
Anat hat sich verspätet, sie hat sich allzu sehr verspätet ...

Meine Geliebte Anat,[1]
Nachdem mich dein flammender Brief erreichte, zwang ich mich, etwas zu tun, was ich eigentlich so sehr hasse: Ich zerbröselte zuvor aufgegossenen und bereits wieder getrockneten Tee, drehte mir damit eine Zigarette und rauchte.
Uns ist der Tabak ausgegangen, die letzte Handvoll haben wir uns vor Tagen geteilt, und es hatte ohnehin nur für drei dünne Zigaretten gereicht. Jeder von uns hat, wenn es hochkam, ein, zwei Züge abbekommen. Das einzig Gute daran ist, dass wir noch immer einen Vorrat an Zigarettenpapier haben. Wenn auch davon nichts mehr übrig sein wird, müssen wir eben Tee in Zeitungspapier rauchen. Das haben die Genossen immer wieder machen müssen. Nur dass der Teetabak völlig anders riecht als der echte. Verbrannter Tee riecht eher wie Müll, den man in Abfallcontainern verbrennt. Du kannst es dir wahrscheinlich nicht vorstellen, aber ich sehne mich nach diesem eigentlich widerwärtigen Geruch.
Als ich deinen Brief zu Ende gelesen hatte, habe ich mich unter sie gemischt und so getan, als würde ich wie verrückt an der Zigarette ziehen, bis ich beinahe ohnmächtig geworden bin.
Geliebte, mein Leben, ich vermisse dich so.
Letzten Monat verlegten sie uns für etwa zwei Wochen ins Untergeschoss, von unserer Zelle mit den

---

[1] Anat schickte den folgenden Brief in einer Kerze in lila Herzform, während Dschawad seinen Brief nach draußen schmuggelte, indem er ihn in einem Bild versteckt hatte, auf dem - eingebrannt - eine lachende Anat mit einem Strohhut zu sehen war.

Genossen in die Gemeinschaftszelle der Häftlinge, die der irakischen Baath-Partei angehören. Das war eine harte Strafe. Als wäre ich von einem Zeitalter in ein völlig anderes gezaubert worden. Aber die Jungs oben sorgten dafür, uns alles, was wir brauchten, über die Leiter zukommen zu lassen. Die Leiter, mein Liebling, besteht aus einem dicken Strick, der von der oberen in die untere Zelle führt, über die oberen Fenster der Zelle. Über diesen Strick transportieren sie Dinge, die man sich nicht vorstellen kann, den selbst gemachten Wein, den heißen Kaffee, sogar Bücher, bis hin zu kleinen Briefen, in denen sie uns berichten, was oben wieder so alles passiert ist, bis ins kleinste Detail. So bleibt einer wie ich, ein Exilierter eben, stets auf dem Laufenden und in Verbindung mit seinen Genossen.
Sie haben mir übrigens auch ein Buch zukommen lassen, dass erst kürzlich ins Arabische übersetzt wurde, von Isabel Allende. Das Buch heißt Paula, das ist ihre Tochter, mein Liebes. Ein Buch, das mich sehr berührt hat, ich wünsche mir, dass du es liest. Als ich in meinem „unteren Exil" hauste, habe ich fast die ganze Zeit mit Lesen zugebracht. Oben gibt es eine große Bibliothek zwischen den einzelnen Zellen, schön geordnet und gut sortiert. Ohne diese Bibliothek wäre das Leben hier um ein Vielfaches härter. Sobald ich zu lesen beginne, sobald ich nur ein Buch in der Hand halte, entkomme ich diesen modrigen, toten Mauern.
Du weißt ja, Worte besitzen eine magische Kraft, meine Geliebte.
Geliebte, ich stelle mir dich vor, wie du gerade den Ring, den ich gemacht habe, an deine wundervolle rechte Hand steckst, und ich stecke meinen Ring an

meine linke Hand, ganz nahe an meinem Herzen. Diesen Ring habe ich aus einem Stück Knochen gemacht, den ich über einen Monat lang bearbeitet habe, um unsere Namen darin einzugravieren. Einen Monat lang habe ich mir jedes Mal, wenn ich ihn in den Händen hielt und leicht mit der Hand umschloss, vorgestellt, wie dein verführerischer Finger von diesem Ring umfangen wird, und es war, als ob ich dich fest umarmt hielte.
Ich will auch, dass du die Ohrringe trägst. Wie oft habe ich mir vorgestellt, dass sie sich auf deinen schönen Hals stützen, sich ihm nähernd und wieder entfernend liebkosen und ihn herzen wie einen Geliebten. Vielleicht können sie ja ein Stück weit meine Küsse ersetzen.
Bei deinem letzten Besuch nahm ich wahr, dass sich dein Gesicht verändert hat, Anat. Du sahst müde aus, deine Hände zitterten leicht hinter dem dicken Glas. Auch hast du nicht viel gesprochen, mir nicht viele Worte geschenkt, obgleich drei Monate kein Besuch möglich gewesen war. Was geht in dir vor, was geschieht mit dir?
Du hast mir eine Weile schon nicht mehr geschrieben.
Ich für meinen Teil fühle, wie das Leben draußen dich mehr und mehr gefangen nimmt. Es macht mich wahnsinnig, wenn ich mir vorstelle, dass das Leben ohne dich abläuft, ohne dass du ein Teil davon bist. Dann macht es mich wiederum wahnsinnig, wenn du mitten drin bist im Leben, und dich mehr und mehr von mir entfernst, während ich in der Zeit wie festgefroren bin. Ich bin wie einer, der weit entfernt und mit jedem Tag ferner von dir ist, bin wie eine Maus in einem riesigen Reagenzglas, die man bei

einem Experiment in eine eisige Starre zu versetzen versucht, und das Eis vernichtet ihr Gehirn, ihren Geist und all ihre Zellen.
Anat, Liebling, schreibe mir bitte bald. Befreie mich von diesen Hirngespinsten und meinem Wahn. Schreib mir täglich, nein stündlich, damit ich nicht zerrieben werde von diesen dunklen Gedanken, die mich weiter und weiter weg schleppen von dir ... ich liebe dich, Anat ...
Ich liebe dich
Ich liebe dich
...
Gefängnis Saidnaya, 1996

Endlich war Diana eingeschlafen. Mayyasa atmete erleichtert auf und warf sich auf das Sofa. Der jordanische Sender brachte gerade eine Sendung über die Wasserprobleme in der Region, zwischen den Ländern Syrien, Türkei und Israel. Das Jahr 1993 hatte gleich mit Problemen begonnen.
Mayyasa begann ein Gespräch, von dem Anat kaum etwas mitbekam. Ihr Verstand klebte an dem Mund des jordanischen Wasserexperten, der sich über die einzelnen Aspekte des Problems ausließ, das er als höchst gefährlich einstufte.
„Anat, Anat! Hörst du mir überhaupt zu?“, fragte Mayyasa.
„Einen Moment noch“, gab Anat zur Antwort.
Es schien, als sähe Mayyasa keinen Sinn mehr darin, darüber zu sprechen. So ging sie in die Küche, um dort irgendetwas zu herzurichten. Seit sie wieder zurückgekommen war, suchte sie nach einem Ort für das neue Bild, das ungefähr so groß wie eine Handfläche und auf das ein Portrait von Diana abgedruckt war, wie diese gerade ihre Mutter umarmte.
„Einer von Iyads Freunden hat das gemacht und mir dann geschenkt“, sagte Mayyasa leise, nachdem sie den kleinen zusammengeknüllten Brief in einer Nylonhülle herausgenommen hatte, der mit großer Präzision genau zwischen zwei miteinander verklebten Holzschichten versteckt gewesen war.
Sie musste die Bilder an der schmalen Wand neu anordnen, damit das neue Bild genug Platz hatte: Das Pferd von Yousef Abdalki, ein Portrait des rauchenden Che, eine Zeichnung von Nadschi Al-Ali und schließlich ein Schwarzweiß-Portrait von Mao

Tse-tung, der seinen Finger in die Höhe streckt. Die typische Wand einer Linken! Mal hier und mal da kommt in regelmäßigen Abständen ein neues Bild hinzu, und erst vor kurzem hatte ihr jemand ein Geschenk gemacht, das ihr teurer als Elfenbein war: ein kleines, in dunklen Granit gehauenes Portrait von Marx, das sofort den Ehrenplatz über dem Fernseher bekam.
Das Programm war bald zu Ende, und Anat folgte ihrer Freundin in die Küche. Dort fand sie Mayyasa, wie sie Tomaten schnitt und ein ums andere Mal ihre strömenden Tränen aus dem Gesicht wischte.
„Was ist los, Mayyasa?“, fragte Anat.
Sie umarmte den schmalen Körper ihrer Freundin, die ein hellrotes Baumwollkleid trug, das ihr als Nachthemd diente. Anat spürte Mayyasas hervortretende Rippen unter ihren Fingern. Für einen Moment empfand sie Reue, dass sie ihrer Freundin gerade eben nicht besser zugehört hatte. Mayyasa hingegen brach nun völlig in Tränen aus, so als ob es nur eine kleine Berührung gebraucht hätte, den Damm zum Einstürzen zu bringen.
Sie wollte ihr sagen, wie sehr ihr Duha fehlte ... Ich werde noch verrückt, so sehr vermisse ich sie. Am liebsten würde ich all meine Entschlüsse über Bord werfen, zu ihr nach Aleppo fahren, mich einfach in ihre sanften Arme fallen lassen und bebend an ihrer Brust verweilen. Ich vermisse sie, ich vermisse sie so sehr.
Doch stattdessen sagte sie nur mit gedämpfter Stimme: „Ich fühle mich so müde, Anat.“
Sie fühlt sich müde. Wenn sie nicht müde wäre,

dann würde ich noch denken, sie wäre aus Stein. Klar ist sie völlig erschöpft, unter all diesen Umständen.
„Wie lange soll ich noch warten, Anat? Wie lange?"
Mayyasas ganzer Leib zitterte in meinen Armen und entlud mit einem Schlag, was sich in ihm aufgestaut hatte. Der Anblick Iyads, hinter dem Gitter sitzend, hatte Mayyasa wohl den Rest gegeben.
Aber was genau war heute neu und anders gewesen? Sie sah ihn doch jeden Monat im gleichen Zustand.
„Ich bin müde, völlig fertig bin ich. Ich halte das alles nicht mehr aus, sehne mich nach ihm, sehne mich so sehr."
Als Iyad Al-Schalati verhaftet wurde, war Mayyasa im sechsten Monat schwanger. Jetzt war Diana schon zehn Jahre alt. Mehr als zehn Jahre sind vergangen, von denen Mayyasa drei Jahre in einer Sammelzelle verbracht hatte, im Dachstuhl eines Gebäudes der Staatssicherheit.
„Ich werde alt, Anat, alleine werde ich alt. Diana wird größer und bald falle ich ihr zur Last, allein und ohne Mann. Ich arbeite wie ein Tier, komme abends spät nach Hause und werfe mich allein in mein Bett. Mir bleibt nichts als das Warten, und ich habe keinen blassen Schimmer, bis wann überhaupt. Wenn ich doch nur wenigstens wüsste, dass es zwanzig Jahre dauert, dann wäre alles schon weniger schlimm. Am Ende des Tunnels wäre zumindest ein Lichtschimmer. Aber so wie es jetzt ist, erscheint mir alles so sinnlos, Anat, so vergeblich."
„..."

„Schau nur, schau, Anat. Mein Gesicht ist voller Haare, ich fühle mich, als ob ich mich in einen fünfzigjährigen Mann verwandelt hätte, nicht wie eine Frau, die gerade die Dreißig überschritten hat."

In dem Moment musste ich ihr eine Frage stellen. Ich hatte lange auf diese Gelegenheit gewartet und wollte sie nicht ungenutzt verstreichen lassen: „Ich verstehe dich, aber denkst du nicht manchmal an einen anderen Mann?"

Anfangs ging es mir vor allem darum, für mich selbst eine Antwort auf diese Frage zu finden, auf eine Frage, die auch mich seit einiger Zeit heimsuchte. Warum sollte, warum konnte es keinen zweiten Mann geben?

Mit jedem neuen Tag welkt sie ein Stückchen mehr dahin. Ein langsamer Tod, der sich über ihr gesamtes Leben legt. Kann denn eine Frau wie sie ihr gesamtes Leben ohne zwei Hände zubringen, die ihre Nächte mit Leben füllen?

Ohne ein Herz, in dem sich ihre eigene Seele spiegeln kann, oder ihre Frische, ihr Erstaunen, ihre Verführungskraft.

„Ich kann nicht."

„Aber wieso nicht? Weil die anderen dich als Hure abstempeln würden?"

„Vielleicht ... aber auch weil ich ihn liebe. Und schließlich gibt es ja auch Prinzipien, die man hat. Sollen wir alles, was uns die letzten Jahre geblieben ist, wonach wir unser Leben ausgerichtet haben, denn wegen einer einzigen Nacht Sex mit einem Mann wegwerfen? Das wäre Verrat, Anat. Dann würde ich zu einer Verräterin werden!"

„Aber auch der Körper hat Bedürfnisse. Wenn wir diese Bedürfnisse ignorieren, töten wir unsere Seelen."
„Ich befriedige mich eben alleine."
„Du meinst, dass du es heimlich machst? Lass dich nicht durcheinander bringen mit meiner Frage. Lass uns die Dinge doch beim Namen nennen. Fühlst du dich nicht noch mehr alleine und verlassen, nachdem du dich selbst befriedigt hast? Hasst du deinen Körper dann nicht noch mehr?"
Mayyasa antwortete mir nicht, aber ich kannte die Antwort bereits. Manchmal frage ich mich, ob Penelope frei war, als sie zwanzig Jahre auf Odysseus wartete, ein Totentuch webte und es nachts wieder auftrennte. Erhob man um sie herum die Schwerter gegen sie, oder kamen die Schwerter aus ihrem Innern? Ich sinne darüber nach, ohne zu einer klaren Antwort zu gelangen.
Ich weiß nicht, ob wir morgen unsere Weiblichkeit zu neuem Leben erwecken können, oder ob wir sie neu ausstatten, ja bewaffnen können nach all diesen Grabesjahren. Der Staub, der sie all die Jahre unter sich begraben hat, hat den Stempel seiner Fäulnis in sie eintätowiert. Das ganze Leben wird auf unbestimmte Zeit vertagt. Wenn es dann schließlich soweit sein sollte, sind wir ratlos und wissen nicht, wie viel Zeit wir brauchen, um unsere Weiblichkeit unter der Asche hervorzuholen und wiederzubeleben. Wenn überhaupt ein Funken Anziehungskraft die Zeit überlebt hat.
Mayyasa unterbrach meinen Gedankenfluss, indem sie verkündete, dass er genau so arm dran sei wie sie, darin glichen sie sich aufs Haar.

Ich aber entgegnete scharf: „Niemals seid ihr euch ähnlich! Du stehst mitten im Leben, das laut mit all seiner Kraft nach dir ruft, und er ist dort, weit weg, prallt ständig auf die Körper der anderen Männer, vernimmt nichts außer ihren Stimmen und den Stimmen der anderen Gefangenen. Ich finde nicht, dass sich da etwas ähnelt." Mayyasa aber gab mir keine Antwort auf meine Frage, die ich mir ja auch selbst stellte und die mich seit langem verfolgte: Wie lange soll ich warten? Nach all den Jahren weiß ich doch gar nicht mehr, ob der gleiche Dschawad zu mir zurückkehren wird, der einst ins Gefängnis kam. Und ich weiß ebenso wenig, ob ich ihn noch auf die gleiche Art liebe wie zuvor. Selbst sein Antlitz kann ich mir nicht mehr vergegenwärtigen, ich sehe nur ein vom Gitter in Vierecke geteiltes Gesicht und Finger, die durch das Gitter gesteckt werden. Wie sehr haben mich, haben dich die sich endlos aneinanderreihenden Tage verwandelt?

Wie gerne hätte ich Mayyasa all meine Gedanken anvertraut, ihr ins Gesicht geschrien: Mayyasa, hilf mir doch, hilf mir, du bist doch meine Freundin!

Aber ich spürte, dass mir etwas in der Kehle steckte, sodass ich kein Sterbenswörtchen herausbekam. Stattdessen weinte ich nur still und leise vor mich hin.

Es war ein Abend im Herbst, als Mayyasa Al-Scheich plötzlich entlassen wurde. Die Gefängniswärter riefen sie und zwei ihrer Mitgefangenen beim Namen. In den wenigen Minuten, die ihr in der Zelle blieben, wollte sie sich ihren abgetragenen Baumwollpyjama vom Leib reißen und die Kleider anziehen, mit denen sie gekommen war: eine grau gebleichte Jeans und eine grüne Bluse aus Baumwolle.

Doch die Hose war so weit geworden, dass sie ihr beinahe vom Leib rutschte, und die Bluse sah aus wie ein leerer Mehlsack. Die Umarmungen, Ratschläge, Tränen und Glückwünsche ihrer Mitgefangenen begleiteten sie auf dem Weg aus den Katakomben ans Licht. Dort, vor der Tür der Gefängnisabteilung, brachen sich die Tränen ihren Weg. Die beißenden Strahlen des Sonnenlichts schlugen ihr ins Gesicht, und der sie draußen empfangende Septemberwind schien wie aus Feuer. Als sie das Haus der Mutter betrat, ließ die sich vor lauter Überraschung auf das Sofa fallen. Dann verfiel sie ohne Vorankündigung in hysterisches Weinen, ihr Gesicht in Mayyasas weiter Bluse begraben.

Und jene beinahe schon Achtjährige, was war aus ihr geworden? Diana musterte sie, die gerade ins Wohnzimmer kam, mit den Augen eines in völlige Verwirrung gestürzten Rehs.

Verflucht sei der Schöpfer dieser abscheulichen Zeit, mein Kleines. Diana mein Liebling, ich kann dich nicht einmal mehr erkennen. Und ich dachte, ich würde dich mühelos unter Hunderten von Kindern entdecken.

Mein Gott, dieser Duft, der von Diana ausging, wenn ich meinen Kopf zwischen ihrem Hals und ihrer kleinen Schulter vergrub. Mein Gott, wie lange habe ich davon geträumt! Und jetzt umspielen deine kurz geschnittenen kastanienbraunen Zöpfe mein Gesicht, das so hungrig nach dir ist, dass ich noch verrückt werde. Mein Gott, meine Diana!

Drei Jahre hatte Mayyasa ihre Tochter nicht gesehen, nicht ein einziges Mal. Das Mädchen war unversehens größer geworden. Sie sah ihrem Vater sehr ähnlich. Und sie trug eine Halskette vom kaspischen Meer, an deren Ende ein kleiner goldener Fisch hing, den ihre Mutter Mayyasa im Gefängnis für sie gemacht hatte. An jenem Tag wich sie ihrer Mutter nicht von der Seite, und auch nicht an den Tagen, die noch kommen sollten. Sie begleitete sie überall hin, legte sich neben sie ins Bett, badete mit ihr und wartete sogar vor der Toilettentür, während ihre Mutter auf dem Klo saß. Das Trauma der Trennung saß der Kleinen noch immer in allen Gliedern.

Sie drängte ihre Mutter, ihre Briefe aus dem Gefängnis ein ums andere Mal vorzulesen. Sie kümmerte sich nicht um die Schluchzer Mayyasas, die das Haus erfüllten, und auch nicht die Protestrufe der Großmutter, damit diese ganze geradezu barbarische Quälerei der Mutter endlich ein Ende finde.

Sie zog noch einmal vor den Augen der Mutter alle Kleider und Wollhemden an, die ihr Mayyasa in der Zeit der Haft genäht und gestrickt hatte, obwohl sie aus allen schon längst herausgewachsen war. Die Großmutter hatte alle sorgfältig in einem

der Fächer im Schrank verwahrt und mit einer Handvoll zerbröselter Seife eingerieben.
Heute ziehen diese Szenen der Erinnerung wie in dichten Nebel gehüllt vor dem Auge Mayyasas vorbei, wie Traumbilder, Bilder einer Anderen, als ob sie aus dem Jenseits entkommen wären. Wie viel Zeit war seitdem vergangen? Ein Leben, ein ganzes Leben.
An jenem Abend war Duha gekommen, um sie zu sehen. Wie an den Boden genagelt stand sie an der Tür, die Tränen rannen ihr über die Wangen, die ganz geschwollen und rot waren.
Sie sah so aus wie die Frau eines Händlers aus Aleppo.
Unter ihrem schneeweißen Schleier, der an den Rändern mit goldenem Faden verziert war, schaute sie noch aufgeputzter aus. Ihr rötlichbraunes Gewand verbarg die Rundungen ihres Körpers.
Duha warf sich in Mayyasas Arme und überfiel sie mit feuchten Tränen und mit Küssen. Sie stammelte ihre Worte, die Gefühle nahmen ihr die Luft und ließen sie zittern. Der ganze Verlust, der sich in ihr ausgebreitet hatte, entlud sich in einem tiefen Seufzer. Mit jedem neuen Tag war die Leere in ihrem Inneren noch gewachsen, bis sie den ganzen Körper ausgefüllt hatte.
Auch Mayyasa konnte ihr Verlangen nicht zurückhalten, Duha fest in Armen zu halten, ihren vertrauten, geliebten Geruch einzuatmen und sie ein ums andere Mal zu küssen.
Diese Szene, in der sich beide so innig wieder begegneten, dauerte wenige Augenblicke, aber Duha wähnte sich schon im Paradies. Es war, als ob

Mayyasa wie früher ihre geliebte Schwester wäre, und ihr früherer Standpunkt, der die Beziehung zwischen beiden in die Brüche gehen ließ, ganz aus ihrem Gedächtnis verschwunden wäre.
Wenige Augenblicke, dann kehrte eine Stimme in Mayyasa zurück, nahm Besitz von ihr und befahl ihr, sich aus der Umarmung ihrer Schwester zu lösen und ihre Tränen zu trocknen. Sie baute wieder ihren alten Panzer um sich auf, wurde erneut zur alten Mayyasa, der es ein Leichtes schien, Duha aus ihrem Leben zu verbannen, wenn jene von den Prinzipien abgewichen war, die einen Menschen erst zum Menschen machten.
Duha begann zu schluchzen, verzweifelt sagte sie ihrer Schwester, sie tue ihr Unrecht. Sie liebe sie doch, liebe sie wie eine Wahnsinnige!
„Unrecht war, was du deinem Mann angetan hast. Du hast ihn einfach im Gefängnis im Stich gelassen, mit gebrochenem Herzen und völlig zerstört."
„Aber Mayyasa, ich bin nicht wie du, warum siehst du das nicht ein für alle Mal ein? Ich kann einfach nicht mein ganzes Leben auf einen Mann warten, mit dem ich gerade mal drei Monate verheiratet gewesen bin, ich kann nicht!"
„Aber du hast ihn geliebt!"
„Aber jetzt liebe ich ihn nicht mehr. Das ist kein Verbrechen!"
Doch Mayyasa sah genau darin das Verbrechen schlechthin.
Die Liebe ist nichts Materielles, das sich einfach in Luft auflösen kann. Die Liebe ist die Vereinigung zweier untrennbarer Seelen, die sich nie mehr voneinander entfernen können. Was sind die Liebe

und das Heiraten denn noch wert, wenn wir uns bei der erstbesten Krise trennen?
Aber die Liebe kann doch zu Ende gehen wie alles andere auch, versuchte Duha gegen ihre Tränen ankämpfend zu sagen. Ein Tag kommt, an dem selbst die Seele diese Welt verlassen muss, meine geliebte Schwester, unsere Welt ist vergänglich. Alles ist vergänglich, alles.
In dem Versuch, ein Stückchen jener vergänglichen Seele festzuhalten, bevor sie entschwände, griff sie nach Mayyasas Hand. Sie rief, sie seien doch Schwestern, ob sie nun unterschiedlicher Meinung seien oder nicht. Mayyasa könne ihr deutlich sagen, was sie denke, könne sich über sie ärgern, sie beschimpfen, sie sogar schlagen, sie könne von ihr aus tun und lassen, was sie wolle. Aber sie dürfe sie nicht einfach so aus ihrem Leben aussperren!
„Mayyasa, mein Liebes, ich vermisse dich so! Ich will dich an meiner Seite, so wie es früher war. Weißt du nicht mehr? Wir waren die zwei stärksten Frauen auf der ganzen Welt, weil wir zusammen waren. Ich bin verloren ohne dich, Mayyasa ...“
„...“
„Aber schau nur, mein Liebes, wie verschieden wir sind! Ich bin verschleiert und gläubig, und du warst ein Häftling und Kommunistin. Dennoch liebe und respektiere ich dich so, wie du bist. Ja, ich bin sogar stolz auf dich.“
Als Mayyasas Gesichtszüge hart und verschlossen blieben, begann Duha noch lauter zu schluchzen und zu klagen. Plötzlich verließ Mayyasa das Wohnzimmer, ohne ihrer Mutter oder Diana,

die weinend neben ihr standen, Beachtung zu schenken. Die Tür fiel hinter ihr fest ins Schloss und kündete von einem weiteren Bruch mit der Schwester, der noch furchtbarer war als der erste. Im Zimmer warf sie sich auf das Bett, umschloss mit ihren Armen das Kissen und weinte bitterlich, weinte lautlos, aber so heftig wie sie noch nie zuvor im Leben geweint hatte. Duha jedoch verließ das Haus und kam nicht mehr wieder.

...

Acht Jahre nach meiner Freilassung, genauer gesagt am 18. April 1998, wurde mein Mann Iyad Al-Schalati aus der Haft entlassen. Ein Datum, das ich niemals vergessen werde. Das Telefon klingelte um sieben Uhr morgens. Wie vom Blitz getroffen wurde ich wach. Ein Telefonanruf so früh am Morgen konnte für mich nur eines bedeuten: eine Katastrophenmeldung! Doch die raue Stimme, die urplötzlich zu mir sprach, sagte, Iyad würde heute mit fünf seiner Mitgefangenen freigelassen werden. Bis heute habe ich keine Ahnung, wem diese Stimme gehörte. Der Hörer fiel mir aus der Hand, und ich verfiel in hysterisches Schluchzen.

Seine Kameraden und Nachbarn trugen ihn von dort, wo die für Autos gesperrte Gasse in die Aminstraße mündet, bis zum Eingang des Hauses. Iyad hatte ein knallgelbes, eng anliegendes Hemd an, auf das grüne Blätter genäht waren, ganz im Stil der Achtziger Jahre. Es war kein anderes als das Hemd, mit dem er vor dem Parlament verhaftet worden war. Sein Körper sah seltsam darin aus, als wäre er ein uralter Geist, der aus einem anderen Leben entkommen war.

Ich dachte damals, ich werde ihn gleich morgen mit neuen Kleidern überhäufen. Mein Gott, wie ich ihn vermisst hatte!
Ich würde ihn überschütten mit Kleidern, mit meiner Liebe, meiner Zärtlichkeit und all meiner Zeit. Mit mir selbst würde ich ihn überschütten. Alles, was ich über Jahre hinweg begraben hatte, würde ich wieder aufflammen lassen.
Mir würde das schon gelingen, ich würde es Anat beweisen. Ich hatte das Gefühl, die freieste Frau auf der Welt zu sein, mich vom Begehren und Verlangen noch stärker mitreißen lassen zu können als sie alle ... solch ein Gefühl hatte ich.
Eine der ganz alten Straßen in Damaskus. Die Freudentriller tönen aus allen Türen, und die Nachbarsfrauen werfen von ihren Balkonen und Dächern mit Reis und Zucker.
Einer singt den Refrain von Hadi Al-Dschundis Hit: Bei Gott, du mein Gott, zerstreust all das Unglück - und alle anderen wiederholen im Chor: Bei Gott, du mein Gott, zerstreust all das Unglück.
Und ich stand an der Tür des Hauses und wartete auf meinen kommenden Propheten. Ich trug die Kleider, die ich mir extra noch vor kurzem genäht hatte. Einen Rock und eine Jacke aus Brokat. Mir fiel auf, dass diese Kleider mich wie eine strenge Internatslehrerin aussehen ließen. Jedenfalls besaß ich keine eleganteren Kleider für solch einen besonderen Moment. Ich spürte mein Herz so laut pochen, dass ich das Toben auf der Straße nicht mehr vernahm. Ich versuchte, meine Beine zurückzuhalten, zwischen den Körpern der rufenden Männer hindurch zu eilen, versuchte meine Seele

festzuhalten, damit sie in meinem Körper blieb. Diana hing an meiner Schulter und sah zu, wie jener fremde Vater aus der Verborgenheit zu ihr zurückkehrte.
Einer rief: Der schöne Bräutigam ist hoch erfreut! Und alle antworteten im Chor: Er darf sich von uns was wünschen heut'!
Iyad wirkte so fröhlich auf uns, er brachte Leben in alle Leute. Wie ein Bräutigam kurz vor der Nacht, die er zum ersten Mal mit seiner Braut verbringen würde, streckte er seine Hände allen anderen hochgereckten Händen entgegen, die grüßend nach ihm schnappten.

Doch mit einem Mal brachen die näher kommenden Freudenrufe und Willkommensbekundungen jäh ab. Als die Männer etwa die Hälfte der Straße erreicht hatten, riefen sie plötzlich wütende Parolen, schrien etwas von Widerstand und dem Sturz des Regimes und brüllten mit immer lauter und rauer werdenden Stimmen Schimpfwörter. Der Strom der Körper, der zum Haus gelangen wollte, wendete sich plötzlich wieder in die entgegengesetzte Richtung. Immer noch trugen sie Iyad auf ihren Schultern, der vergeblich versuchte, ihren Armen zu entkommen. Innerhalb weniger Augenblicke hatte sich das Freudenfest in eine vom Wahnsinn getriebene Demonstration verwandelt. Und noch bevor der Strom an Leuten den Anfang der Gasse erreichte und sich auf die breiteren Straßen der Stadt entlud, wurde die Masse von Sicherheitskräften und schwer bewaffneten Soldaten eingekesselt. Es schien, als ob sie aus dem Nichts gekommen wären.

An jenem Tag wurden die meisten der jungen Leute aus der Gasse verhaftet. Iyad aber konnte einer erneuten Verhaftung entgehen und rannte zu mir und Diana, die wir immer noch am Eingang des Hauses warteten. Ich erinnere mich noch, wie ich still und voller Schrecken weinte. Ich spürte, wie Dianas Körper, der an mir klebte, zitterte. Sie weinte wohl auch.

Das vom Wahnsinn ergriffene Schreien erfüllte die ganze Gasse. Dennoch gelang es mir, das Flüstern seiner Lippen zu entziffern. Seine Lippen waren voller Risse und ganz bleich, wie die einer Mumie, nicht eines Geliebten. Er sagte zu mir: Ich hab' dich sehr vermisst! Ich auch, habe ich ihm geantwortet, vergrub mein Haupt an seiner Brust und drückte ihn fest an mich. Sein Hemd roch nach Gefängnis, nach Gefängnisinsassen, nach Gefängnisgängen und dem modrigen Geruch verschimmelter Betten. Sein Schweiß erinnerte an den Geruch von Schmerz.

Etwas hatte sich verändert. Ich war mir sicher, dass sich etwas verändert hatte! Ich spürte es ganz tief in mir.

Sie sagten: Sie ging, und das Feld geriet in Aufruhr vor Liebesschmerz – und der Weizen ward reif

Von Marcel Khalife gesungen und vertont klang das Gedicht von Adonis noch wundervoller. Der Chor erfüllte den gesamten Raum mit einem Hauch von Erhabenheit. Aus einem Anat unbekanntem Grund blickte auch Dschamila Al-Ali aus ihrem Bilderrahmen seltsam ins Zimmer.
Warum nur waren es speziell die auf den Gang von Pferden und Kamelen anspielenden Rhythmen des Haidaba, des Wakhd und des Radschaz, die dazu berufen schienen, von Dschamilas Eigenschaften zu erzählen und diese in Klang zu verwandeln?

Sie winkte, und der Sonnenuntergang wandte sich ihr zu vor Verlangen – die Ziegen verhaspelten sich

Der Chor ertönte wieder und wieder. Seit dem Morgen drang Dschamila in das Gedächtnis ihrer Tochter ein, ohne sich wieder von ihr entfernen zu wollen. Vielleicht war die Müdigkeit, die Anats Körper schon in ihr Totenreich zu tragen schien, der Auslöser all dessen. Vielleicht war es aber bloß die Müdigkeit, die sie dazu zwang, an den Tod zu denken, sodass dieser den ganzen Tag über zu ihrem ständigen Begleiter geworden war. Der Tod beherrschte all ihre Augenblicke, seit dem frühen Morgen bis zum jetzigen Moment.
Hatte er es denn nötig, sie ständig heimzusuchen, in ihre Sinne zu fahren und sie an Ungewolltes zu erinnern? Es waren bereits mehr als anderthalb Jahre vergangen, seit die Krebserkrankung es

vermocht hatte, den Großteil von Dschamilas rechtem Lungenflügel und auch einen Teil des linken zu verschlingen. Der Krebs ließ ihr nicht mal mehr ein Jahr Zeit, ließ ihr nur noch wenige Monate zu leben.

Alles wurde dadurch nur noch tragischer, dass zwischen ihrem Tod und der Freilassung von Dschawad Abu Atta lediglich drei Monate lagen. So war es der Mutter nicht vergönnt, ihre Tochter im perlmuttfarbenen Brautkleid zu sehen: jener Traum, der sie ihr ganzes Leben begleitet und sie dazu veranlasst hatte, lange Stunden damit zu verbringen, die glänzenden Stücke auf den Kleiderstoff des aus weißem Chiffon bestehenden Brautkleides zu nähen.

Dieses Kleid, das Dschamila für ihre geliebte Tochter schuf, wurde zu einem wahren Kunststück. Sie ließ die dicht genähten Sterne auf der Brust am Saum etwas weniger werden, und die beiden Träger stellte sie aus großen, hintereinander aufgefädelten Perlen her. Ihr, die ihrer Tochter bei jedem Besuch verschiedenste, von ihr selbst mühsam hergestellte Speisen für Dschawad und seine Mitinsassen ins Gefängnis mitgab, war es somit auch nicht vergönnt, die Sterne in Anats Augen zu sehen. Tage vergingen mit der Zubereitung von Speisen für einen Fremden, dessen Gesichtszüge sie nur auf Bildern gesehen hatte, für einen Fremden, mit dessen Anwesenheit im Leben ihrer Tochter sie nicht einmal einverstanden war. Sie wartete nur darauf, diese Sterne zu Gesicht zu bekommen. Doch dann ging sie, musste zu früh aus dem Leben scheiden.

Die Lider ihrer Augen sind Saiten
sind ein Sommerlied!

Und der Chor wiederholte: Sind ein Sommerlied … tralalalala

In den letzten Monaten ihres Lebens trug Dschamila stets ein buntes Kopftuch, nach hinten zusammengebunden. Sie ließ die wenigen Strähnen, die von ihrem Haar noch übrig waren, ins Gesicht fallen, um ihre Stirn und ihre Wangen, so gut es eben noch ging, zu bedecken.

Der Anblick dieses hinten zusammengebundenen Kopftuchs versetzte Anat in eine ferne Zeit zurück, die sie trotz ihrer ermüdenden Versuche, sich daran zu erinnern, nicht zu fassen bekam! Bis zu dem Moment, als Anat eines Nachts am Eingang zum Viertel auf Dschamila traf. Sie war gerade von ihrer Arbeit auf dem Nachhauseweg. Die Mutter trug mehrere Nylon-Tüten und eine alte Stofftasche, die an ihrer Schulter herunterhing. In jenem Augenblick fiel bei Anat der Groschen, und sie wusste, woran sie das Tuch ihrer Mutter erinnerte. Einzelheiten strömten in ihren Kopf wie eine überbordende Wasserflut, die allen über die Zeit angehäuften Schmutz der Straße mit sich fortriss.

Das Kopftuch der Mutter ähnelte dem von Saha Al-Farusi, jenem kleinen Mädchen, das mit ihr die Schulbank gedrückt hatte. Wann genau war das gewesen? In der dritten oder vierten Klasse der Grundschule vielleicht! Auch sie hatte eine Stofftasche getragen, mit blassen Farben und verschmutzt. Auch sie hatte die Tasche über ihre

Schulter gehängt, auch sie band ihr weißes Kopftuch stets nach hinten.
Dieses Mädchen litt an einer Hautkrankheit namens Alopezie. Eine Krankheit, die das Haupthaar Strähne für Strähne ausfallen ließ, bis man eine Glatze bekam. Sobald sich Anat an Saha Al-Farusi erinnerte, drang auch wieder jener Gestank brutal und heftig in ihre Sinne. Ein Gestank, der dem Tuch ihrer Nachbarin entströmte und einem starken Medikament entstammte: eine faul und durchdringend riechende Mischung aus Ammoniak und kondensiertem Jod mit einem Hauch von verdorbenem Ei. Das Mädchen war meistens über ihr Heft gebeugt und immer damit beschäftigt, irgendetwas zu schreiben.
Das ganze Übel kam daher, dass Saha, wie sie Anat viele Male erklärte, mit der Salbe, die für das Ausbrennen der Alopezie sorgte, jeden Tag morgens und vor dem Schlafengehen ihre Kopfhaut einreiben musste. Doch dieses Medikament schien alles zu verbrennen außer dieser verfluchten Alopezie. Das Schuljahr ging zu Ende, ohne dass auch nur ein einziges neues Haar auf Saha Al-Farusis kahlem Kopf nachwuchs.
Nach immer wiederkehrender Übelkeit und nachdem Anat eines Morgens schließlich alles, was sich in ihrem Bauch befand, auf die Schulbank und auf den Rücken der Schülerin vor ihr erbrochen hatte, flehte sie die Lehrerin inständig an, von ihrer alopeziösen Freundin weg auf die Schulbank in die hinterste Reihe umziehen zu dürfen. Dort verbrachte sie dann die restlichen Monate des Schuljahres.

Die zermürbenden Schuldgefühle verließen sie das ganze Jahr über nicht mehr. Vielmehr kehrten sie mit jedem Mal neu zurück, wenn sie Saha Al-Farusi mit ihrem nach hinten gebundenen Tuch und ihren vorwurfsvollen Blicken sah.
Durch die monatelange Chemotherapie schwollen Dschamilas Körper und ihr Gesicht stark an. Trotz allem leuchtete ihr Antlitz auf eine anmutige Weise nun noch deutlicher. Irgendjemand, an den sie sich nicht mehr erinnern konnte, hatte Anat eines Tages einen anmaßenden Rat gegeben, oder besser gesagt, sie empfand ihn damals als anmaßend und hart. Er sagte, sie solle ihre Mutter in ihren letzten Tagen ja nicht mehr sehen. Sie solle sie den Krankenschwestern der Intensivstation überlassen, die würden sich schon gut um sie kümmern. Der Grund, den er hierfür nannte, war, dass sich Anat vom Anblick der kurz vor dem Tode stehenden Mutter fernhalten sollte, denn das Bild der sterbenden Mutter würde sich grausam in ihr Gedächtnis eintätowieren. Dieses letzte Bild der sterbenden Mutter würde sonst zum bleibenden Bild in ihrer Erinnerung werden.
Vielleicht hat er Recht gehabt, trotz seiner harten Worte. Wenn ich heute versuche, mir Dschamila zu vergegenwärtigen, oder richtiger gesagt, sie mir auf eine schöne Weise in Erinnerung zu rufen, sehe ich stets nur eine lebendige Leiche vor mir, die entstellt und aufgebläht auf dem Bett der Intensivstation liegt, angestrengt wirkt und nur noch durch die Sauerstoffmaske atmen kann. Um die Mitte ihres Körpers waren Windeln für alte Menschen gebunden, deren Gestank die Kranken-

schwestern, die in der Regel nur zum Windeln wechseln kamen, dazu veranlassten, ihre Masken noch fester über ihre Nasen zu ziehen. Ohne sich den Anschein zu geben, ihre Abneigung zu verbergen, verzogen sie ihr Gesicht dabei.
Selbst das Duftwasser, mit dem ich ihren schwitzenden Körper einmassierte, war ihr in den letzten Tagen verboten, weil sich auf ihrer empfindlich gewordenen Haut eine Schicht unheilbarer Wunden gebildet hatte.
Dieser Körper, der zuvor in meiner Erinnerung mit Wohlgeruch und verschiedenen Düften verbunden war, wurde so zu einem Arsenal einer ganzen Reihe von schwer erträglichen Gerüchen. Die stolze und selbstbewusste Dschamila, an das Bett der Intensivstation gefesselt, lag da wie irgendein Abfall. Und alle warteten darauf, diesen Abfall endlich entsorgen zu können.
Der Computer spielte das Lied von vorne. Die Musik, wie von musizierenden Engeln gezaubert, ließ mit ihrer Weite den Raum ganz eng erscheinen. Zum letzten Mal schlich sich Anat zu ihr hinein. Sie überlistete den Wärter, der wie ein Dämon dastand und die Besucher daran hinderte, die verbotene Abteilung zu betreten. Eine Gruppe von Krankenschwestern befand sich dort und versuchte, den Leib eines riesigen Greises vom Bett auf die Bahre zu verlegen; draußen vor der Tür seines Zimmers war eine Frau, die laut klagte und ihr Gesicht mit ihren Händen bedeckte.
Dschamila flüsterte mit ihrer leisen Stimme, die sich rasch heiser redete, ihrer Tochter zu, sie solle sie aus dieser Hölle herausholen. Sie nahm sogar

die Sauerstoffmaske von ihrem Mund, um sie anzuflehen: „Ich quäle mich hier … Ich möchte als Herrin meiner selbst in meinen eigenen vier Wänden sterben, ohne diese abscheuliche Behandlung. Ich flehe dich an, mein Schatz … Ich möchte keinen einzigen Moment meines Lebens mehr hier verbringen."

Dschamilas Augen waren feucht, und ihr blasses Gesicht zerschmolz vor flehendem Bitten. Anat brachte ihr die Sauerstoffmaske wieder an, küsste sie und schickte sich an, zu gehen. Sie hatte beschlossen, sie sofort herauszuholen, ohne Rücksicht auf die Folgen.

Dschamila hielt sie noch einmal zurück, indem sie ihren Arm festhielt und von ihr verlangte, die Schublade des mit kleinen Rädern versehenen Tisches, der neben dem Bett war, zu öffnen. In der Schublade lag ein feuchter roter Apfel. Flüsternd sagte Dschamila, sie habe ihn für Anat aufgehoben, damit sie ihn esse, denn sein Anblick sei so prächtig, dass nur sie ihn verzehren dürfe.

Anat ließ die Schublade geöffnet und eilte nach draußen. Ihre Tränen, so lange schon zurückgehalten, brachen wie ein plötzlicher Regenschauer aus ihr heraus und rannen um die Wette. Mit lauter Stimme fing sie an, im Korridor zu weinen und schwor sich, ihre Mutter hier heraus zu holen, koste es, was es wolle.

Die Zimmertür von ihrem Bett aus beobachtend, wartete Dschamila. Die Aufsicht des Außensaals befand sich vor ihren Augen, dahinter eine Krankenschwester, die damit beschäftigt war, eine große rosafarbene Wollkugel zu stricken. Plötzlich schob sich davor eine Gestalt, die sich langsam näherte. Um sie herum wurde es neblig. Da wurde Dschamila eines kleinen Mädchens gewahr, das nun ganz nah an ihr Bett herankam und sich über sie beugte. Sabahs Gestalt schimmerte wie aus einer Filmszene entstiegen, wie eine Luftspiegelung.

Für Dschamila war die Stunde gekommen, sie ein letztes Mal anzuflehen, um Vergebung zu bitten. Sie begann zu schluchzen und versuchte, Sabah zu erklären, dass sie es nicht gewollt habe, sie niemals hatte dazu bringen wollen, Rattengift zu schlucken, dass sie seither jeden Tag, jede Nacht, jede Stunde unter einer eisernen Hand gelitten habe, die auf ihre Kehle drückte und sie nicht loslassen wollte, bis sie daran gestorben war.

Schließlich sagte Dschamila, sie sei überzeugt davon, dass alles, was mit ihr geschehe, nur deshalb geschehe, weil die Seele Sabahs das Diesseits verlassen habe, während sie wütend auf sie gewesen war.

„Sabah, verzeih mir mein Schatz ... Ich schwöre es, wenn ich gewusst hätte, dass du dir das Leben nimmst, dann hätte ich mich an diesem Morgen nicht mit dir gestritten ... Ich bitte dich, verzeih mir, mein Schatz ..."

Zum ersten Mal lächelte Sabah Dschamila zu. Ihre zarten Fingerspitzen berührten die in Schweiß gebadete Stirn der Kranken, dann strichen sie zärtlich über das feuchte Kopftuch und zogen es leicht beiseite, so dass sich der kahle Kopf mit seinen zerstreuten und zerzausten Haarsträhnen entblößte.

Dschamila lächelte erleichtert und atmete tief aus.

Als Anat nach weniger als einer Stunde zurückkam, mit einem Rollstuhl bewaffnet, um ihre Mutter aus dem Krankenhaus zu holen, war eine Gruppe von Krankenschwestern, Todesengeln gleich, dabei, den leblosen Körper Dschamilas auf eine Bahre zu schieben, um das Bett für einen anderen Kranken frei zu räumen. Das bunte Kopftuch rutschte ganz von ihrem Kopf herunter. Die Schublade war immer noch geöffnet und die Krankenschwestern seufzten zufrieden darüber, einen Albtraum losgeworden zu sein, der Wochen angehalten und ihren Frieden auf der Intensivstation gestört hatte. Das Gedächtnis! Dieser verräterische, hinterlistige Freund kann für dich nichts weiter bewahren als Bilder, für die du dein ganzes Leben vergeudest, um sie irgendwann vielleicht doch vergessen zu können! Wenn du aufbegehrst, schleudert er sie dir in dein Gesicht, einfach so.

Ich frage mich bis heute: Woran dachte meine Mutter zum Zeitpunkt ihres Todes? Allein im Zimmer wartete sie darauf, dass ich sie endlich rettete und herrausholte. Vielleicht war der letzte Anblick, den das Gedächtnis ihrer Seele aufnahm, das Gesicht einer der Krankenschwestern. Wie sehr mich meine Schuldgefühle ihr gegenüber plagen! Hätte ich doch anders gehandelt, denke ich nun ununterbrochen. Woran ich ebenfalls denke, ist, dass mein Zusammenbruch an jenem Tag mich davon abhielt, den Apfel mitzunehmen. Ich wollte ihn unbedingt aufbewahren. Doch der Anblick Dschamilas auf der Bahre, die sich auf dem Weg in die Kühlhalle für die Leichen befand, ließ mich mich selbst vergessen.

Das Messer, das bis heute nicht aufhört, sich mit Schadenfreude in mein Herz zu bohren, ist die

Tatsache, dass sie alleine starb. Allein und verlassen an solch einem Höllenort.
Plötzlich schwieg der Chor und warf Anat in die Wirklichkeit zurück. Sie kam zu sich und stellte fest, dass sie einen Roman von Antonio Tabucchi in der Hand hielt und sich schon seit Ewigkeiten auf Seite einunddreißig befand.
Hassan hatte die CD ohne zu fragen, aus dem Laufwerk genommen und war schon längst wieder in das Wohnzimmer zurückgekehrt. Er lehnte sich auf das Sofa, zog an seiner Zigarette und verfolgte dabei die Todesszenen aus dem Irak, die auf einem der Fernsehsender liefen.
Von weitem roch Anat den Dampf des Minztees, und ihr wurde wohlig zumute. Als Hassan ihr aus dem Zimmer ein Lächeln zuwarf, lief sie zu ihm, drückte sich an ihn und ließ sich in seine Arme fallen. Hassan seinerseits war ebenfalls auf sie zugegangen, um sie in Empfang zu nehmen und ihr durch das zerzauste Haar zu fahren. Im Fernseher brachten sie erneut Szenen mit unzähligen, aufeinandergestapelten und völlig verbrannten Leichen, die einfach auf die Straße geworfen worden waren. Anat bat ihn, den Fernseher auszuschalten, sie könne diesen allgegenwärtigen Tod keine Sekunde länger ertragen. Aus allen Richtungen schien er auf sie einzustürmen.
Hassan folgte ihrer Bitte, schaltete den Fernseher auf der Stelle aus und nahm sie wieder in den Arm, ohne ein Wort zu verlieren. Eine Stunde lang hielt er sie so, und ihr Schluchzen hörte keinen Moment auf.
Über dem Sofa hing ein großes Bild von Saniya Al-Ali, das fast die halbe Wand bedeckte. Ein altes

Bild in verblassten Farben, der breite Holzrahmen und das Glas, hinter dem es hervorschimmerte, konnten es dennoch nicht vor der Abnutzung der Zeit bewahren.
Vierzig Jahre, vierzig Jahre sind vergangen, welch' Ewigkeit, dachte sie.
Dschamila hatte all die Jahre über versucht, das Bild aus dem Wohnzimmer zu entfernen, ohne dass es ihr gelungen war. Es schien zu einem Teil der Wand, ja des gesamten Hauses geworden zu sein. Entfernte man es, würde das ganze Haus einstürzen und zerstört werden. So wehrte Hassan sich vehement dagegen, es auch nur eine Fingerspitze von der Mitte der Wand zu verschieben.

Saniyas Augen strahlten in einem sonderbaren Glanz hinter dem Glas hervor, ein Glanz, der Dschamila zu sich selbst brachte, zu dem, was ihr Innerstes ausmachte.. Jedes Mal, wenn sie das Wohnzimmer betrat und das Bild ihrer Schwester erblickte, die dort an ihrem ewigen Ort weilte, wandelte sich Dschamilas Stimmung von Grund auf.
Und dann, nach zehn Jahren Ehe zwischen Hassan und Dschamila, wurde neben Saniyas Portrait noch ein weiteres Bild gehängt. Es war ein wenig kleiner, ein breiter schwarzer Streifen befand sich darauf. Es war ein Foto von Sabah.
„Hassan ... Ich habe heute an Sabah gedacht!"
„..."
„Ich habe keine Ahnung, warum ich seit einiger Zeit von Dingen geplagt werde, an die ich früher nie gedacht habe."Mein Vater aber antwortete nicht. Ich fühlte lediglich, dass die Bewegungen

seiner Hand in meinem Haar ein wenig unruhig wurden. Vielleicht erinnerte er sich auch gerade an jene Episode, die vor meinem inneren Auge aufgetaucht war! Es war ein Wintertag des Jahres 1972. Ich spürte die stechende Kälte jenes Tages lange noch unter meiner Haut, obgleich ich nach einem langen Schultag die Tür schon hinter mir geschlossen hatte und ins Haus getreten war. Ich kann die Kälte jenes Tages heute noch spüren.

Irgendetwas stimmte nicht und ließ mich unruhig werden. Die äußere Haustür stand weit offen, das Wohnzimmer war voller Männer und Frauen in schwarzen Gewändern, meine Mutter auf dem Sofa mit blauem Gesicht und verweinten Augen, mein Vater vergrub seinen Kopf zwischen den Schultern und schluchzte laut, ein Wehklagen, das den Kummer und den Schmerz aus seinem Körper herausschreien wollte.

Mir kam damals seltsamerweise nicht sofort in den Sinn, dass dies etwas mit Sabah zu tun haben könnte! So blieb ich ahnungslos und wie vom Blitz getroffen stehen und starrte auf das in Schmerz versunkene Haus.

Erst nach geraumer Zeit teilte man mir mit, dass Sabah, die vor ein paar Tagen vierzehn Jahre alt geworden war, eine Tüte Rattengift, die mein Vater irgendwann einmal besorgt hatte, in sich hinein gewürgt hatte. Zuvor hatte sie die Badezimmertür gut verschlossen.

Niemand hatte es bemerkt. Erst als Dschamila Stunden später ins Bad gehen wollte, um es sauber zu machen, machte sie die furchtbare Entdeckung. Als sie die Tür öffnete, erblickte sie Sabahs Bein, auf den niedrigen Holzstuhl gelegt, während der Rest ihres erstarrten Körpers gegen die feuchte Wand des Badezimmers gelehnt war. Ihre Gliedmaßen waren verkrampft, die Umrisse ihres jungen Körpers zeugten von dem Schmerz, den sie die Augenblicke vor ihrem Tod erlitten hatte.

Ihre hervorgequollenen, weit aufgerissenen Augen blickten Dschamila geradewegs ins Gesicht.

Morgens, als ich mich auf den Weg in die Schule gemacht hatte, hatte mir das Geschrei von Sabah und meiner Mutter noch in den Ohren gelegen. Das wütende Schreien begleitete mich sogar bis zum Ende der Aliyagasse, ja von Dumar bis auf die Hauptstraße, die nach Hama führt. Wahrscheinlich hatten sich die Bewohner der Gasse bereits daran gewöhnt, die alltägliche Leier morgens, mittags und abends zu hören. Dschamila und Sabah schrien sich an, beschimpften und beleidigten sich auf eine Weise, die jedem Mithörendem das Gefühl gab, sie wären bis auf den Tod miteinander verfeindet.

Dennoch konnte ich mir nicht vorstellen, dass all dies die Folge jenes täglich geführten, allbekannten Krieges hätte sein können!

An jenem Tag sah ich Sabahs Augen zum letzten Mal geöffnet, wie sie aus dem hölzernen Sarg herausblickten. Der Sarg, in der Mitte des Salons aufgebahrt, war umringt von schwarz gekleideten Frauen, die klagend einen Kreis um ihn gebildet hatten. Das Weiß von Sabahs Augen trat hervor und ließ die Farbe ihrer grünen Iris ganz klein erscheinen. Die Farbe ihres Gesichts war so blass, wie ich sie noch nie gesehen hatte. Doch rasch sorgte eine hastige Hand dafür, ihre Lider zu schließen und ihr Gesicht und ihren Kopf mit einem dicken Laken zu bedecken.

Eine wie Feuer brennende Flüssigkeit sprudelte plötzlich in mir auf, und mir war, als löste sich vor lauter Hitze meine Darmwand auf und verwandelten meine Innereien in eine Kugel aus Feuer. Tatsächlich leide ich seit jenem Tag und wohl für den Rest meines Lebens an einer chronischen Magenschleimhautentzündung.

Entrüstung, ja Hass lag in den Blicken der Frauen. Der Tonfall ihrer Zwiegespräche, die anfangs noch leise gewesen waren, wurde gegen Ende der fünf Trauertage immer lauter und dreister. Die meisten Beileidbesucherinnen warfen meiner Mutter vor, eine Pubertierende in den Selbstmord getrieben zu haben.

Unmittelbar, nachdem die Trauertage zu Ende gegangen waren, hatte mein Vater zu allem Leid auch noch einen Herzinfarkt, als er gerade einen Pflock aus der Erde ziehen wollte, der die Plane des Trauerzelts trug. Es war das erste Mal, dass Abu Hayyan etwas am Herzen hatte. Der Anfall war Gott sei Dank leicht, und er kam noch einmal davon. Doch die Herzkrankheit veränderte sein Leben. Er ging nirgendwo mehr hin, ohne eine Menge Medikamenten in seiner Hosentasche zu haben.

Anat vergrub den Kopf im Schoß ihres Vaters. Der angenehme Stoff des Morgenrocks kitzelte ihre Wange, die seit kurzem mit Schwangerschaftsflecken bedeckt war. Hassans durch ihr Haar streichende Finger schenkten ihr für den restlichen

Tag, der ihr noch wenige Minuten zuvor heftige Angst eingeflößt hatte, ein bisschen Wärme und Geborgenheit. Zugleich aber begannen ihre Krampfadern zu schmerzen, zu stechen. Und dennoch regte sich eine leise Freude in ihr.

In den ersten Wochen der Schwangerschaft hatte etwas ihren Körper, in dem ein Fötus heranwuchs, davon abgehalten, sich ihrem früheren Verlangen und ihrer früheren Begierde hinzugeben. Dennoch überkam sie in ihrem Inneren ein merkwürdiges Verlangen, das seit einiger Zeit immer wieder beharrlich wiederkehrte. Sie spürte, dass sie ein starkes Bedürfnis nach dem Körper ihres Mannes hatte, und zwar einzig und allein nach seinem Körper und nicht nach dem irgendeines anderen. Sein Geruch wehte sie an, sobald sie ihren Kopf auf das Kissen legte. Dann erinnerte sie sich daran, dass die ersten Monate der Schwangerschaft vergangen waren, ohne dass sie daran gedacht hatte, dass ihr Körper der einer Frau war, ein weiblicher Körper, der vor Verlangen brannte. Und jetzt wünschte sie, Dschawad läge bei ihr im Bett. Sie sehnte sich nach ihm, wie sie ihn nie zuvor herbeigesehnt hatte. Ihr war beinahe so, als ob ihre Glieder vor Begehren heulten. Ihr Blut schwoll in ihre Adern an, allzu bereit für die verlorene Lust.

Gestern war sie mit ihrem Zeigefinger in sich eingedrungen. Sie ertastete die klebrige Flüssigkeit zwischen ihren Schamlippen, wie sie es früher getan hatte. Dann begann sie, mit der Flüssigkeit, die ihre Knospe bedeckte, zu spielen. Doch da bewegte sich das Baby vor Schreck in ihrem Bauch, und sie zog rasch ihre Hand weg, ohne dass

es ihr bewusst war. Niemand hatte ihr jemals gesagt, dass das Verlangen nach dem Geliebten einer Schwangeren mehr zu schaffen machen könnte als die Schwangerschaft selbst.
Trotzdem schlief sie nach einer Weile im Schoß ihres Vaters ein.
Während all dessen kämpfte Hassan mit den Tränen und wartete darauf, dass Anat einschlief, um ihnen freien Lauf lassen zu können. Bald rann ihm Träne um Träne über die Wangen.

In der letzten Zeit hatte Hassan Saniya immer zugeflüstert, dass sie jetzt noch nicht zu ihm kommen solle.
Gestern war es im Bett passiert, als er sie an ihren ätherischen Hüften genommen und ihre hellhäutige, zarte Wange gestreichelt hatte. Saniya ist noch immer das 19-jährige Mädchen. Sie hat sich in all den vergangenen Jahren nicht verändert. Manchmal kommt sie ihn in ihrem gemusterten Kleid besuchen, das sie damals im Bus anhatte, der von Aleppo nach Latakia fuhr, als die beiden aus Raqqa anreisten.
Wie damals, an jenem Tag, kommt sie zu ihm, sobald er sich ins Bett gelegt hat. Sie zieht ihr durchsichtiges, seidenes Nachthemd aus, wirft es hinter sich und lässt es in der Luft verschwinden. Dann schlüpft sie nackt unter die Decke, um sich lachend den Liebkosungen seiner Hände hinzugeben.
Als er zu ihr sagte, sie solle noch nicht kommen, entgegnete sie: „Wie immer sagst du, ich solle noch nicht kommen ... und dann flehst du mich doch an, zu dir zurück zu kommen!"
In ihrer Stimme lag ein zauberhaftes Echo, das in seinem Kopf nachhallte, als käme es aus dem Verborgenen.
Hassan schwieg, legte seinen Arm um ihren Kopf, der auf dem Kissen lag, und schlief ein. In dem Augenblick, in dem Anat so an ihn gelehnt war, sagte er zu Saniya, sie solle gehen. Sie raunte ihm zu, sie wäre ihm sehr böse, wenn er es wagen sollte, sie ein zweites Mal wegzuschicken, und dass seine Aufforderung nichts mit dem Spiel zweier Liebender gemein hätte.

Dann setzte sie sich pikiert neben ihn aufs Sofa, und ihre durchsichtige Gestalt löste sich im Blau des Sofas auf und verschwand darin.

In all den Jahren, die vergangen waren, wurde Hassan von seiner Sehnsucht buchstäblich zerrissen. Er hatte vergeblich versucht, ihren flüchtigen Körper festzuhalten. Dies jedoch vervielfachte sein Verlangen nur noch. Ihre verführerische Stimme hallte in seinem Gedächtnis wider und entfachte ein heftiges Verlangen in ihm, ohne dass er im Stande gewesen wäre, das lodernde Feuer der Begierde zu löschen. Saniya wollte den Körper dieses Traumbilds, in dessen Gestalt sie sich ihm ein ums andere Mal zeigte, einfach nicht verlassen.

Sein Lebtag schon fühlte Hassan sich vom Leben ungerecht behandelt. Er kam sich vor wie ein Verlierer, und doch konnte er keinen genauen Grund dafür nennen. Ebenso wenig wusste er die Ursache seiner Traurigkeit, die ihn ständig begleitete.

Alles, was ihm geblieben war, war dieses Mädchen, das nun in seinem Schoß lag; und jener kleine Engel, der in ihrem Leib heranwuchs, dieser kostbarste Schatz, der sich auf dem Weg ins Leben befand; zu guter Letzt blieb ihm die Poesie, die ihn aus der Finsternis und Leblosigkeit des Alltags entführte, einem Alltag, der mehr und mehr seine Seele sterilisierte und altern ließ, obwohl er sich so entschlossen gegen das verhasste Altern und Senilwerden zu wehren versuchte.

Bisweilen dient das Dichten einzig und allein dem persönlichen Glück, eine Art Zauberformel, um all das hinter sich zu lassen, was man das Wohl der Gemeinschaft nennen könnte; ein Mittel, nicht

einsehen zu müssen, dass man im Grunde von jeder Wirkung ausgeschlossen ist, dass man am Rand des Lebens steht und dass es nichts gibt, was man irgendwie beeinflussen oder von dem man selbst beeinflusst werden könnte.
Dichtung, du würdevolle alte Dame!
Vielleicht hätte er sich genauso gut einer religiösen Institution anschließen können, die ihm das Gefühl hätte vermitteln können, auf die Dinge in dieser Welt irgendwie einwirken zu können. Dass Hassan dies nie vollbracht hatte, mochte daran liegen, dass seine Nähe zur von Anton Saade gegründeten Syrischen Nationalistischen Partei für ihn eine alternative Möglichkeit darstellte, Teil einer einflussreichen politischen Organisation zu sein.
Doch letztendlich war er auch nie in die Partei eingetreten!
Selbst die Kreide in seinen Fingern, kombiniert mit der Neugierde, die in den Gesichtern seiner Schüler geschrieben stand, deren Augen vor Wissensdurst leuchteten, hatte ihm das Gefühl gegeben, etwas bewirken zu können – doch dieses Gefühl war ihm schon vor langer Zeit, genauer gesagt mit seiner vorzeitigen Entlassung aus dem Schuldienst, genommen worden. Damals war er noch keine Fünfzig.
Seit jener Zeit und bis zum heutigen Tag muss er daran denken, dass alles auch ganz anders hätte kommen können.
Was wäre gewesen, wenn er den Schulleiter nicht geohrfeigt hätte? Was wäre gewesen, wenn diese schallende Ohrfeige nicht im Schulkorridor

widergehallt wäre, der zu dem Zeitpunkt voll mit Lehrern und Schülern war? Sicherlich hätte er mindestens noch zehn weitere Jahre unterrichten können, zehn weitere Jahre, die er hätte nutzen können, um auf zukünftige Generationen einzuwirken. Er hätte sie geformt wie feuchten Ton, ja, er hätte sie neu erfunden.
Er hätte sie neu beschrieben, die sie wie unbeschriebene weiße Blätter waren. All dies erinnerte ihn an das Dichten, es war im Grunde nichts anderes.
Wenn Hassan daran dachte, wie alles auch hätte kommen können, empfindet er sogleich ein tiefes Gefühl des Stolzes, weil es eben nicht Wirklichkeit geworden war, weil er sich nicht gebeugt hatte: Der Direktor hatte ihm ins Gesicht geschrien, er solle doch in die Aula kommen und wie die anderen Lehrer und Schüler aus Anlass der Wiederwahl des Präsidenten vor Freude tanzen.
„Ich mache mich doch nicht zum Affen und tanze auf euren Tischen herum", hatte Hassan geantwortet.
Dem Direktor, ganz verblüfft von Hassans Antwort, die ihn nun tatsächlich wie einen Affen aussehen ließ, blieb nichts anderes übrig, als mit einer Parade von Schimpfwörtern loszulegen. Dabei blickte er links und rechts um sich, damit ja keiner das vor sich gehende Wortgefecht mitbekam. Er konnte unter keinen Umständen dulden, dass die Autorität seines wichtigen und einflussreichen Amtes in der Verwaltung der Jungenschule irgendwie in Verruf geriet. Zu guter Letzt, wohl auch der unüberschaubaren Szenerie um sie her-

um geschuldet, nannte er Hassan einen Kollaborateur und Landesverräter.
Sämtliche Schimpfwörter, die der Direktor Hassan entgegenschleuderte, prallten an ihm ab. Nur die zuletzt gemachte Beleidigung konnte ihn nicht ungerührt lassen: Im Nu rutschte seine Hand aus und landete auf der vor Erregung bereits hochroten Wange des Vorgesetzten. Er sah zuerst den schallenden Aufprall und dann die Augen seines Gegenübers, die böse zu funkeln begannen.
Es war die erste und blieb auch die letzte Ohrfeige, die Hassan jemandem – von seiner Geburt an bis zum heutigen Tage – verabreichen sollte.
„Die wahren Verräter sind doch Leute wie Sie. Sie haben das Land in einen Zirkus voller Narren verwandelt."
Er erinnerte sich noch sehr genau an jenen Satz: „Sie haben das Land in eine Zirkusmanege verwandelt."
Später ließ er sogar eines seiner Gedichte mit diesem später leicht abgeänderten Satz beginnen, obgleich er unbedeutend und blass gegenüber den anderen Versen schien, die vor rhetorischen Kunststücken und komplexen wortgewaltigen Wendungen nur so strotzten. Die Untersuchung der Angelegenheit durch die Abteilung der politischen Staatssicherheit dauerte viele Tage an. Schließlich fand sich Hassan in einer Zelle unter der Erde wieder, seine Füße in Folge einer Bastonade von Wunden und Schnitten übersät. Sechs Monate blieb Hassan im Gefängnis, und als er entlassen wurde, war er zugleich vom Schuldienst suspendiert.
„Was wäre gewesen, wenn ..." hatte heute keine Bedeutung mehr. Nur das Dichten allein konnte

ihn von der Leere befreien. Die Dichtung und die Liebe, die ihn niemals verlassen hatte. Die Dichtung, die Liebe und der Fernseher!
Dieser verdammte Kasten! Sein wachendes Auge auf die Welt. Sein magisches Auge, das ihm all das schenken konnte, was er begehrte. Im wahrsten Sinne des Wortes ein göttlicher Segen, dieses wundersame Gerät, trotz der unzähligen Leiden, die dir tagtäglich vor Augen geführt werden, oder dich selbst an die Schauplätze des Leids versetzen, als ob du sie hautnah durchleben würdest.
Hassan dehnte seine Wirbelsäule, bis sie ihm wehtat, und küsste lange Anats Haar, die in einen tiefen Schlaf gesunken war. Dann rezitierte er ein paar Verse aus dem Gedicht eines Dichters, den man „Anmutiger Jüngling" zu nennen pflegte:

Bei Sonnenaufbruch schenke das Glas mir ein
Erhebe deine Stimme zum Wohle meines Kelchs
Wende die Sonne deines Gesichts mir zu
Denn der Glanz der Sonne ist nicht aufgestiegen

Er lächelte Saniya an, die immer noch an seiner Seite lag, zwinkerte ihr lüstern zu und zeigte auf Anat, die seinen Schoß bedeckte. Sein Glied hatte sich bereits in Bereitschaft gebracht.

Lass lieber deine Hände sich um eine Saite kümmern
Streck' sie nicht aus zum Rosenkranz!

Dann umarmte er die Erscheinung, die verführerisch in sein Ohr hauchte: Ich liebe dich ...

Ein sanftes, wohl geformtes Gesicht, haarlos, nur die Augenbrauen präzise nachgezogen, wie die Augenbrauen einer Frau mit einem Stift gemalt. Ein langer schlanker Leib, umhüllt von einem schneeweißen Seidenhemd und einer Hose aus schwarzem Tuch.
Die Glieder dieses jungen Mannes strahlten einen Hauch Weiblichkeit aus, eine besondere Schönheit ging von seiner straffen, glänzenden Haut aus, eine Schönheit, die– sobald er eingetreten war und Jonathan Green und Anat Ismail gegenüber stand –das dunkle, trübe Zimmer der Botschaft erhellte, in dem die Befragungen stattfanden.
Er hieß Mohammed Awwad, kam aus der Region des blauen Nils, aus dem Süden des Sudan. Er war der erste Asylbewerber, der heute zum Interview erschienen war.
Der sudanesische Sicherheitsapparat hatte ihn mehr als zehn Jahre gefangen gehalten. Mit Gewehrkolben hatten sie auf seinen Rücken eingeschlagen, ihn wie seine Mitgefangenen mit Schlafentzug gefoltert, endlose Tage und Nächte lang. Jedes Mal, wenn er gerade eingeschlafen war, hatten sie ihn wieder geweckt, indem sie ihn entweder mit ihren Gewehrkolben gestoßen, an seinen Haaren gezogen oder Wasser über ihn geschüttet hatten.

Sie haben mehrere Male eine Flasche zerbrochen und mich gezwungen, mich auf die Scherben zu setzen. Ein Schmerz, der unerträglich war, das Blut floss tagelang von meinem Hintern. Die Wunden waren gerade mal verheilt, als sie mit der gleichen Prozedur von neuem begannen.

Und ... sie haben mich vergewaltigt.
„..."
Sie haben mich vergewaltigt, immer und immer wieder. Ihr Boss nötigte mich dazu, mich ganz auszuziehen. Ich musste mich hinknien wie ein Tier, und vor allen Männern hatte er dann Geschlechtsverkehr mit mir, wie ein Tier. Sie haben gelacht, haben mich mit ihren ekelhaften Anzüglichkeiten bedrängt, über meinen Körper gestrichen, ihre Hände in seine Falten und Mulden gesteckt und mich wie eine Frau behandelt.
Sie zwangen mich, mich hin und her zu bewegen, zu tanzen, schamlose Wörter mit säuselnder Stimme auszusprechen. Ein aufs andere Mal zwangen sie mich, zu bellen oder zu iahen, und dabei schlugen sie auf mein Hinterteil ein, bis das Blut über meine Schenkel lief, und mit meinen Exkrementen vermischt auf den Boden tropfte.
Sie ließen nicht von mir ab. Ihr Boss befahl Einen nach dem Anderen an, mich zu vergewaltigen. Bis sie ...
Bis sie ...
...
Mohammed Awwad verstummte und presste die Zähne zusammen, um die Worte zurückzuhalten.

Im Süden besaßen die sudanesischen Streitkräfte quasi Immunität, die ihnen sogar juristisch gewährt wurde. Im Jahr 1996 erließ das Regime das Gesetz der öffentlichen Ordnung, das bestimmte, dass Frauen, von denen behauptet wurde, sie trügen keine sittsame Kleidung oder hätten sich nach Sonnenuntergang noch auf der Straße auf-

gehalten, mit Peitschenhieben und Schlägen zu bestrafen seien.
Khadidscha zum Beispiel, eine Tante von Mohammed, die ihre fünfzig Jahre erreicht hatte, aber bereits wie eine Siebzigjährige aussah, wurde auf dem Nachhauseweg von ihrem Besuch bei Auni Pascha aufgegriffen, wo sie als Hausangestellte arbeitete. An jenem Abend gab ihr Herr in seinem Haus eine Cocktailparty. Und obgleich oder gerade weil er einer der bekanntesten Waffenhändler im Südsudan war, waren beinahe fast alle Personen anwesend, die in der Region Rang und Namen hatten oder ein großes Vermögen besaßen. Unter den Gästen befanden sich außerdem noch eine sorgsam ausgewählte Anzahl an Offizieren der Regierungsarmee sowie zahlreiche Offiziere des Widerstandes, wohlgemerkt in Zivil gekleidet.
Grund der Party war Auni Paschas Absicht, einige Deals zum Waffentausch zwischen den Entscheidungsträgern der Regierungstruppen und der Aufständischen zu initiieren.
In der Tat war es eine gigantische Feier, sodass Khadidscha gezwungen war zu bleiben, bis der letzte Gast das Haus verlassen hatte. So war es bereits sehr spät in der Nacht, als sie sich auf den Weg machte. Während sie zu ihrem Haus am anderen Ende der Ortschaft eilte, sagte sie sich noch, sie hätte doch bis zum Einbruch des Morgengrauens in der Küche der Villa ihres Herren nächtigen sollen. Auch auf der Sommerterrasse zu übernachten wäre kein Problem gewesen. Alles wäre besser gewesen, als in dieser heimtückischen Nacht alleine nach Hause zu gehen.

Bald folgte ihr eine Polizeistreife, und es gelang ihr mit ihren müden, langsamen Schritten nicht, den jagdlustigen, laut grölenden und Drohungen ausstoßenden Männern zu entrinnen. Gleich drei der Polizisten nahmen die Tante ohne weiteres fest, und sie wurde auf offener Straße geschlagen.

Weder ihre Hilferufe noch ihr schwächlicher Körper konnten sie vor den Schlagstöcken der Polizisten retten. Sie schlugen einfach immer weiter auf sie ein, bis ihr schwaches Herz zu schlagen aufhörte. Dort, wo die Polizei sie aufgegriffen hatte, fand sie den Tod.

Ihren leblosen Körper ließen sie auf der Straße zurück, bis er am frühen Morgen gefunden wurde, von wilden Vögeln bereits angepickt.

Nach diesem Vorfall zog meine gesamte Familie nach Äthiopien in ein Flüchtlingslager. Wir flohen vor der Gewalt von Baschirs Männern, ebenso wie vor der Gewalt der Aufständischen des Südens. Und wir flohen vor Malaria und vor Aids, dem Hunderte Menschen zum Opfer fielen. Wir flohen vor Granaten und den ständigen Bombardierungen, die ganze Dörfer, Flüchtlingslager voller Zivilisten, Schulen und Krankhäuser dem Erdboden gleich machten. Vor dem Tod sind wir geflohen, der überall um uns herum auf uns lauerte.

Der Mann meiner getöteten Tante brach bewusstlos zusammen, als sich ihm der schreckliche Anblick bot, wie ein wilder Greifvogel dem Leichnam die Augen aushackte. Dagegen irrte die junge Tochter der Toten, die Aischa hieß, völlig von Sinnen durch die Gassen der kleinen Stadt. Ich liebte dieses Mädchen. Ich weigerte mich, auszuwandern, bis

ich sie gefunden hatte, denn ich wollte mit ihr zusammen aufbrechen. Also verließ ich meine um das Grab versammelte Familie und machte mich auf die Suche nach ihr.
Sie besaß zwei schwarz funkelnde Augen, verführerische Lippen und einen afrikanischen Hintern, den ich anbetete und begehrte. Ja, ich liebte und begehrte sie sehr. Ich war von dem Gedanken bestimmt, dass wir fern des Leids in der Heimat in Äthiopien eine kleine Familie gründen könnten. Das wollte ich ihr sagen, und ich hoffte, sie würde meinen Worten vertrauen und die Wärme meiner Hand spüren, die ich auf sie legte.
Ich wollte ein Kind mit ihr haben. Das war es, was ich ihr sagte, damit sie sich wieder beruhigte und ihr Körper seine Anspannung verlor.
Dann endlich entdeckte ich sie! Sie schwamm an der Oberfläche des großen Sees. Ihr Gesicht sah ich allerdings nicht. Ich bemerkte zunächst nur ihr buntes Kleid, wie es vom den ruhigen Wogen leicht bewegt wurde. Um sie herum hatte sich bereits ein weiter Kreis aus blutrot gefärbtem Wasser gebildet.
Und ich rannte ...
So floh ich vor der Frau, die ich so sehr liebte. Alle Gespenster des Sees verfolgten mich und jagten mich fort. Wie viele verstümmelte, entstellte Leiber wohl auf dem Grund des Sees ruhen? Mag sein, dass es Tage braucht, bis auch Aischa zu ihnen stößt.
Ich aber floh ...
Ich floh von Karmak an der Grenze im Landesteil des Blauen Nils ins Flüchtlingslager Bunga

in Äthiopien. Drei Tage Marsch durch extreme Regengüsse, denn die Trockenzeit hatte noch nicht begonnen. Ich lief ganz an der Spitze des Flüchtlingszuges, den Anderen immer ein paar Meter voraus, so sehr floh ich vor allem.
Die Bewohner der beiden Dörfer Dschindi und Schali kamen mit uns. Es war bereits die achte Karawane, die sich auf den Weg gemacht hatte und auswanderte, im Mai, diesem verdammten Monat.
Gilvez, der schlanke, junge Mann aus dem Office des UN-Flüchtlingswerks in Karmak, schrie uns nach, dass wir nicht verzweifeln müssten, denn die Flüchtlingslager würden uns Sicherheit gewähren. Er schrie, und der Regen schluckte seine Worte, so dass es mir vorkam, als kämen sie von weit her, ja als würden seine Worte auf ein weites, ansteigendes Meer hinausgetragen.
Die meisten Flüchtlinge hatten einen Teil ihres Hausrats dabei, aus ihren Hütten oder Häusern. Und ich fragte mich, wieso? Denn ich hatte nur meine Kleider, die ich auf dem Leibe trug, und die mittlerweile eher wie Lumpen aussahen. Während ich lief, gingen mir immer wieder schreckliche Szenen und Bilder durch den Kopf. Sie belagerten mich, je mehr wir uns der Grenze nach Äthiopien näherten. Der Anblick von Aischas Kleid, das von den Wellen des Sees, der zu einem Grab geworden war, hin und her gewiegt wurde, ging mir nicht mehr aus dem Sinn, sodass ich fast verrückt wurde.
Das Flüchtlingshilfswerk hatte uns mit Essen und anderen Dingen versorgt: Planen aus Plastik, Behältern und Matten, Geräten zum Kochen

und Putzen - und schließlich Netzen gegen die Moskitos, die uns während unseres langen Marsches schwer zu schaffen machen würden. Am meisten brauchten wir die Plastikplanen, um uns vor dem anhaltenden Regen zu schützen. Denn der nicht enden wollende Regen zwang uns dazu, sie zum Abdecken der Wände aus Tukulgras zu verwenden, sobald wir das sichere Flüchtlingslager erreicht hatten.

Dreihunderttausend Sudanesen haben bis zum heutigen Tag ihre Heimat verlassen, und ich bin einer von ihnen. Wann werden wir zurückkehren können? Ich weiß es nicht. Wird Aischa auf mich warten können, damit ich sie bestatten kann, wie es sich für eine Geliebte geziemt? Vorausgesetzt, dass ich sie vom Grund des Sees bergen kann, und dass ich ihre Gesichtszüge erkenne, die vielleicht vom Wasser in all der Zeit, die dann vergangen sein wird, ausgelöscht wurden.

Ich weiß es nicht,
weiß nichts ...

Einzig sein blonder Scheitel war zu sehen, der zwischen Anats Schenkeln vibrierte. Sie beobachtete ihn durch ihre vor Lust schwer gewordenen Lider, mit beinahe geschlossen Augen. Sein Hintern war nackt, und sein unterer Rücken mit ebenfalls blonden Härchen übersät. In unregelmäßigen Abständen schaute er hoch, um die Erregung an ihren Gesichtszügen abzulesen.
Wenige Augenblicke noch, und Anat würde zum Höhepunkt ihrer Lust kommen. Sie war wie eine reife Frucht, die lediglich auf ein leichtes Fingerschnippen gewartet hatte, um sich fallen zu lassen. All die Jahre, die sie auf Dschawad Abu Atta gewartet hatte, ihn begehrt und in ihr Bett herbeisehnt hatte - und manchmal wollte sie auch einfach irgendeinen Mann - hatten sie leicht und schnell erregbar gemacht.
Es wäre das zweite Mal, dass sie zum Höhepunkt käme, ohne dass ihr Durst nach Liebe gestillt wäre.
Das also ist der Geschmack des Mannes.
Wie sehr ist der Geschmack, den ich damals als Zwanzigjährige gekostet habe, als ich gerade mal die Pubertät hinter mir gelassen hatte, verschieden von jenem neuen Geschmack, den ich als Frau gekostet habe. Eine Frau, die in ihren Dreißigern steht und das Gefühl hat, die Jahre eilten nur so dahin. So verschieden sind im ersten Moment diese beiden Geschmäcker. Mir kommt es vor, als sei ich eine völlig andere Frau, die fassungslos ist wird, weil ihr Körper so lustvolle, wundersame Orte für sie bereithält. Ich bin damit konfrontiert, dass sich mein Körper meiner Kontrolle widersetzt und stattdessen ein Lied davon singt, wie einzigartig er geschaffen sei ...

Ein Körper, der sich mit der Zeit besser kennengelernt hat.
Er verwandelt sich, mit jeder Erkenntnis verwandelt er sich. Das spüre ich jede Sekunde. Meine Beine sind mit Krampfadern übersät, die Falten um den Mund und die Augenbrauen treten immer deutlicher hervor. Meine Hände verlieren mit jedem neuen Tag an Zartheit. Was wird erst mit mir, wenn ich vierzig Jahre alt bin, dachte Anat, und ihr kam in den Sinn, wie schnell die Zeit wieder verging und ihr Körper immer mehr die Kunst des Liebens verlernte. Mittlerweile kannte er nur noch die lauten, breiten und von allen befahrenen Straßen und Wege. Heute erst, nach langer Zeit, lustwandelte ihr Körper wieder auf den Seitenstraßen, den abgelegenen Gassen und den versteckten Hauseingängen, wo er sich grenzenlos, erwartungsvoll und alle Lust erkundend öffnen konnte, mit einem Verlangen, das er nie zuvor erfahren hatte. Ein Körper, der um seine besonderen, seine sehr besonderen Eigenheiten wusste und, was noch wichtiger ist, auch sein Recht auf Lust inzwischen gut kannte.
Während Pierre sie, zwischen seinen heftigen Atemzügen und ihren Seufzern der Lust, nahm, dachte sie daran, dass sie jetzt dreiunddreißig Jahre alt war, und überlegte, wann sie zum letzten Mal ein Mann berührt hatte. Für einen winzigen Augenblick hielt sie inne und fragte sich, ob etwas mit ihr nicht in Ordnung war.
Es war vor Jahren gewesen, ein Kuss hinter der Küchentür im Haus eines Freundes. Sie konnte sich weder an den genauen Tag noch an die Um-

stände erinnern. Sie erinnerte sich nur noch an das schlechte Gewissen, das ihr in alle Glieder fuhr, als sich ihre Lippen voneinander gelöst hatten.

Die Details ihrer Liebesbeziehung mit Dschawad verfolgten sie auf Schritt und Tritt, seine liebevollen Neckereien, die Geräusche, die er und das Bett mit den Metallbeinen in jenem Zimmer machten, wenn man sich darin auch noch so wenig bewegte. Ein Kuss, von dem ein sündiger und mit Zaudern gemischter Nachgeschmack zurückblieb, ein erniedrigendes Gefühl der Sünde und der üble Hauch billigen Weins, der mehr nach Essig als nach Wein roch. Schon am darauffolgenden Tag war es bereits wieder vorbei.

Er war schon älter, beinahe fünfzig, hatte eine Miene wie ein Koala, Haar, das aussah wie eine silberne Krone, und einen dichten grauen Schnurrbart. Wenn er seine stundenlangen Monologe führte ohne sein Gegenüber auch nur ein Wort äußern zu lassen, ging von ihm ein gewisser Zauber aus – so kam es Anat zumindest vor.

Er hieß Said Mubarak, sprach grundlos über die unterschiedlichsten Dinge, von dem französischen Wein, den er während seines nicht länger als zehn Tage dauernden Aufenthalts in dunklen Weinschenken von Toulouse probiert hatte, bis hin zu genauesten und medizinisch erwiesenen Erkenntnissen – so seine Worte – über die Entwicklung des Erinnerungsvermögen beim Kinde. Said war im wahrsten Sinne des Wortes ein orales Wesen.

Nachdem sie zwei Gläser Whisky mit einem kleinen Stück Eis zu sich genommen hatten, lud er sie in seine Bleibe in einer Nebengasse der Abedstraße ein.

Dort, in seinem Zimmerchen, sang Said ein Lied von Fadil Awad vor sich hin und machte für Anat und sich Kaffee. „Ich liebe das Lied ‚Keine Nachricht'", rief ihm Anat kokett aus dem Wohnzimmer zu, und augenblicklich begann er erneut, das Lied zum Besten zu geben.
Während sie ihren Kaffee tranken, machte sich Said daran, ihr seine Gedichte vorzutragen. Immer, wenn es darin um Bagdad ging, wurden seine Augen feucht, ja Bagdad, seine Mutterstadt, Stadt aus Blut und Feuer erschaffen, Stadt der Engel und Teufel, wie er sie nannte und damit wissentlich oder unwissentlich einen Gedichtband des berühmten irakischen Exildichters Bayati zitierte.
Er weinte ebenfalls, wenn er in direkten, scharfen Sätzen auf das Exil und seine jahrelangen Aufenthalte in europäischen Hauptstädten zu sprechen kam, die ihn ein ums andere Mal vor die Tür setzten und erneut in die Verbannung schickten, nachdem sie ihm übel mitgespielt hatten.
Für Anat hatte Said Mubarak etwas väterlich Zärtliches und zugleich etwas jugendlich Übereifriges, ein für sie magisches Konglomerat, das ihr das Gefühl von Geborgenheit und Sicherheit einflößte, und zugleich fühlte sie sich von ihm begehrt und verführt. Wenn er aber dann seinen mit lilafarbenen Zweigen bedruckten Pullover auszog, wurde sie von einem abstoßenden Geruch überfallen, der seinem schwarzen Unterhemd entströmte. Der untere Teil seines Körpers war der eines Alten, und sein dicker, herabhängender Wanst machte Anats Versuche, sich ihm körperlich zu nähern, zu einem geradezu unmöglichen Unterfangen.

Dennoch war sie aufs Äußerste erregt, und nichts konnte sie davon abbringen. Selbst sein übler Mundgeruch hinderte ihre Zunge nicht daran, in höchster Erregung mit seiner Zunge zu spielen und sich um sie zu winden.
Dann streckte Said sich ohne zu zögern und ohne Vorwarnung über sie aus und drang in sie ein. Anat hatte schnell einen Orgasmus, während er noch auf ihr liegend versuchte, zum Höhepunkt zu kommen. Sogleich glitt sie unter ihm hinweg, hob ihr zuvor neben das Bett geworfene Kleid vom Boden auf und zog es über.
Sie dachte, dass keine andere normale Frau auf dieser Welt mit solch einer üblen Gestalt überhaupt je zum Orgasmus kommen würde. Wenn sie nicht so gierig auf den Geruch eines Mannes wäre, hätte sie bei ihm rein gar nichts gespürt. Er war wirklich abstoßend und hatte keinen blassen Schimmer vom weiblichen Körper.
Doch sie sagte keinen Ton. Stattdessen stürzte sie aus dem Zimmer, ohne den verblüfften Said auch nur eines Blicks zu würdigen. Der blieb nackt und stumm auf dem Bett sitzen, und während er ihr verdutzt hinterherschaute, fiel sein vor wenigen Sekunden noch erregtes Glied enttäuscht in sich zusammen.
Es sollte das letzte Mal gewesen sein, dass Anat die ermatteten Gesichtszüge von Said Mubarak erblickte. Die restliche Nacht verbrachte sie unter der Dusche und schrubbte ihren Körper wieder und wieder ab. Doch der Geruch dieses Mannes wollte nicht von ihr weichen. Es handelte sich ja um ein ganzes Feuerwerk an Gerüchen, das im

Wesentlichen aus dem penetranten Parfumduft eines älteren irakischen Mannes, dem despotischen Gestank alten durchdringenden Schweißes und dem ekelerregenden Kadavergeruch eines von Fäule zersetzten Mundes bestand. Ihr war noch immer speiübel, immer noch klebte sein Speichelgeruch an ihrer Oberlippe und wollte nicht weichen. Als sie endlich zu duschen aufhörte, brach sie in nicht enden wollendes Schluchzen aus, das erst schwächer wurde, als der dicke schwere Klumpen in ihrer Brust sich ein wenig gelöst hatte.
Die darauf folgenden Tage verbrachte sie damit, Dschawad im Gefängnis einen Brief zu schreiben. Doch sobald sie eine Seite zu Papier gebracht hatte, zerriss sie sie wieder und fing von neuem an. Als der Morgen des sechsten Tages anbrach, beschloss Anat, sich vom Gespenst des schlechten Gewissens zu befreien, das sie beinahe erwürgte. Sie schrieb weder etwas über ihre Gefühle noch über das, was ihr widerfahren war. Zum ersten Mal seit vielen Tagen konnte sie wieder tief und fest schlafen.
Dennoch schienen die Schuldgefühle mehr und mehr zu ihrem Wesen dazu zu gehören, schienen untrennbar mit ihrem Sein verflochten. Vielleicht hatte all das etwas - sie war sich nicht sicher - mit früheren Erlebnissen zu tun, mit dem Gefühl, irgendeine Sünde begangen zu haben, deren Wesen und Ausmaß sie nicht fassen konnte und die sich immer weiter in ihr fortpflanzte. Es löste einen säuerlichen Geschmack in ihr aus, eine brennende Flüssigkeit strömte durch ihre Speiseröhre und ihren Magen, der sich vor lauter schlechtem Gewissen zusammenzog, sodass sie die Kontrolle

über ihren sich in Aufruhr befindlichen Körper völlig verlor. Ihre Anspannung war so stark, dass sie an keinem Ort verweilen konnte, sondern immer nach kurzem schon das Weite suchte.
Das wiederholte sich, wenn sie mit schlechten Noten aus der Schule kam oder wenn sie etwas im Haus zerbrochen hatte. Es geschah, wenn sie mit einer ihrer Freundinnen stritt oder mit ihrer Mutter aneinandergeriet, es geschah auf der Arbeit und auf der Straße, an allen möglichen Orten und in jedem Moment konnte es passieren, dass sie davon überwältigt wurde und an nichts anderes mehr denken konnte als an - die Sünde.
Und jetzt massiert Pierre, der junge kanadische Beamte, ihre Schenkel und sagt ihr französische Worte, die sie kaum versteht. Sein hingebungsvolles Gesicht unter ihrem fallenden Haar erregt sie heftig, und seine Zunge, die mit ihrer Zunge spielt, lässt sie zum dritten Mal auf ihm zum Orgasmus kommen. Anfangs zelebrierte Anat das Aussprechen obszöner Worte auf Englisch. Alles, was sie vor Scham auf Arabisch nicht ausgesprochen hätte, sagte sie in seinen Armen liegend hemmungslos auf Englisch. Aus irgendeinem Grund assoziierte sie tief in ihrem Inneren mit den arabischen Wörtern der Begierde stets Schimpfwörter, Schande und Minderwertigkeitsgefühle. Doch als die Intimität der kleinen Details immer größer wurde und ihre von Genuss erfüllte Seele aus ihrem Körper in den leeren Raum des Zimmer aufstieg, strömte das Arabische mit aller Macht aus ihr heraus, und sie gab sich den Worten der Liebe in ihrer ganzen Pracht und Verführungskraft hin.

Pierre hingegen stöhnte in diesen Momenten auf Französisch.
Es ist wohl wahr, dass, wenn jemand erregt ist, er nur noch in seiner Herzenssprache sprechen, ja flüstern kann. Für Anat war dies das Arabische und für Pierre Französisch. Und dennoch verstanden sie mit jeder Zelle ihres Körpers die Laute und Töne, die dem anderen entfuhren. Als sie sich schließlich neben ihn warf, keuchten sie immer noch vor Atemlosigkeit. Pierre wollte seine Arme um ihre Brust legen, doch sie entzog sich, noch nach Atem ringend, seiner Umarmung.
Mit Pierre zu schlafen war etwas ganz Anderes als mit Said Mubarak. Vergliche man beide Akte miteinander, ähnelte der Sex mit Said mehr dem Aufeinanderhäufen von Kuhmist als einem Liebesakt. Anat war beinahe befremdet davon, wie sehr das Zusammenspiel ihre Körper zum Klingen brachte. Pierre und sie kugelten über- und untereinander wie zwei Vöglein, liebkosten und neckten sich, ohne auch nur einen Gedanken an etwas anderes als an sie beide zu verschwenden. Zum ersten Mal in ihrem Leben war sie befreit von den Schatten jenes grabesähnlichen Schamgefühls, das sie selbst mit Dschawad noch begleitet hatte. Pierre betrachtete sie liebevoll, und sein Atem kehrte langsam zurück. Und weil Anat beschlossen hatte, kein schlechtes Gewissen zu haben und stattdessen den Augenblick in all seinen Facetten voll und ganz auszukosten, ohne Rückstände oder Ablagerungen in ihren Gedanken, die das Gefühl hätten trüben können, schlief sie schließlich friedlich und versöhnt mit sich selbst ein. Und weil sie gerade

Pierre, ihren Arbeitskollegen in der Botschaft, und niemand anderen zu ihrem Gespielen auserkoren hatte, würde das Geheimnis niemals ans Licht gelangen, was auch geschähe.
Sie war fest davon überzeugt, dass Pierre dies alles verstehen würde, ohne dass es ihm in den Sinn käme, sie als Hure zu beschimpfen oder ihr auch nur Vorwürfe zu machen. Er würde ihren Körper niemals als einen bloßen Spielball missbrauchen. Die Nacht wird enden und mit ihr diese Angelegenheit - oder auch nicht. Daran dachte sie gar nicht. Sie dachte nur, was für eine seelenruhige Nacht dies sei, und dass die Wellen der Lust, die ihr Pierre geschenkt hatte, einfach zu schön waren, um sie mit irgendwelchen Schuldgefühlen zu brechen. Als sie die Straße betrat, die die Adnan-Maliki-Kreuzung mit der Präsidentenbrücke verbindet, sehnte sich ihr schweißgebadeter Körper danach, in einen tiefen, langen Schlummer zu fallen, der ihr erlaubte, alle Lust noch einmal nachzuempfinden, die sie zuvor durchdrungen hatte. Sie wollte nur in ihr Bett sinken, um zu ruhen. Sie würde zum ersten Mal seit langer Zeit wieder ohne Unterbrechung schlafen können, ohne Albträume, die sie keuchend aufwachen ließen, und in denen sie irgendeinem Mann hinterherlief; einfach nur schlafen, ohne sich irgendwelche obszönen Szenen auszumalen, die jenseits aller Vorstellung lagen.
Pierre war nicht nach Syrien gekommen, um bei der Botschaft zu arbeiten. Der wahre Grund seines Aufenthalts war ein Forschungsprojekt. Er wollte eine umfassende Studie zu den Minderheiten im Land durchführen. Er wollte in die Bräuche und

Lebensgewohnheiten jeder einzelnen Minderheit, sei sie nun ethnisch oder konfessionell definiert, eintauchen und sie zu verstehen suchen. Auch wollte er dokumentieren, wann sie entstanden und wann sie nach Syrien eingewandert war.

„Da hast du dir aber etwas wirklich Schwieriges vorgenommen, Pierre.“

„I know that“, gab er Anat zurück und fuhr in bittendem Tonfall fort: „But I would like you to help me and introduce me to people who can help me“.[1]

„Sicher, hier gibt es unzählige Flüchtlinge, die einer der Minderheiten angehören. Deshalb arbeite ich ja an der Botschaft, um bei ihren Anträgen zu dolmetschen. Meistens kommen sie aus dem Irak, der Türkei, aus Jordanien oder dem Libanon.“

„Das ist alles schön und gut, aber ich spreche von den Menschen hier in Syrien.“

„Das ist ziemlich dasselbe, glaub mir. Die Minderheiten, die es in den Nachbarländern gibt, gibt es auch hier. Kulturell gesehen ist es ja eine Region.“

„Na dann ...“

Seitdem Pierre in Damaskus war, war er wie besessen von seinem Vorhaben. Er redete die ganze Zeit über nichts anderes als über Bräuche irgendwelcher Minderheiten, über irgendein historisches Ereignis, von dem er gerade gelesen und das ihn beeindruckt hatte, oder eine zufällige Bekanntschaft, die ihn mit guten, neuen Gedanken inspiriert hatte. Mit der Zeit begann es mich auch mehr und mehr zu interessieren.

---

[1] Ich weiß, aber ich möchte, dass du mich Leuten vorstellst, dir mir helfen können.

In so unterschiedliche Lebensweisen von Menschen einzutauchen, von denen man manchmal nicht mehr als ein paar Kilometer entfernt wohnt, war schon etwas Außergewöhnliches.
Pierres Projekt, das sich kontinuierlich weiterentwickelte, wurde umfassender und vielfältiger. Ich entdeckte, dass ich selbst kaum etwas über Menschen, ja über ethnische Gemeinschaften wusste, die Seite an Seite mit mir in dieser Region lebten. Ich gestehe, dass ich mich sogar ein bisschen schämte, so wenig gewusst zu haben. Menschen, die von denselben Ressourcen leben, das gleiche Wasser trinken und vielleicht meine Staatsangehörigkeit besitzen, meine Sprache sprechen oder die Bürde einer gemeinsamen Geschichte tragen, und ich weiß nichts über sie!
Auf der anderen Seite hatte es ja auch sein Gutes, die Menschen nicht nach ihren ethnischen, konfessionellen oder nationalen Zugehörigkeiten einzuteilen, aber noch schöner war es doch, Einzelheiten all der Zugehörigkeiten und Herkünfte zu kennen, sie so wie sie sind zu respektieren und zu tolerieren. Einmal fragte ich Pierre danach, was er genau in den Wohngebieten – oder, besser gesagt, in den Kantonen - der Armenier, und später auch in den Armeniervierteln von Aleppo und Damaskus, gesehen hatte. Er war geradezu fassungslos, dass ich nicht einmal von der Existenz jener abgegrenzten Gebiete für die Armenier gewusst, geschweige denn eine Vorstellung von ihrer Lebensweise hatte.
„Hältst du es für möglich, Anat? Sie wissen quasi alles über den Islam und die Araber, und ihr im Gegenzug rein gar nichts über sie."

Anat entgegnete: „Das lernen sie alles in den Schulen, und die Schulen sind eben alle arabisch.“
„They practice their rituals in their churches and private Armenian communities only“[1], gab Pierre wiederum zurück und fügte hinzu, nachdem Anat darauf nichts zu sagen wusste: „You wonder why do they seclude themselves and take sides with their minorities?”[2]
Pierre glaubte, dass diese Selbstisolierung eine natürliche Reaktion auf den Ausschluss war, und ich musste zugeben, dass ich mir bislang nie darüber Gedanken gemacht hatte.
Auch über die Tscherkessen hatte er recherchiert und ihre Besonderheiten erkundet. Ab und an rief er aus: „Eure Region ist so vielfältig und reich an unterschiedlichen Menschen! So viele Religionen und Ethnien, das ist unglaublich!“
Während seiner Forschung über die Tscherkessen begleitete ich ihn einmal an den Grenzort Ras Al-Ain, wo die Tschetschenen ihre Stadt gebaut hatten, nachdem sie während der osmanischen Herrschaft aus dem Kaukasus geflohen waren. In der darauf folgenden Woche schloss ich mich ihm auf seiner Reise nach Tell Omri und einigen anderen Dörfern an, die zwischen Homs und Silmiyya lagen. Wir beendeten die Reise mit einem Besuch von Mardsch Sultan, das im

---

[1] Sie hingegen praktizieren ihre Bräuche nur in Kirchen und ihren privaten armenischen Gemeinschaften.

[2] Und dann wundert ihr euch, wenn sie sich zurückziehen, innerhalb ihrer Minderheit bleiben und immer für sich selbst Partei ergreifen.

Umland von Damaskus liegt. Umrahmt wurde unsere Reise von der Akkordeonspielerin Anram Ubaida, einer in Jordanien lebende Tscherkessin, die mit ihrer Musik den Hintergrund für Pierres Szenerie lieferte. Nur in das von Tscherkessen bewohnte Khanasir bei Aleppo reiste Pierre alleine, weil ich mit der Übersetzung eines neuen, umfangreichen Berichts des Hochkommissariats für Flüchtlinge beschäftigt war, die ich innerhalb kurzer Zeit abgeben musste. Entsprechend dem von Pierre entwickelten Ansatz und thematischen Fokus der Forschungsarbeit sollte er auch über die ethnischen Minderheiten der Assyrer, Turkmenen und Kurden arbeiten, sowie über die konfessionellen Gruppen der Ismailiten, der Alawiten und der Drusen. Er hoffte darauf, dass das Projekt noch weiter wachsen würde, um noch tiefer in die Charakteristika der einzelnen Rechtsschulen und Stammesgemeinschaften einzutauchen. Doch dann erhielt Pierre aus Sicherheitsgründen von der Botschaft die Weisung, sein Projekt abzubrechen. Man hatte gedroht, dass er im Falle des Fortsetzens seines Projekts nach wenigen Tagen aus dem Land ausgewiesen und nach Kanada gebracht werden würde. Folglich stellte Pierre sämtliche Forschungsarbeiten ein.

Als sie die Präsidentenbrücke erreichte und die Treppen hinunter stieg, um ein Taxi nach Dummar zu nehmen, ging ihr durch den Kopf, das niemand von dem, was geschehen war, erfahren sollte, insbesondere nicht Dschawad. Sie wollte ihn unter keinen Umständen verletzen, während er im Gefängnis festsaß. Es wäre töricht gewesen, seine

progressive Haltung zu testen oder herausfinden zu wollen, ob er sich wie ein zivilisierter Mensch verhalten würde.
Es machte keinen Sinn, darauf zu hoffen, dass er die Angelegenheit verstehen würde, noch die Reaktion seiner Genossen abzuwarten. Der eine würde ihre Situation begreifen können, der andere sie als Verräterin und Hure bezeichnen. Wichtig war doch eigentlich nur, dass sie für Dschawad Liebe empfand. Und weil sie ihn wirklich liebte, wollte sie ihn nicht verletzen. Im Grunde war es so, dass sie jedes Mal, wenn sie einem neuen Mann begegnet war, ihre Liebe zu Dschawad noch deutlicher spürte, sodass sie nicht wollte, dass irgendwelche Details ihre Beziehung zerstörten.
Als sie dann ins Taxi stieg, nahm sie sich fest vor, dass kein Mensch je von dieser Beziehung erfahren sollte. Egal, ob sie andauerte oder schon bald zu Ende ginge, es würde ihr kleines privates Geheimnis bleiben.

Einige Zeit war seit der Befragung von Emmanuel Jemmo vergangen. Heute entdeckte ich ihn im Gang der Botschaft. Diese war so voller Leute wie nie zuvor. Doch selbst im Gedränge fiel Emmanuel auf. Einer Frau wie mir konnte dieser Mann nicht unbemerkt bleiben. Er stand an die Wand gelehnt bei der Info-Tafel, als warte er auf jemanden. Seine Blicke spielten mit den auf und ab gehenden Menschen, und sein schwarzes, nach hinten gebundenes Haar ließ ihn noch besser aussehen.

Als er mich sah, zwinkerte er mir lächelnd zu, als hätte er einzig auf mich gewartet.

„Wie geht es Ihnen, Emmanuel?"

„Gut geht's mir, Fräulein Anat. Sie erinnern sich ja sogar noch an meinen Namen!"

Gerne hätte ich ihm geantwortet: Einen wie Sie vergisst man nicht so leicht. Doch ich konnte mich gerade noch beherrschen und meine Worte im Zaum halten.

Stattdessen setzte er das Gespräch fort und sagte: „Entschuldigen Sie, dass ich sie an jenem Tag in Verlegenheit gebracht habe."

„Aber nein. Die Entscheidung über Ihren Antrag wird noch eine Weile dauern ... es ist wohl noch zu früh für eine Antwort."

„Ich weiß."

Er stand bewegungslos da, ließ seine linke Hand herabhängen, und mit seiner rechten streckte er mir plötzlich eine zusammengeknüllte, bunte Zeitschrift entgegen. Also hat er doch auf mich gewartet, dachte ich.

Ich griff nach der Zeitschrift, blätterte sie durch und entdeckte ihren seltsamen Namen: Das Wort –

eine Zeitschrift in chaldäischer Sprache, die in San Diego erscheint. Ich musste wohl etwas verdutzt geschaut haben, da er etwas irritiert anmerkte, es sei sein Wunsch gewesen, dass ich mehr über ihre Sprache und Kultur erführe. „Aber ich kann doch gar kein Chaldäisch."

„Dann übersetze ich es eben für Sie", antwortete er prompt.

Ich wusste nicht, ob Emmanuel den Ehering an meinem Finger entdeckt hatte, ganz zu schweigen von meinem langsam, aber stetig dicker werdenden Bauch. All dem zum Trotz durchströmte mich ein sonderbares, unerwartetes Glücksgefühl, das meinen ganzen Körper erzittern ließ. Seit langem schon hatte mir kein Mann mehr Zuneigung entgegengebracht, und jetzt, im Angesicht eines so zauberhaften Mannes wie Emmanuel, schauderte mein Herz vor Gefühlen wie ein zartes Vöglein.

Um im Alltag überhaupt noch etwas zu spüren, massierte ich manchmal sanft meinen Bauch. Es sah so aus, als ob er meine Bewegung gar nicht registriert hätte, denn er begann in einer gezwungen wirkenden Art und Weise, über die Ursprünge der chaldäischen Sprache zu reden, jener Sprache, die auch der Aramäer Jesus Christus gesprochen hatte. Er sprach davon, dass den Chaldäern das Recht auf ein eigenes Bildungswesen und eigenständige Medien zustehe, insbesondere angesichts der aggressiven Arabisierungspolitik, der Minderheiten wie die seine oder auch die der Kurden und Assyrer tagtäglich ausgesetzt seien.

„Es wundert mich schon, mein Fräulein, dass die meisten dieser Menschen hier nicht einmal aus

Syrien kommen. Wie ist das zu erklären? Gibt es in anderen Ländern denn keine kanadischen Botschaften?"
Ich erklärte Emmanuel, dass die kanadische Botschaft in Damaskus die zweitgrößte weltweit sei, übertroffen nur noch von jener in China. Deshalb würden die meisten Asylanträge von Menschen aus dem Nahen und Mittleren Osten, aus Nordafrika und dem Süden der Türkei letztendlich abschließend in Syrien bearbeitet. „Schön und gut, meine Dame. Können wir vielleicht irgendwo in Ruhe weiter reden, an einem anderen Ort?"
Emmanuel entging nicht, dass mich die überraschende Intimität seines Vorschlags ein wenig in Verwirrung stürzte. Ich antwortete nicht. Im Gegenzug wurde er ganz blass, und aus seinen Augen schimmerte eine Traurigkeit, die mich gegen meinen Willen sagen ließ: „Na klar, dann lassen Sie uns in die Cafeteria gehen."
Ich hatte noch eine halbe Stunde, bevor Joe mit seinen Befragungen begann, also konnte ich doch die verbleibende Zeit im Beisein eines verführerischen jungen Mannes verbringen.
Leider drehte sich auch unser darauf folgendes Gespräch ausschließlich um die Chaldäer. Aus irgendeinem Grund hatte ich mir zugegebenermaßen etwas Anderes versprochen. Doch er sprach über nichts Anderes: Die Kaffeetasse in der rechten Hand, redete er ohne Unterbrechung. Ein Lächeln umspielte seine vollen, verführerischen Lippen. Als wir schließlich auf sein Heimatland zu sprechen kamen und ich meinte, dass die Chaldäer doch eine sehr kleine Gruppe angesichts der arabischen

Mehrheit im Irak bildeten, färbte sich sein Gesicht ganz rot. Verwirrt sagte er: „Sie irren sich, mein Fräulein, sie irren sich gewaltig.“ Und er fuhr fort: „Wir Chaldäer bilden den größten Teil der Assyrer, zusammen mit den Nestorianern und den Syrern. Wir machen 3,5 Prozent der Bevölkerung aus, die Kurden stellen 20 % der irakischen Bevölkerung, ganz abgesehen von den anderen Minderheiten im Land. Wir haben das Recht, zu existieren, denn wir sind immerhin die Nachfolger und Bewahrer der ersten Zivilisation überhaupt.“ Wieder verstrich ein Moment, dann sagte er: „Allein im Irak, meine Dame, leben schon 700.000 Chaldäer und in Syrien sind es 35.000, ganz abgesehen von Iran, Russland, den USA oder Australien.“

„...“

Emmanuel war schnell klar geworden, dass ich nichts über die Chaldäer wusste, sodass er mir versprach, beim nächsten Mal eine Kassette mitzubringen, auf der Tonaufnahmen von Lehrkursen des Heiligen Vaters Emmanuel Budschi waren, die wöchentlich im Radiosender „Die Stimme der Chaldäer“ gesendet wurden. Er beruhigte mich, indem er hinzufügte, es sei auf Arabisch.

„Noch ein Emmanuel?“

„Mein Vater ist ein großer Verehrer von Vater Emmanuel, deshalb gab er mir seinen Namen.“

Ich wollte mich nicht noch mehr in Einzelheiten verlieren, denn offen gesagt interessierte mich das Thema nicht. Mit jedem neuen Tag, der den in mir heranwachsenden Engel größer werden ließ, wurde ich angespannter und gereizter. Ich bereute, ihn mit meinem Kommentar dazu getrieben zu haben,

mir all das zu erzählen. Ich warf demonstrativ einen Blick auf meine Uhr, während Emmanuel unbeirrt weiter redete.
Vielleicht wartete ich auf eine weitere Initiative seinerseits, ich würde schon dementsprechend darauf zu reagieren wissen. Aber was in aller Welt hatte ich mit den Reden von Vater Emmanuel zu tun? Zum Teufel mit diesem ausschweifenden Vortrag über die Geschichte der Chaldäer!
Ich mag Geschichte nicht - ganz gleich, um wessen Geschichte es sich handelt. Geschichte ist doch nichts anderes als ein Strohhalm, an dem wir uns festhalten, um nicht unterzugehen inmitten des tief sitzenden Glaubens, an den Rand der Zivilisation geworfen zu sein. Nichts Anderes bedeutet Geschichte in meinen Augen.
Das war auch immer schon das Problem mit meinem Vater gewesen, der mich unbedingt die Geschichte unserer konfessionellen Minderheit sowie der ersten Syrer in der Region lehren wollte. Er wurde in solchen Momenten immer plötzlich sehr ernst und seine Stimme versagte beinahe. Einmal reichte er mir ein altes Manuskript, dessen vergilbte Ränder bereits von Schimmel angefressen waren, sodass ich befürchtete, es würde bei der ersten Berührung der Verwesung anheimfallen.
„Bist du verrückt geworden, Hassan? Willst du sie in eine Kuh verwandeln?“ schrie meine Mutter in Panik, als sie sah, wie mein Vater mir die Geschichte der Konfession mitsamt den wichtigsten Glaubenssätzen der Religion in die Hände gab.
Erst in jenem Moment packte mich die Neugier,

zu lesen und mehr darüber zu erfahren. Ich verbarg das Manuskript vor ihren Blicken, ging rasch aus dem Zimmer und ließ meine Mutter weiter mit meinem Vater keifen. Mag sein, dass er es im Grunde gerne gesehen hätte, wenn ich ein Junge gewesen wäre und er mich so alles hätte lehren können. Doch weil ich ein Mädchen bin, würde jeder, der von seinen Unterweisungen erfuhr, sich gegen ihn stellen.
Ein Mädchen, das in die Religion eingewiesen werden soll! Welch' eine Schande! Er würde allen Priestern der Religion samt ihren Prinzipien zuwiderhandeln, alles, was über Jahrhunderte mühsam entstanden war, wäre dahin.
„Wer seine eigene Geschichte nicht kennt, kommt nicht weiter als bis zu seiner Nasenspitze", schrie mein Vater außer sich. Als ich ihn darauf hinwies, dass er seine eigene Vergangenheit doch leugne, sagte er: „Aber Geschichte ist etwas Anderes. Geschichte heißt, seine Wurzeln zu kennen. Wenn wir unsere Geschichte nicht kennen, werden wir beim ersten Windstoß weggeblasen."
„Diese vermoderten Wurzeln!", entgegnete ich und ließ ihn stehen.
Dann fiel mir etwas ein. Ich kehrte noch einmal zurück, sah, wie er mir ins Gesicht lachte und sagte zu ihm: „Übrigens, die Liebesgedichte, die du auswendig kannst, die du bei jeder Gelegenheit zum Besten gibst und die mir jedes Mal endlos vorkommen, sind das schönste an dir!" Ohne darauf zu antworten, begann mein Vater wieder zu lachen. Und ich fügte hinzu: „Und merk dir eines, sie allein sind deine Geschichte!"

Ich trage nicht gerne Diskussionen dieser Art aus, die zu nichts führen. Trotzdem, so war ich überzeugt, würde mich die Lektüre der Geschichte einer Konfession, vorausgesetzt, sie stammte aus eigener Feder, auf neue Ideen bringen, vielleicht sogar auf neue, mir bisher unbekannte Wege. Die Schulbücher hatten in unsere Köpfe ja nur die offizielle Geschichte eingepflanzt, die Geschichte des Siegers, die Geschichte des Mächtigen. Alles, was die heilige, reine Erzählung hätte stören können, war getilgt oder ausgelassen worden.
Geschichte war mir einfach verhasst! Meiner Meinung nach konnte Literatur die Wirklichkeit viel besser einfangen und wiedergeben. Immerhin hat sie nicht diesen Nimbus der Heiligkeit, der der Geschichte anhaftet. Auch wenn ich nicht alle Einzelheiten wortgetreu wiedergeben könnte oder nicht an die Helden der Erzählung glaubte, würde mir keiner Gotteslästerung oder Verrat vorwerfen. Nur Literatur vermag Ereignisse entlang aller Farben und Sprachen zu bekunden.
Der Roman ist die andere Seite der Medaille. In gewisser Hinsicht ähnelt er den Geschichten der Flüchtlinge, mit denen ich jeden Tag konfrontiert bin. Keiner besitzt die Wahrheit allein und alle haben irgendwie Recht.
Keiner kann den Text ganz für sich beanspruchen, denn in den Randbemerkungen finden sich üblicherweise noch Enthüllungen und Erklärungen, etwas, das außerhalb des Textes liegt, aber vielleicht genauso wahr und wichtig ist wie der eigentliche Text.

„Ist nicht beispielsweise Eduardo Galeanos Trilogie „Gedächtnis des Feuers“ die eigentliche Geschichte der Indianer? Die offizielle Geschichtsschreibung soll zum Teufel gehen! Dazu hätte ich gerne Emmanuel gefragt.
Ich bin der festen Überzeugung, dass zum Beispiel Pasternak oder auch Alexandra Kollontai und Tschingis Aitmatow in ihren Texten ein viel wirklichkeitsgetreueres Bild des Lebens in der Sowjetunion einfingen, als dies sämtliche historiografischen Bücher vermögen, die ohnehin die Geschichte aus der Perspektive des Siegers und des Stärkeren wiedergeben. „Was meinen Sie dazu?“
Emmanuel blickte mich stumm an. Verborgen in seinen Blicken sah ich eine leise Enttäuschung.
„Es geht so weit, dass ich die Geschichte der Inder nur aus der Sicht des ‚Gottes der kleinen Dinge‘ betrachten kann“, fuhr ich fort. Emmanuel schwieg noch immer.
„Noch immer interessiert es mich nicht, ob Al-Maksoun Al-Singari nun ein Führer oder vielmehr ein Sufi war, ich will es tatsächlich gar nicht wissen.“ Und das, obwohl mein Vater keine Gelegenheit ausließ, mir davon zu erzählen, dass wir im 13. Jahrhundert mit der Armee Al-Singaris über den Irak in die Alawitenberge gekommen waren, um unseren Brüdern zum Sieg gegen die Ayyubiden und Ismailiten zu verhelfen, die zuvor über sie hergefallen waren.
Ich unterscheide nicht zwischen den Sprüchen Alis und den Versen des Mystikers Ibn Al-Farid und will es auch nicht tun. Weil ich ihre Namen so oft gehört habe, haben sie sich mir tief eingeprägt.

Sollen sie sich doch an Ihrer Geschichte erfreuen, mitsamt ihren Lügen und im Dunkeln gelassenen Orten, mitsamt dem Text und seinen Randbemerkungen, und mir und meinesgleichen die Gegenwart lassen.

Manchmal überkommt mich der Wunsch, denjenigen, der mir einen Vortrag über Geschichte hält, an der Hand zu nehmen und inständig zu bitten, er solle die Fäulnis und den Moder seiner Geschichte von meiner Gegenwart fernhalten.

Obgleich ich Freude hätte empfinden müssen, so ausgiebig dieses schöne Gesicht mir gegenüber betrachten zu können, wuchs meine Anspannung, ohne dass ich den Grund dafür genau fassen konnte. Es hätte mich doch glücklich machen müssen, dass so ein Mann mir im wahrsten Sinne des Wortes seine volle Aufmerksamkeit schenkte, nachdem ich oder vielmehr mein ganzer Körper jenes Gefühl beinahe schon vergessen hatte. Doch dann sagte ich: „Verzeihen Sie, Emmanuel, ich muss los."

„Jetzt schon! Kann ich Sie morgen wieder treffen?"

„Ich glaube eher nicht, bis bald!"

„Dann vielleicht übermorgen?"

Ich schwieg.

Als ich eilig von ihm weglief, kam es mir vor, als würde ich zugleich vor seiner überbordenden Männlichkeit davonlaufen. Ich floh vor dem immer heftiger werdenden Begehren nach einem Mann und zugleich vor meinem eigenen Versagen. Manchmal denke ich, ich bin zum Scheitern verurteilt, wenn es um Männer geht. Selbst der Mann, auf den ich seit fünfzehn Jahren warte, ist gegangen und hat mich zurückgelassen, ohne dass ich genügend Kraft fände, einen neuen Mann kennenzulernen. Mir fehlt selbst die Kraft, aufs Neue enttäuscht zu werden. Bisweilen durchdringt mich der Wunsch, er solle fortgehen aus meinem Leben, sodass ich ganz ohne ihn sein kann. Ich könnte meine Weiblichkeit leben, ohne Tag für Tag meinen verhassten Schuldgefühlen ausgesetzt zu sein.

Aber er ist eben arm dran, mein armer Dschawad! Es wird alles andere als leicht für ihn sein, ohne Arbeit und seiner Bürgerrechte beraubt aus dem Gefängnis entlassen zu werden. Seine Erinnerungen liegen wie ein Brandmal auf seinem zukünftigen Leben und werden seine Welt ein weiteres Mal in ein einziges großes Gefängnis verwandeln.

Anat wurde plötzlich von dem dringlichen Wunsch beherrscht, sich über ihren Bauch zu streichen, der immer runder wurde. Da fiel ihr ein, dass sie vergessen hatte, ihn mit Feuchtigkeitslotion einzucremen, und sie tadelte sich dafür. Ihr schlechtes Gewissen verstärkte sich noch, als ihr daraufhin einfiel, dass sie nun völlig zu spät zu den Befragungen kommen würde.

Seine Augen sind von tiefen Furchen umgeben. Man kann nicht glauben, dass sie einst groß und strahlend gewesen sind. Diese Furchen, sie belagern mich!
Wem gehören diese Augen, ich erkenne sie nicht mehr.
Dieses Leuchten, das mich mit silbernen Fäden an sie band, was widerfuhr ihm und seinem Silber?
Sie sind nun trockener als ein Stück ausgedörrtes Holz! Wem gehören diese Augen … und dieser abstoßende Geruch?
Falten hängen seinen Bauch herab, baumeln schlaff auf und ab. Wenn ich sie betrachte, wird mir ganz schwindlig. Sie gehen ihm fast bis über die Hüfte.
Ihre Haut fühlt sich ganz schuppig an. Wo ist nur all der Zauber geblieben?
Wem gehört dieser vor mir ausgestreckte Körper? Wem nur?
So kalt wie die Winternächte und so starr, als ob er niemals einen Sturm in mir entfacht hätte, als ob ich ihm niemals vertraut gewesen wäre.
Wo sind die Hände, von denen ich träumte, wie sie meine Weiblichkeit formten und meine Nächte neu erschufen? Hände, die jede Hautpartie meines Körpers erkundeten und jede Zelle mit Lust erfüllten?
Wem gehören diese einfältigen Hände? Wo ist meine sinnliche Frau? Ihr Atem hat einen sonderbaren Geruch …
Seine Lippen schmecken wie trockenes Stroh. Was ist nur aus ihrer einstigen Zartheit geworden, wie sehr vermisse ich sie!
Meine Hände können kaum ihre Brüste umfassen. Sie sind zu zwei herabhängenden Klumpen ge-

worden, die jedwede Ähnlichkeit mit ihrer einst straffen Brust verloren haben. Was hat die Zeit nur mit ihnen angestellt?

Dieser Lappen, der zwischen seinen Beinen herabhängt, wie konnten sie ihn nur an die Stelle meines prächtigen Mastes setzen?

Wo ist das Feuer deiner Pforte geblieben? Wo bist du nur, Feuer?

Was ist aus meinem Traum geworden?

Mein Gott, wo ist meine Frau?

Du mein Gott, gib mir meinen Mann zurück!

...

Was haben sie nur mit ihm angestellt? Sie haben aus ihm einen anderen Menschen gemacht!

Mehrere Jahre waren bereits seit der Freilassung von Iyad Al-Schalati aus der Haft vergangen, als Mayyasa Al-Scheich jenes Zwiegespräch, jener stille Dialog, in die Hände fiel, abgedruckt in irgendeiner Zeitschrift, von der man Titelblatt und Umschlag abgerissen hatte.
Im ersten Moment dachte sie, jemand hätte über Iyad und sie selbst geschrieben. Sie faltete die Blätter zusammen und steckte sie unter ihr Kissen. Sie wollte den Text auch Iyad vorlesen. Vielleicht würde sie das einander wieder näher bringen, ja vielleicht würde dieses Blatt sie dazu bewegen können, gemeinsam darüber nachzudenken, wie die Dinge, die sich zwischen sie gestellt hatten, wieder in Ordnung zu bringen wären. Vielleicht würde das die Beziehung zwischen ihnen retten, deren Ende bald bevorzustehen schien.
Im ersten Jahr ihrer Liebe genoss es Iyad sichtlich, splitternackt ins Bett zu schlüpfen. Er kundschaftete ihren Körper aus, begab sich mit seinen Händen zu allen Wölbungen und Mulden, flüsterte ihr lüsterne Worte ins Ohr und fuhr mit seinem steifen Glied über ihr Gesicht und ihre Brust.
Nun aber floh sie vor seinen Bewegungen und spürte, wie ihr Körper sich verkrampfte. Seit der Nacht, in der Iyad aus dem Gefängnis entlassen worden war und sie sich wieder begegnet waren, war ihr Körper in sich zusammengezogen. Etwas hielt sie zurück, das zu tun, was Iyad von ihr verlangte. Sie empfand sein Verhalten als schamlos, seine Forderungen, seine Bewegungen und die Laute, die er von sich gab, riefen Empörung in ihr hervor.

Doch er war einfach nicht imstande, zu verstehen, dass es da eine feine Schutzhülle aus Scham gab, auf die man gut Acht geben musste. Man musste sie gut hüten, damit die Weiblichkeit weiterhin von ihrem Geheimnis umwoben blieb und die Reize, die die Anziehungskraft ausmachten, nicht ans grelle Licht gezerrt und enthüllt würden.
Für Mayyasa war es ein Gebot, die Distanz zwischen seiner Männlichkeit und ihrer Weiblichkeit aufrecht zu erhalten, damit die Flamme auch fortan brennen und ihre Liebe intakt bleiben konnte.
Warum können wir nicht einfach normal miteinander schlafen? Er kann sich doch einfach auf mich drauf legen ohne dieses ganze widerliche Gehabe? Dann machen wir's schnell, ohne dass wir die ganze Nacht damit zubringen müssen. Die ganze Sache habe sich ausgereizt, sei vorbei, sagte sie. Und Iyad dachte genau das Gegenteil.
Im zweiten Jahr hörte er nicht auf, sie anzubetteln und ständig zu fragen, ob sie ihn noch liebe. Unaufhörlich teilte er ihr mit, wie sehr er sie doch liebe, und dass er sich frage, was bloß mit ihr los sei. Sie aber fand ihn abnormal, besonders, wenn er seinen Kopf zwischen ihren Schenkeln vergrub, um ihren Geruch in sich aufzusaugen und die spärliche Feuchte von ihr zu lecken. Dann verlangte er von ihr, dass sie es ihm gleichtun solle. Manchmal pflanzte er sein Glied zwischen ihre kleinen Brüste und forderte sie auf, sie aneinander zu drücken, um es gierig daran zu reiben, bis er in dieser Position zum Orgasmus kam. Auf ihr liegend bewegte er sich lange Zeit hin und her,

während sie Abscheu in sich aufsteigen fühlte. Sie kämpfte mit sich selbst, um keinen Ton zu sagen, bis er von ihr ließ. Dann verteilte er sein Sperma auf ihrer Brust und rieb damit ihre Brüste, ihren Hals und ihre Schultern ein. Wenn er dann auch noch versuchte, ein paar Tropfen seines Samens in ihren Mund zu träufeln, durchfuhr sie ein heftiger Brechreiz. Sie riss sich unter ihm los und rannte nackt ins Bad.

Eines Nachts schlug er ihr vor, sie von hinten zu nehmen. Er versuchte, sie davon zu überzeugen, dass dies lustvoll sei. Das ging so weit, dass er vor ihren Augen seinen Spezialbeutel, der voller Sexutensilien war, aus dem finsteren Schrank hervorkramte und die Gegenstände darin herausnahm, einer nach dem anderen. Sie konnte mehrere Penisse aus Plastik erkennen, Schnüre und Salben sowie andere Dinge, die sie nicht ausmachen konnte. Sofort sprang sie kreidebleich und außer sich aus dem Bett und ließ ihren kaputten Mann mitsamt der Utensilien inmitten seiner Ruinen stehen.

Die folgenden Monate vergingen ohne einen einzigen Orgasmus. Iyad rackerte sich vergebens ab, um ihr mit der einen oder anderen seiner einfallsreichen Methoden Lust zu schenken. Diese lüsterne Nacktheit, die er wollte, machte ihr Angst und schüchterte sie immer mehr ein. Sie machte ihren Körper hart und ließ ihn unter seinen heißen Gliedmaßen zu Stein werden.

„Ist irgendwas nicht in Ordnung, Liebling?" Er ergriff ihre Hand, nahm sie zwischen seine Hände und massierte sie gleichmäßig. Sie aber schaute auf den Fernseher.

„Sag mir, was ist los mit dir?"
Schweigen.
Sie konnte nicht sagen, was es war.
Es gab Momente, in denen sie am liebsten alles ausgesprochen hätte, was in ihrem Inneren vor sich ging. Dann aber entschloss sie sich, nichts zu offenbaren. Zu offenbaren hätte geheißen, die Welt in ihrem Inneren vor ihm auszubreiten, sie ans Licht zu zerren und in ihrer Gesamtheit zu entblößen. Das war etwas, was sie mit Angst und Schrecken erfüllte.
Ist Liebe wirklich alles, was er will? Sie wünschte, sie könnte dies sagen.

Und ist Sex dann das einzige Mittel, mit dem wir die Liebe zum Ausdruck bringen können? Sie nahm sich fest vor, ihn dies zu fragen.

Es auch nur anzusprechen hätte bedeutet, einen neuen zähen und langwierigen Streit loszutreten, den einzugehen sie die Kraft nicht mehr besaß. Als Iyad klar war, dass sie wie immer still und wortlos verbrennen und sich, in die Leere starrend, hinter ihre Brille zurückziehen würde, ließ er ihre Hand los und ging allein zurück ins Bett.
Auch an jenem Tag gab ihm Mayyasa das stille Zwiegespräch der Gedanken nicht preis. Sie zog die Blätter unter ihrem Kissen hervor und zerriss sie in tausend Fetzen. Dann beschloss sie in einem Moment der Klarsicht, sämtliche Bilder, die die Wände des kleinen Hauses zierten, allesamt abzureißen. Sie hingen dort schon seit Jahren und waren zu einem Teil der Zimmerwände gewor-

den, von dem sie sich nicht trennen konnten. Aus einem unerfindlichen Grund erinnerten sie diese verblassten Formen und Farben an all die Qualen, die sie erlitten hatte und die ihre Niedergeschlagenheit jetzt noch verstärkten.

Außerdem berührten sie diese Bilder kein bisschen mehr. Im Gegenteil, sie verunglimpften sie und führten ihr genüsslich die Schande vor Augen.

Vorbei war die Zeit, in der der Blick Lenins, der lächelnd von der Wand im Flur herabschaute, sie noch mit einer Kraft erfüllen konnte, die niemand ihr mehr nehmen konnte. Diese Zeiten waren nun vergangen.

Jetzt spürte sie, wie die Blicke der Männer, die an den Wänden hingen, ihr unentwegt die Luft zum Atmen raubten, und es schien ihr, als hätten sie sich mit der Julihitze gegen sie verschworen, um über sie zu richten. Selbst Rosa Luxemburg, ihre allerliebste Vertraute, hatte sich in eine altkluge Besserwisserin verwandelt. Und dennoch: Wie oft hatte sie diesem Bild geheime Dinge anvertraut, die sie sonst niemandem erzählen konnte. Obgleich die dunkelroten Farben auf dem Bild verblasst waren, war sie sich sicher, dass ihr die rötlichen Schatten Zeichen gegeben hatten, dass sie sie wissen ließen, dass sie verstanden wurde.

Doch diese Zeit war endgültig vorbei.

Eines Morgens also entfernte Mayyasa die Bilder, sie riss sie eines nach dem anderen von der Wand. Die riesigen Poster stapelten sich vor der Küchentür. Die Wände waren nun mit Mustern versehen, denn die Bilder, die Jahre gehangen hatten, hinterließen weiße, blasse Flecken.

Als Iyad um drei Uhr nachts nach Hause kam, war er zutiefst bedrückt. Sein schlechtes Gewissen machte ihm so schwer zu schaffen, dass er kaum atmen konnte. Eine Welle von Tränen stieg in seine Augen. Er öffnete die Tür und war im Begriff, sich vor Mayyasas Füße zu werfen, um sie um Verzeihung anzuflehen. Er würde ihre Füße mit seinen Tränen benetzen und mit ihren Händen seine Schande rein waschen.

Als er jedoch die entblößten Wände bemerkte und sein Blick dann auf Mayyasa fiel, die seit Einbruch der Dunkelheit auf ihn gewartet hatte und nun im Halbschlaf auf der großen Wohnzimmercouch lag, huschte er in sein Zimmer, um sich schlafen zu legen. Zu dieser Zeit wartete Mayyasa noch auf ihn.

Als weitere Monate vergangen waren, hörte sie auf zu warten. Sie legte sich zeitig schlafen, damit er, wenn er nach Hause kam, seine sorgsam gefaltete Decke von der Bettkante nehmen und leise aus dem Zimmer gehen konnte.

Seltsamerweise war das schlechte Gewissen wie weggeblasen, sobald er das Haus betreten hatte. Ein fauler Geruch, der den Wänden entwich. Mayyasa hatte mit modrigem Wasser den Staub von den Wänden gewaschen.

Der schlechte Geruch hatte sich in allen Winkel des Hauses eingenistet. In Sekundenschnelle war die Erinnerung an das heruntergekommene Hotel in einer Seitengasse beim Mardschaplatz ebenso wie an das sich darin befindende Zimmer verschwunden, und mit ihr auch die Erinnerungen an sämtliche Einzelheiten, die sich in der Nacht dort zugetragen hatten. Sein Geist war wieder weiß und blank.

Noch wenige Stunden zuvor hatte er mit einer Prostituierten geschlafen, die ihre Beine breit gemacht hatte, damit er sie von hinten nehmen konnte. Ihr winselndes und dann wieder lautes Stöhnen drang bis auf die Straße.

Wieso stöhnte sie so, fragte sich Iyad. Er hatte keinen blassen Schimmer, denn sein Geschlechtsteil hatte ganze vier Stunden lang nur lose und wie ein zerlöcherter, alter Gummiballon ganz zerknüllt herabgehangen. Sein Glied war nicht eine Sekunde steif gewesen. So oft die Frau es auch zwischen ihre mit braunem Lippenstift bemalten, zusammengepressten Lippen nahm oder zwischen ihren Handflächen rieb und dabei obszöne Worte sprach, die er noch nie zuvor im Leben gehört hatte, wurde sein erotisches Vorstellungsvermögen kein bisschen in Gang gesetzt! Es war alles vergebens: Dieses abgestorbene Tier ließ sich nicht davon abbringen, ihn bis auf die Knochen zu blamieren.

Es war das erste Mal gewesen, dass er eine Prostituierte aufgesucht hatte. Was diese Prostituierte dann mit ihm angestellt hatte, hätte sich Iyad Schalati sein Lebtag nicht träumen lassen. Er, der doch so eine ausgeprägte, hoch entwickelte Phantasie besaß, wenn es um Sex ging. Selbst diese Kassette, die er und seine Freunde sich nächtelang angehört und zu der sie masturbiert hatten, hatte seine Phantasie nicht so anzuregen vermocht, wie es dieser hemmungslosen Hure gelang - und das, obwohl diese Kassette seit Jahren das wesentliche

Mittel war, seine Lust zu stimulieren. All die Erregung war wie vom Winde weggeweht.
Sie ließ ihn machen, was er wollte. Auf seine ausgefallenen Wünsche reagierte sie mit einem gezierten Lachen, einem koketten Ausruf oder einem genervten Seufzer. Nach vier Stunden tropfte der Armen der Schweiß von der Stirn, sie tanzte durch das Zimmer, hob dabei ihren Hintern hoch und wedelte damit, dann wieder onanierte sie vor seinen Augen mit einem Finger aus weißem Wachs.
Nach vier langen Stunden ließ sie ihn außer sich vor Wut zurück, während er sich sogleich schuldbewusst und niedergeschlagen fühlte. Sie stürmte aus dem Zimmer, nachdem sie alle seine Taschen durchwühlt und geleert hatte. Fünf Lire ließ sie ihm, damit er das Sammeltaxi nach Hause bezahlen konnte.
Iyad hatte in jener Nacht keine Lust, die Wände zu streichen.
Mayyasa bat ihn immer wieder darum, ja sie verbrachte - vergeblich - die restlichen Stunden der Nacht damit, ihn dazu zu überreden. Ihm war es völlig egal. Wer hatte ihr denn gesagt, sie solle die Bilder von den Wänden reißen?!
So blieben ihr lediglich zwei Möglichkeiten, und sie entschied sich für die leichtere Variante: Ein paar Tage später hängte sie zwei große Bilder an die Wand, um die gelb gewordenen Flecken und Löcher zu verdecken. Auf einem der Bilder war Ishizuka, der Gründer der Makrobiotik, in einem schwarzen Kimono zu sehen; das zweite Bild zeigte dessen Nachfolger, Georges Ohsawa, wie er

lachend in die Kamera blickte. Darunter hatte sie geschrieben: Der erste Meister.
Die Blicke von beiden, obgleich sie sehr unterschiedlich waren, strahlten Ruhe und Gelassenheit aus und füllten die Leere, die sich in Mayyasas Seele eingenistet hatte.
Oh, Mutter Erde! Oh meine Dattelpalme! Habe ich all dies durchleben müssen, damit ich schließlich zu euch gelangte?
Oh, Mutter Erde! Oh meine Dattelpalme! Habe ich diese Zeit gebraucht, um zu begreifen, dass auch ich Teil dieses Universums bin? Ein Teil des Himmels, der Erde und der Bäume. Ich habe eine Wirkung auf sie, so wie sie auf mich einwirken. Ich bin untrennbar mit ihnen verbunden, bin ihnen eine Schwester. Mein Sein bestimmt ihres, und muss ich von hier gehen, so hinterlasse ich eine Lücke in dieser Welt. Wieso habe ich all diese Zeit gebraucht, um zu mir zu finden, um zu mir zurückzugelangen? Warum?
Oh, Mutter Erde! Oh meine Dattelpalme!
Wenn Mayyasa morgens erwacht, verspürt sie ein heftiges Verlangen, beide zu sehen: Ishizuka und Ohsawa! Noch schläft Iyad. Sein unbeweglicher Körper auf dem Sofa ist ihr fremd und erscheint weit entfernt. Sie fragt sich immerzu, Tag um Tag, wie es diesem Körper gelungen ist, so starke Abscheu in ihr hervorzurufen, so dass sie nichts Anderes mehr spürt als den sich in ihr regenden Hass gegen ihn.
Sie macht den beiden gegenüber den Morgengruß, läuft in die Küche und versucht, so viel Lärm wie möglich zu machen. Wer weiß, vielleicht wacht der

Langschläfer ja auf. Denn ist er erst einmal wach, verlässt er für gewöhnlich unverzüglich das Haus, sodass sie in ihrem Reich endlich wieder schalten und walten kann, wie sie will.

Er aber errichtete sein Reich außerhalb des Hauses. Vermutlich war die Tatsache, dass ihm eines Abends jene braunhäutige Frau namens Lama Al-Hadsch ins Auge fiel, ein nicht unerheblicher Teil der ganzen Geschichte, die noch folgen sollte. Er war ihr eines Nachts auf einer Party bei einem Freund begegnet.

Von dem Augenblick an, in dem er sie entdeckte und sah, wie sie am Ende des Getränketisches ein wenig verloren dastand, konnte er den ganzen Abend über seinen Blick nicht mehr von ihr wenden. Er war einsam, und ihm schien, sie sei es auch. Ihr liebenswürdiges Lachen hallte durch den Raum. Er konnte einfach den Blick nicht von ihr nehmen, keine Sekunde lang, und schaute sie ununterbrochen an, ja verschlang sie geradezu mit seinen Augen. Er erkundete ihr braunes Antlitz, ihre heiteren Gesichtszüge und schönen heißblütigen Augen, die die Phantasie jeden Mannes ansporen mussten.

Was hatten diese Augen nur mit ihm angestellt, er weiß es bis heute nicht zu sagen.

Bald meinte einer der Anwesenden spöttisch, er müsse jetzt wirklich mal woanders hinschauen, damit ihn nicht der böse Blick treffe. Wieder lachte Lama ihr durchdringendes Lachen - ihre Art, kokett darauf zu reagieren, sodass Iyad vor lauter Scham rot wurde und seinen Kopf senkte.

„Höre nicht auf ihn, Prost!“

Dann erhob sie ihr Glas, um mit ihm anzustoßen. In seinem war nur noch ein winziger Rest Arrak. Er schüttete ihn sich in den Mund und lachte dabei wie ein Kamel. Am Ende des Abends wich er nicht mehr von ihrer Seite, ganz eng an ihrem Stuhl sitzend. Er spürte förmlich, wie sein ganzer Körper von ihr angezogen wurde. Bis tief in all seine Glieder erschauderte er, diesem überwältigenden Gefühl gab er später die Schuld dafür, dass er noch fünf weitere Gläser Arrak trank. Ja, er klebte förmlich an ihr, spürte ihre zarten Wangen, spürte die raschelnden Bewegungen ihrer Schenkel. Ihn überkam ein brennendes Verlangen, sie zu berühren, jedes einzelne ihrer Körperteile zu berühren, angefangen mit ihren Wangen, die vom Alkohol gerötet waren, so dass sie wie weinroter Samt glänzten, und nicht endend mit dem warmen Spalt, den ihre engen Jeans zwischen ihren Schenkel freiließen, und in den sie andauernd ihre Hände steckte, als ob sie damit an sein Geschlecht fassen würde.
Er war so wahnsinnig erregt, dass er ein Kissen auf seine Hose gelegt hatte, um die Erhebung zu verbergen.
Seine Freunde begannen, ihm zuzublinzeln, was seine Verlegenheit noch verstärkte. Dazu kam, dass Lama Al-Hadsch plötzlich ein seltsames Gespräch begann, das sie mit der Frage einleitete:
„Hast du das Buch ‚Angst vorm Fliegen' von Erika Jong gelesen?"
„Nein, habe ich nicht."
„Es handelt von einer tollen Idee."
„...!"

„Die Idee lässt sich folgendermaßen zusammenfassen: Der Mann besitzt zwar ein durchaus attraktives Körperteil mehr, nämlich den Penis ...“, und während sie das sagte, zeigte sie auf Iyads Schoß, so dass alle umstehenden Männer in Lachen ausbrachen.
„... doch die Frau hat ein wundersames Feld, das sich für jedes Wetter eignet. Weder schmälert ein Sturm ihre Fruchtbarkeit, noch der Regen oder die Dunkelheit der Nacht ... sie ist einfach immer da.“ Iyad sagte nichts.
„Stell dir doch zum Beispiel eine nackte Frau vor, und neben ihr liegend ein schlafendes Glied.“
Wieder wusste Iyad nichts zu entgegnen, und Lama fuhr fort: „Das ist doch eine lächerliche Vorstellung, findet ihr nicht auch?“
Iyad hörte ihr mit sperrangelweit geöffnetem Mund zu. Aus irgendeinem Grund ging ihm die schandvolle Nacht durch den Kopf, die er mit der Prostituierten verbracht hatte. Und aus irgendeinem Grund kam er bei diesen Bildern, die sich vor seinen Augen abspielten, nicht zur Ruhe, sondern noch mehr in Erregung, sodass sein Glied beinahe explodiert wäre, während er seine Magierin, die ihn umgarnte, betrachtete. Er wusste noch nicht einmal zu sagen, ob sein Mund offen stand oder nicht. Er spürte nur deutlich, wie seine Kehle mehr und mehr austrocknete und auf einmal ein harter Stein in seinen Magen plumpste. Und Lama war noch verführerischer, noch anziehender und rückte noch enger an ihn heran.
Als der Abend zu Ende ging, bestand Iyad darauf, seine dunkelhäutige Verführerin zu ihrem Haus zu begleiten, das im Duwailaviertel lag. Sie

liefen durch die krummen engen Straßen, traten in eine Gasse hinein und kamen aus einer anderen wieder heraus. Den ganzen Weg über schwankten sie vor Lachen, die Straße schien mit Freude und Dunkelheit gepflastert. Vor einer in neutralem Grau gestrichenen Eisentür blieb sie schließlich stehen. Es war schon beinahe zwei Uhr nachts.

„Komm rein!“, sagte sie leise. Iyad glaubte, ja er war sich gewiss, dass er noch ein drittes Wort von ihr vernommen hatte, das ihn unwillkürlich nach drinnen zog wie ein Schlafwandler.

In ihrem Zimmer war nichts zu erkennen. Er spürte, wie die Welt ihn einhüllte, sich um ihn drehte und immer weiter drehte, und wie ihn der Geruch der Frau erneut in einen Rausch versetzte. Ihr betörender Duft verwandelte ihn in eine aufdringliche Fliege, die um sie herum surrte. Dann endlich, auf dem ordentlich gemachten Holzbett, begann das Ritual, von dem Iyad so oft geträumt hatte. Ein heidnisches Ritual der Lüste, ohne alle Grenzen und Beschränkungen.

In dieser Nacht wurde alles, was sich Iyad während der langen Jahre in Haft ausgemalt hatte, Wirklichkeit. In diesen Nächten hatte er schon Szenarien von solch einer Nacht entworfen. Er dachte sich seltsame Dialoge aus, bei denen jedem Zuhörer die Haare zu Berge gestanden hätten. Er stellte sich Szenen voll schamlosem, verrücktem Sex vor, ließ vor seinem Auge wieder alle schon einmal gesehenen Szenen aus Pornofilmen auferstehen, alles, was er gelesen oder auf irgendwelchen Nacktfotos gesehen hatte. Er hatte sich auf diese einzige Nacht im Traum schon so bildhaft vorbereitet, dass er seine heftige Begierde nicht einmal mehr vor dem Genossen, der im Bett direkt neben ihm lag, verbergen konnte. Anschließend ging er sofort auf das Klo am Ende der Gemeinschaftszelle, um seine Lust in Sekundenschnelle zu entleeren, bevor er schließlich, über Dutzende seiner nebeneinander liegenden Genossen steigend, zu seiner Matratze zurückkehrte.

Trotz der vielen spöttischen Witze und beißenden Kommentare, die die Genossen losließen, wenn er von der Toilette zurückkehrte, hörte er nicht mehr mit dieser ihm Lust verschaffenden Gewohnheit auf. Jeden Tag erschuf er seine zauberhafte Paradiesjungfrau von neuem und ließ sie seine Tagträume erleuchten. Er erfand Geschichten mit ihr, die aus einem neunzigjährigen Greis einen zwanzigjährigen Jüngling gemacht hätten, wenn sie an sein Ohr gelangt wären.

An den Tagen, an denen Iyad schlief, ohne sein wollüstiges Ritual zu verrichten, wachte er mit durchnässter Schlafanzughose auf. Die Flüssigkeit floss in die Matratze und ließ sie ständig feucht sein, wodurch ein penetranter Geruch entstand, der sich in der ganzen Zelle ausbreitete.

Obgleich er seiner neuen Spielgesellin nur wenige Stunden zuvor zum ersten Mal begegnet war, vertraute er ihr diese Geschichten, ohne darüber nachzudenken, in allen Einzelheiten an.

Während sie anschließend vom heftigen Liebesakt erschöpft beieinander lagen, liebkoste er mit seiner Zunge ihre Zehen und redete ohne Unterbrechung weiter.

„Weißt du eigentlich, dass die taoistischen Mönche

den Geschlechtsakt als einen ganz zentralen Teil der Natur der Dinge begreifen?“, erklärte ihm Lama mit sanfter Stimme. „Dabei genießen sie den Sex nicht nur oder verschaffen sich dadurch Lust, sondern glauben auch an seine Heil und Leben spendende Kraft. Und sie hatten Recht.“

Dann fuhr sie fort: „Und ich glaube, dass Sex der einzig wahre Ausdruck für die Liebe ist. Sobald er sich in einen mechanischen Akt verwandelt hat und das Paar langweilt, ist auch die Liebe dahin! Was denkst du?“

Wie so oft wusste Iyad nicht, was er antworten sollte.

„Hast du gemerkt, dass wir gerade wie verrückt übereinander hergefallen sind?“

Iyad entgegnete noch immer nichts. Stattdessen zog er sie mit Haut und Haaren an seine Brust und drückte sie heftig. Dann sog er den Duft ihres Haares, das nach reifen Pfirsichen roch, in sich ein. Eigentlich wollte er ihr sagen: „Unterrichte mich, du begehrenswerteste Meisterin, in Geschichte!“ Doch weil er vor ihr nicht wie ein einfältiger Pinsel erscheinen wollte, hielt er seine Worte zurück.

Ihm wurde bewusst, dass er gerade erst begonnen hatte, die Geschichte seines Körpers zu entdecken und festzuhalten. Erst jetzt fing er an, ein Gedächtnis der körperlichen Lust und jener Macht der Verführungskraft zu erschaffen, auf die er lange Jahre sehnlichst gewartet hatte.

Seine Meisterin räkelte sich seufzend und zeigte dabei ihre blank rasierten Achseln. Ihre Haltung reichte aus, ihn erneut heftig in Erregung zu versetzen und hungrig über sie herzufallen. Er leckte ihr zarthäutiges Fleisch, drang in ihre feuchten Höhlen ein, während sie mit einer noch heftigeren Begierde antwortete.

Am nächsten Morgen öffnete Iyad die Tür und trat wie ein Eindringling ins Haus. Mayyasa war gerade damit beschäftigt, eine Reihe Blätter an der Küchenwand und im Flur, der zum Wohnzimmer führte, anzubringen. Ihr nach dem besten Wissen der Makrobiotik ausgerichteter Plan sah genau vor, was sie zu essen hatte und wovon sie die Finger lassen sollte. Abbildungen von Gemüsesorten, die erlaubt waren, und von anderen, die sie nicht essen sollte, dann Körner, Gewürze und Meeresalgen, allesamt mit Sorgfalt gezeichnet. Dic Serie mit Bildern wurde gekrönt von einer Tabelle mit den Krankheiten aus der Sicht von Yin und Yang, dem weiblichen und dem männlichen Prinzip, und welche Katastrophen geschehen, wenn beides nicht mehr im Einklang miteinander steht.

Mayyasa warf Iyad einen kurzen Blick zu und kehrte dann wieder konzentriert und schweigend zu ihrer Beschäftigung zurück.

„Entschuldige, ich musste die Nacht leider bei Freunden schlafen."

Als sie nichts sagte, wollte er ins Wohnzimmer, doch da fiel sein Blick auf das an der Tür hängende Poster.

„Sag mal, Mayyasa, findest du das noch normal? Soll ich jedes Mal, wenn ich hier reingehen möchte, die verschiedenen Varianten von Krebs vor den Latz geknallt bekommen?"

Mayyasa beharrte noch immer auf ihrem Schweigen.

„Das ist zu viel, Mayyasa, das ist wirklich zu viel! Das hält keiner aus, was du mit dem Haus ange-

stellt hast. Das ist ja der reinste Irrsinn!“ Noch immer zeigte Mayyasa keine Regung.
„Du hast unser Haus in eine Hölle verwandelt, und ich meine Hölle im wahrsten Sinne des Wortes!“
„Keiner zwingt dich, hier zu leben.“ Ihre knappen Worte klangen kalt.
Dann setzte sie ihre Tätigkeit mit noch größerer Konzentration fort. Iyad aber stürmte nach draußen und schlug die Tür laut krachend hinter sich zu.

Auszug aus dem Brief an Anat:[1]

(…) Ich habe vergessen, dir von einer wichtigen Sache zu berichten, Geliebte. Also will ich es nun nachholen. Gestern haben sich Khaled und ich darüber gestritten, was für einen Gefangenen am wichtigsten ist. Für Khaled gibt es da eine eindeutige Prioritätenliste: Erst unser Kampf, dann die Frau und als Drittes die Freiheit. Was auch geschieht, wenn es nach ihm geht, dürfen wir niemals unsere Sache verraten, die stets an erster Stelle stehen muss.

Ich hingegen war anderer Meinung: Die Frau zuerst, dann die Freiheit und schließlich unser Kampf. Fast hätte ich mich getraut zu sagen: Erst die Frau, dann die Frau und als Drittes auch die Frau. Ich meine damit, wenn du jetzt bei mir in der Zelle wärst, wären mir die Freiheit und unser Kampf völlig egal. Sollen sie zur Hölle gehen, Hauptsache wir sind zusammen und bleiben vereint!

Denn ich spüre, wie ich jeden Tag aufs Neue fast zerrissen werde, weil du so fern von mir bist. Ich hatte ja keine Ahnung, wie sehr du ein Teil von mir, von meinem Körper bist, wie wir aus ein und demselben Stoff geschaffen sind.

Ich dürste nach dir. Aber ich will ganz ehrlich sein und dir auch eingestehen, dass ich mich auch nach

---

[1] Den folgenden Brief schmuggelte Dschawad aus dem Gefängnis, indem er ihn einer aus Knochen angefertigten Skulptur beifügte, die eine stolze Zigeunerin darstellen sollte. Genauer gesagt versteckte er den Brief in dem kleinen Sockel aus Holz. Dem voran ging ein Brief von Anat, den sie im Futter einer der Wintermäntel verborgen hatte, die sie Dschawad geschickt hatte.

der Freiheit sehne. Was ist schöner als dieses Wort … Frei-heit. Wenn man selbst entscheiden kann, an welchen Ort man geht, frei, sich wohin auch immer zu bewegen; frei, zu leben und zu lieben, die Dinge, die man schön findet, schön zu finden, egal, was es auch ist. Und auch frei über seine Zeit verfügen zu können! Deinem Leib werden keine physischen Schranken gesetzt, ihn begrenzt nur die Luft allein.
Anat, Geliebte!
Ich sterbe, wenn ich dem Leben so fern bin, das auf dem Weg in eine neue Zeit ist, von der ich keine Ahnung habe, und die ich noch weniger voraussehen kann.
Du bist mein Ein und Alles, und dann erst kommt die Welt.
Hier aber zieht die Zeit wie eine schwere, dunkle, wasserreiche Wolke vorüber. Es kommt mir vor, als ob ich sie immer umkreisen müsste, bis sie mich mit ihrem Nebel ganz einhüllt, während draußen das Leben weitergeht, sich ständig verändert und bewegt, lebendig und aktiv eben, während hier alles statisch und unbeweglich ist. Hier bin ich von jeglicher Aktivität abgeschnitten, gezwungen, wie festgefrorenen in einer völlig zum Stillstand gekommenen Zeit zu leben – wie einer, der in eine Eiskapsel gesteckt und ins All geschossen wurde. Und so zahle ich den Preis, der mir abverlangt wird: Mein Haar ist fast gänzlich ergraut, und ich spüre am ganzen Körper die Last meiner zweiundvierzig Jahre. Die Jahre hinterlassen wie bei dir draußen ihre Spuren an meinem Körper und meiner Seele, aber alles wiegt schwerer und scheint sinnentleert. Manche hier verbringen ihr Leben damit, einfach nur die Jahre zu zählen, wie

sie sich anhäufen. Aber dann streichen sie sie aus dem Buch ihres Lebens und verweigern sich bis auf die Knochen der Tatsache, dass diese Jahre zu ihnen und zu ihrem Leben dazugehören, ja sie wollen nichts mit ihnen zu tun haben. Sie negieren, was man ihnen auferlegt hat: die Gefangenschaft.

Vielleicht ist es eine Form des Protests, des Widerstands vielleicht. Ich hingegen glaube deutlich zu spüren, dass ich auf irgendeine Weise diesen Zustand akzeptieren und mit ihm leben muss, auch wenn es doch verlorene Jahre gewesen sein sollten. Ich betrachte diese Zeit unter der Erde als eine Möglichkeit, mein Leben neu zu sehen und zu verstehen, oder zumindest diese Starre der Zeit in Haft zu bewältigen und sie, falls irgendwie möglich, in etwas Bewegliches zu verwandeln. Mit Lesen, Schreiben, damit, eine neue Sprache zu lernen oder einfach zu träumen. Das Träumen füllt die Leere in meinem Inneren wieder. Der Traum eines noch in der Zukunft liegenden Lebens, dass ich mir erschaffen werde, ein kunterbuntes Leben, von Tau benetzt wie du.

Khaled und ich waren uns übrigens auch nicht einig darin, wie wir mit unserer Frau umgehen sollen. Das möchte ich dir noch erzählen, denn mir ist es sehr wichtig, dass wir uns darüber aussprechen. Khaled meinte, wir müssten der Frau die Entscheidung lassen, ob sie weiterhin mit uns zusammen sein will oder sich trennen möchte. Mit anderen Worten: ob sie das Warten oder die Freiheit wählt. Die Frau ist jeden Tag aufs Neue mit der Entscheidung konfrontiert, einem Mann treu zu bleiben, der abwesend ist, oder sich für die Fülle des Lebens und all ihre Sehnsüchte, auch die ihres weiblichen Körpers, zu entscheiden.

Meine Geliebte! Mich überzeugt dieses Argument, und zugleich habe ich schreckliche Angst. Ich beginne am ganzen Leib zu zittern, wenn ich daran denke, dass du fortgehen könntest, und doch weiß ich wohl, wie schändlich und demütigend es für dich sein muss, auf einen Mann, der weit fort ist, schon ganze elf Jahre gewartet zu haben, ein Trugbild, dass dein Leben zu einer nicht gelebten Illusion macht, zu einem bloßen Fantasiegebilde.
Warten. Wie gut ich doch weiß, wie sehr du dieses Wort hasst! Ich weiß, dass wir keinen Ausweg, keine List zur Hand haben, dies zu ändern, doch ich weiß auch, wie sehr ich dich liebe, bis zur Vergötterung liebe ...

Dein Geliebter!
Gefängnis Saidnaya, 1998

Wie könnte ich dieses Gesicht je vergessen? Es war bereits violett angelaufen – schon vor Tagen musste es passiert sein.
Wie könnte ich je Ruqaiyas liebenswertes Gesicht vergessen? Der Geruch nach ihr hing überall, er machte mich ganz benommen, war einfach nicht auszuhalten. Ein blau verfärbter Steinblock war sie. Die Hände verkrampft, die Beine zwei schrundige Holzstümpfe. Ihr schwarzes Kopftuch war noch immer um ihren kräftigen Hals geschlungen. Sie war meine Schwester – nein, das war nicht meine Schwester!
Das hatte überhaupt keine Ähnlichkeit mit ihr! Ruqaiyas Körper war weich und füllig, und dies hier war ein Ziegelstein. Ruqaiyas Blicke waren warm und zärtlich, und die hier hatte Augen wie eine Prostituierte, die ins Leere stierten, ohne die Lider niederzuschlagen.
Ruqaiya, Ruqaiya! Mein Liebes ...
Der oberste Schrankgriff hing lose herab, er war unter dem Gewicht ihres Körpers abgebrochen. Was nur hatte sie zu dieser Tat getrieben?
Ruqaiya, Ruqaiya – mein Leben! Was hast du nur getan?
Sie hatte den Tag abgewartet, an dem ihr Mann und ihre beiden Söhne abreisen sollten. Am Abend hatte sie dann ihren schwarzseidenen Gürtel um den obersten Schrankgriff geknotet und sich erhängt.
Nach vier Tagen entdeckte man sie und rief mich an. Ruqaiya war meine einzige Schwester, aber ich hätte nie gedacht, dass sie sich vor Trauer umbringen würde. Ruqaiya war gläubig, und so etwas

Schreckliches würde sie doch nie tun! Ruqaiya war gläubig!

„Allein in Riyad kommt es im Monat zu sechzehn Suizidversuchen“, erklärte mir die Ärztin, die die Obduktion leitete. Dann zog sie wieder das weiße Laken über den violetten Steinblock.

„Kopf hoch!“, sagte sie in sachlichem Ton, ging hinaus und ließ mich allein in der Obduktionskammer zurück. Nein, nicht allein! Dutzende Seelen flogen um mich herum, Stimmen, Schreie, Gespräche, die von allen Seiten widerhallten – und Ruqaiya.

Über ihrem schönen Körper wurde kein Totengebet gesprochen. Ich konnte sie nicht einmal waschen, denn als ich ihren Körper mit Moschus einreiben wollte, folgten mir die Frauen in das Zimmer nach und schrien mich an, bei einem Selbstmörder dürfe man keine Totenwaschung vornehmen!

Dabei ging es um Ruqaiya! Und Ruqaiya war gläubig!

Doch Saadat war ihre einzige Tochter gewesen. Die Frauen hätten das nicht verstanden, hätten es einfach nicht verstehen können! Ohne die zarte braune Saadat in den Arm zu nehmen, hatte sie nicht leben können. Was sollte sie denn noch am Leben finden ohne Saadats Duft? Ohne den Duft ihres schwarzen Überwurfs und ihres rotbraunen Lederranzens! Was sollte sie an der Welt noch finden ohne sie! Ohne ihr Geplauder, ihr Geschrei, ihre Küsse und ihre Anmut! Sie würden das niemals verstehen!

Jeden Nachmittag hatte Ruqaiya auf ihre Tochter gewartet. Wenn der Chauffeur sie nach Hause

gebracht hatte, rannte sie zu ihrer Mutter hinauf in den zweiten Stock.
Zu ihrer Mutter, der Zweitfrau.
An jenem Tag aber kam Saadat nicht. Die Erstfrau rief aus dem unteren Stockwerk zu Ruqaiya hinauf, und so erfuhr sie es: Die Schule war mitsamt den Mädchen abgebrannt. Die Religionspolizei, die Behörde für die Verbreitung von Tugendhaftigkeit und Verhinderung von Lastern, hatte die Mädchen daran gehindert, die Schule zu verlassen. Sie hatte sich in eine Auseinandersetzung mit den Kräften des Roten Halbmonds verwickelt – und die Türen nicht geöffnet.
So verbrannten die Mädchen vor den Augen der Polizisten. Fünfzehn Schülerinnen kamen in den Flammen um, weil man ihnen nicht erlaubte, die Schule zu verlassen. Sie hatten nämlich ihre Köpfe nicht verschleiert! Deshalb erlaubte man den Männern vom Roten Halbmond nicht, sie zu berühren. Im saudischen Königreich ist es Männern verboten, Frauen zu berühren. Fünfzehn Mädchen starben in den Flammen, und Dutzende wurden entstellt. Saadat war eine der fünfzehn.
Ruqaiya öffnete die Haustür und stürzte wie eine Wahnsinnige auf die Straße. Sie dachte gar nicht darüber nach, was sie tat.
Warum habe ich immer das Bild vor Augen, wie ihr langes, tiefschwarzes Haar zum ersten Mal in ihrem Leben im Wind flattert? Die Sonne fiel auf ihren zarten Körper unter dem offenen Hauskleid. Zwei Männer der Religionspolizei brüllten sie an und gingen auf sie los. Aber sie hörte nicht. Sie wollte irgendwohin, vielleicht zur Schule ...

Ruqaiya hätte verhaftet werden können, aber dazu kam es nicht.
Sie wirkte wohl eher wie eine Verrückte als wie eine Frau, die es darauf angelegt hatte, mitten in der größten Mittagshitze die Männer zu verführen. So erzählte sie es mir, als ich sie traf, und dann lachte sie. Sie glich tatsächlich eher einer Wahnsinnigen als einer Mutter, die ihr Kind verloren hat.
Aber Ruqaiyas Mann wollte, genau wie die meisten übrigen betroffenen Familien, nicht gerichtlich gegen die Männer der Religionspolizei vorgehen. Er sagte, was die Polizei getan habe, habe dem Schutz von Religion und Moral gedient. Er danke Gott, dass seine Tochter anständig verhüllt gestorben sei, statt vor laufenden Kameras, den Blicken und der Schande preisgegeben, gerettet worden zu sein.
Aber Saadat war doch verbrannt! Ihr sanftes, braunhäutiges Gesicht war nur noch ein unförmiger, verkohlter Klumpen!
Heute lebe ich ohne Ruqaiya und ohne Saadat.
Meine Mutter stammt aus Syrien, mein Vater hat sie auf einer seiner Reisen dorthin geheiratet. Er hatte das Haus neben dem ihres Vaters gemietet, in der ersten Straße, die zum Viertel Al-Scheich Muhyi Al-Din Ibn Arabi hinaufführt. Er sah sie ihr Köpfchen herausstrecken, um die Gemüsetüten von dem Burschen des Grünwarenhändlers entgegenzunehmen. Sie gefiel ihm, er verlobte sich mit ihr, und zwei Monate später heiratete er sie.
Nachdem er den Brautpreis bezahlt hatte, kehrte er mit ihr nach Saudi-Arabien zurück.
Ich kenne niemanden aus der Familie meines Großvaters mütterlicherseits. Nicht ein einziges

Mal haben wir Syrien besucht. Als ich vierzehn war, verheiratete mich mein Vater mit dem Sohn seines Bruders.
Als meine Mutter mir am Telefon Fragen über meine Ehe stellte, sagte ich ihr, ich fühlte nichts, wenn er in mich eindrang – abgesehen von scheußlichen Schmerzen in meiner Vagina und einem ständigen Brennen, sobald er nach ein paar Minuten des Verkehrs in mir kam. „Ich fühle gar nichts, Mama! Ist das die Ehe?"
„Was redest du da, mein Schatz? So muss es doch sein! Schließlich bist du gesalzen."
„Gesalzen?"
Erst da erfuhr ich, was in den ersten Monaten, vielleicht sogar den ersten Tagen meines Lebens – meine Mutter wusste den genauen Zeitpunkt nicht mehr –, mit mir geschehen war. Sie sagte mir, und ihre spöttische Stimme am anderen Ende der Leitung traf mich wie eine Ohrfeige, sie habe eine Handvoll Steinsalz genommen und es mir in die Scheide gestopft. Dann habe sie die scharfen Körnchen über meine kleine Klitoris gerieben und richtig fest einmassiert.
Mehr als zehn Tage lang schwitzte ich unten Eiter und Blut. Nach zwei Wochen wechselte die Region ihre Farbe von Rosarot zu Dunkelbraun. Erst dann war bei mir unten jedes Gefühl abgestorben.
Ich war wie betäubt. Als Muhawid von der Arbeit kam, war er sehr wütend. Es war gerade Valentinstag, und die saudische Regierung hatte jede Feier verboten. Der ständige Ausschuss zur Erteilung von Rechtsgutachten, dem der Mufti Saudi-Arabiens vorstand, war der Ansicht, der

Valentinstag sei ein ketzerisches, ein christlich-heidnisches Fest. Im Islam gebe es nur das Fastenbrechen am Ende des Ramadan und das Opferfest! Muhawid besaß ein Blumengeschäft, oder sogar mehrere solcher Geschäfte. Und all seine Pläne, Hunderte oder gar Tausende von roten Damaszener Rosen zu einem Vielfachen ihres sonstigen Preises auf den Markt zu werfen, waren nun gescheitert.

Ich weiß nicht mehr, warum er anfing, mich zu schlagen. Aber plötzlich packte er mich an den Haaren und schleuderte mich durch die Luft. Vor den Augen der Kinder verprügelte er mich, beschimpfte mich und verwünschte die Stunde, in der sein Onkel meine Mutter geheiratet hatte, ja, sogar die Stunde, in der sein Onkel beschlossen hatte, den Sommer in Damaskus zu verbringen. Er trat mich, schleifte mich über den Boden und spuckte mich immer wieder an. Dann schlug er mich mit dem Gesicht gegen die Wand. Ich hatte das Gefühl, meine Seele flöge durch meine Nasenlöcher hinaus, so viel Blut schoss hervor. Es tropfte auf meine Kleider und auf alles um mich herum. Dann endlich ließ er von mir ab. Leblos lag ich auf dem Boden.

Seitdem habe ich eine gebrochene Nase. Muhawid hat mir nicht erlaubt, irgendeine Schönheitsoperation vornehmen zu lassen. Meine Nase ist noch immer schief und doppelt so groß wie früher. Heute ist Omar Qais vierzehn und Omar zwölf Jahre alt. Sie kommen mir vor wie zwei verkleinerte Ausgaben von Muhawid. Vielleicht habe ich es einfach nicht geschafft, irgendetwas von mir an sie weiterzugeben, vielleicht war das zu viel ver-

langt von mir. Auf der Straße, in der Schule, in der Familie, in den Häusern der Freunde treten sie als Männer auf. Und ich bin seit meiner Geburt hier im Haus gefangen. Ich kann nicht fliehen oder um Hilfe bitten, sonst würde man mich möglicherweise auf der Straße aufhalten und schlagen. Muhawids Schläge musste ich still über mich ergehen lassen, denn Schreie hätten garantiert bei all denen, die mich hörten, nur Schadenfreude erweckt.
Ich verbrachte nun die meiste Zeit allein. Qais und Omar waren erst in der Schule, dann im Reitklub, in Internetcafés oder auf einem Männerausflug mit ihrem Vater und ihrem Onkel. Ich war fast den ganzen Tag und den größten Teil der Nacht allein. Und genau dadurch habe ich ihn kennengelernt! Er hieß Karim, Karim Mardam Bey. Solange ich lebe, werde ich seinen Namen nicht vergessen!
Auf einem meiner langen Streifzüge durch die Chatrooms lernte ich ihn kennen. Er war Damaszener und lebte in Saudi-Arabien. Aus Damaskus kam er, der Stadt meiner Träume! Ich weiß nicht, warum sie solch ein Traum für mich war! Die Schwestern meiner Mutter und meinen Großvater dort stellte ich mir vor wie Engel, die vom Himmel herabgestiegen waren, die Straßen von Damaskus lichtdurchflutet und die Gehsteige sauber und sonnig. Karim arbeitete in einer Menschenrechtsvereinigung. Ich weiß nicht genau, was er tat und welcher Vereinigung er angehörte. Allerdings teilte er mir mit, sie sei eine der oppositionellen syrischen Organisationen, die im Geheimen arbeiteten.

Drei Monate, elf Tage und fünf Stunden, nachdem wir zum ersten Mal miteinander gechattet hatten, erklärte Karim, er werde versuchen, mir zur Flucht aus Saudi-Arabien zu verhelfen.

Meine Kinder brauchten mich nicht. Sie waren zwei vortreffliche saudische Männern geworden. Auch Muhawid brauchte mich nicht. Er verwünschte meinen gefühllosen Körper und sagte, mit mir zu schlafen sei, wie mit einer verkohlten Leiche ins Bett zu gehen.

Niemand brauchte mich, sonst wäre ich geblieben. Das wäre doch meine Pflicht gewesen, meine Pflicht als Frau in diesem Dasein. Ist es nicht so?

Ich hatte keinen Reisepass. Es gab auch keinen Anlass, für den ich mir einen hätte ausstellen lassen können. Wie also sollte ich das Muhawid gegenüber begründen? Außerdem durfte ich als Frau ohne schriftliche Einverständniserklärung meines Ehemannes oder meines Vormunds Saudi-Arabien nicht verlassen! Und selbst mit dem Einverständnis brauchte ich ja noch eine männliche Begleitung. Die Lage war verzwickt. Wie sollte ich bloß fliehen?

Eines Morgens klopfte eine völlig in Schwarz gehüllte Frau an meine Tür. Sie trat schnell ins Haus, zog den Schleier vom Gesicht und sprach mich in einem wohlklingenden syrischen Akzent an.

Es war Ranim. Eine etwa dreißigjährige junge Frau mit einem strahlenden Lachen im Gesicht, mit zierlichem Körper und einem Wesen, so frei wie die Oryxantilopen in der Steppe. Sie brachte den Duft der Damaszener mit – und ihre Stimme klang ähnlich wie Karims, die ich über Kopfhörer gehört hatte, wenn er mich über den Chat mit Liebe überschüttete. Später fand ich heraus, dass sie seine Schwester war.

Ranim übergab mir an jenem Tag den Pass für meinen Aufbruch in die Freiheit. Das Dokument meiner Entsendung ins Leben. Sie brachte mir die Hoffnung auf Leben. Denn diese Hoffnung vermittelte mir jeder einzelne Quadratzentimeter des gefälschten Reisepasses, den sie mir besorgt hatte.

Und so floh ich!

Jetzt bin ich hier. Fern von allem, was einmal war. So fern, als gehörte ich einer anderen Zeit an oder als sei mein früheres Leben nichts gewesen als ein schrecklich langer Albtraum, aus dem ich plötzlich und unvermutet mit dreißig Jahren erwacht bin.

In der Halle der kanadischen Botschaft in Damaskus schaute ich mir einen Satellitenkanal an. Ich war nicht wie sonst in meinen schwarzen Überwurf gehüllt, sondern trug ein langärmeliges graues Kostüm und um den Kopf einen weißen Schal. In der ersten Zeit meines Aufenthalts hier konnte ich nicht allein über die Straßen gehen. Ich schleppte schwere Ketten hinter mir her, die um meine Füße lagen und mich beim Gehen behinderten. Ich hatte das Gefühl, als laste mein Körper auf mir und meinem ganzen Leben. Ranim versuchte mich zu überreden, so zu gehen wie die übrigen Frauen um mich herum auch, und nicht wie ein höckeriges Wüstenkamel. Sie bemühte sich, mich zu überzeugen, dass die Welt voller Frauenkörper ist, die leben, lachen, sich bewegen, atmen, sprechen und Raum für sich beanspruchen, ohne jedes Problem.

Mir aber drückten meine Ketten aufs Fußgelenk und fesselten mich unbarmherzig an den Boden. Nun zeigte der Sender Bilder einer Demonstration in der saudischen Hauptstadt! Als stünde eine Absicht dahinter! Versuchte das Schicksal etwa, mir neue Fesseln anzulegen: Heimweh, mütterliches Schuldbewusstsein oder Pflicht und Moral, die ich mit meiner Flucht verletzt hatte?

Die Polizei trieb die Demonstranten mit Gewehrkolben und Knüppeln auseinander, während ich zusah, wie die Menschenmenge an unserem Haus vorbeizog. Ich starrte auf den Bildschirm, ich durfte auf keinen Fall Qais oder Omar verpassen, wenn sie dort vorbeikämen!

Das Bild wurde neblig, denn die Tränen hatten einen undurchsichtigen Schleier vor meinen Augen gebildet. Ach Gott, wie vermisste ich sie! Qais, mein Liebling! Omar, mein Leben!

Es war der Gedenktag an die Eröffnung der Menschenrechtskonferenz, den die saudische Rothalbmond-Gesellschaft veranstaltete. Zu der Demonstration aufgerufen hatte offenbar die Islamische Reformbewegung, eine oppositionelle politische Gruppierung. Qais, Omar – meine Liebsten!

Ob sie mich wohl vermissten? Oder hatten sie in ihrem Gedächtnis genauso wenig Platz für mich wie in ihrem Tagesablauf?

Eine Repräsentantin von Human Rights Watch sagte: „Die Tatsache, dass die saudischen Behörden Hunderte friedlicher Demonstranten verhaftet haben und die Bürger fortgesetzt ihres Rechts auf freie Meinungsäußerung und Versammlungsfreiheit berauben, zeigt, dass die politischen Reformversprechen des Königreichs nicht ernst gemeint sind."

Der Regierungsvertreter brüllte hinter seinem Schreibtisch hervor in die Kamera: „Das sind tendenziöse Anschuldigungen einer Gruppe von Leuten, die die Sicherheit im Lande stören wollen."

Und ich betrachte dies alles wie aus einer anderen Zeit, wie aus einem anderen Leben heraus. Mein Gott!

271 Personen wurden an jenem Tag verhaftet, doch ein paar Tage darauf wurden sie wieder freigelassen. Die Regierung erklärte, dass 83 der Festgenommenen vor Gericht gestellt würden, unter ihnen drei Frauen.

Später erfuhr ich, dass Karim einer von denen war, denen man den Prozess machte. Sie hatten ihn verhaftet, als er erregt, schreiend, zornig und mutig die Demonstration anführte.

In ein paar Minuten bin ich dran, um mich dem erwarteten Interview zu stellen. Ich werde das Büro des kanadischen Direktors betreten, um mein Leben vor ihm offenzulegen: Ich werde es so vor ihm ausbreiten, wie ich jeden Tag die Laken über die Betten gebreitet habe. Alles werde ich dafür tun, dass er sich von meiner Geschichte beeindrucken lässt, so wie ich immer alles dafür getan habe, Muhawids zorniges Herz zu erweichen.

Ich werde ... Sie müssen meinen Asylantrag annehmen! Sie müssen ihn einfach annehmen, sonst ...

Sie lag auf dem Bett und versuchte, etwas auf einem der Blätter an der Wand zu entziffern. Sie überlegte, wie dieses Blatt aus dem Gefängnis herausgeschmuggelt worden war. Mein Gott, wo war all die Zeit geblieben! Manchmal kam es ihr vor, als wäre das Ganze nur ein Traum. Jetzt war Dschawad hier – und doch auch wieder nicht!
Du kannst es ruhig wissen: Als du dort warst und ich dich nur einmal im Monat oder sogar nur alle zwei Monate durch das Gitter sehen durfte, war ich glücklicher als jetzt, viel glücklicher! Vielleicht, weil ich auf die kommende Liebe wartete, auf die ich mein ganzes Leben ausrichtete. Wenn es so weit wäre, wollte ich dieser Liebe all die Jahre zum Geschenk machen, die inzwischen vergangen waren, ihr alle Freudenversprechen zu Füßen legen – und meine Jugend, die verflossen war, während ich auf die Liebe wartete. Auf so vieles habe ich gehofft!
Und dann wurdest du entlassen. Aber dich hat alles noch stärker mitgenommen als mich, Dschawad! Was soll ich dir nun schenken? Sag es mir!
Über die Jahre waren die Blätter und Briefe an der Wand vergilbt, ein paar von ihnen sogar hinuntergefallen: Anats Porträt, von Dschawad in ein ovales Stück Holz geritzt. Eine Zeichnung von Scheich Imam, angefertigt von einem seiner Kameraden. Währenddessen leuchtete das Bild von Dschamila Al-Ali, das in seinem verschnörkelten Goldrahmen darüber hing, noch immer in altem Glanz.
„Schön war diese Dschamila!“, sagte Dschawad Abu Atta jedes Mal beifällig, wenn sein Blick beim Betreten des Zimmers auf das Bild fiel, während Dschamila weiter mit unergründlichen grünen

Augen, zusammengepresstem Mund und engelhaft weißem Gesicht auf sie herabblickte.
Voller Selbstvertrauen, wie sie es immer getan hatte.
„Kann es sein, dass gerade das, was wir lieben, der Grund für unser Ende ist?“, fragte Anat, und hatte dabei etwas ganz Bestimmtes im Sinn. Dschawad schwieg, um einer Diskussion aus dem Wege zu gehen, die möglicherweise in einen Streit münden würde.
„Du hast mir nicht geantwortet! Ist es denkbar, dass wir mit unserer Vorstellungskraft töten können?“
„Kann sein.“
„Ich meine meine Mutter. Dieser ganze Stolz und Hochmut haben ihr Ende mit herbeigeführt. Ich glaube, dass sie die Vorstellung nicht ertragen konnte, alt zu werden oder auf Hilfe angewiesen zu sein. Manchmal denke ich, dass sie aus freien Stücken gestorben ist! Die Ärzte sagten, sie hätten den Krebs im Griff und sie könne noch längere Zeit leben. Aber schon nach ein paar Monaten ist sie gestorben.“
„…“
Warum hatte alles, was Anat sagte, um ihn an die fünfzehn Jahre zu erinnern, in denen sie auf ihn gewartet hatte, eine solche Wirkung auf ihn? Warum konnte jedes Wort ihn so in Aufruhr versetzen, dass sich Tore öffneten, die er beim besten Willen nicht mehr schließen konnte?
Dschawad brüllte: „Ich kann es nicht mehr hören! Ich bin es endgültig leid! Wie lange soll das noch so weitergehen?“
„Was bist du leid?“

„Ich bin es leid, andauernd von dir daran erinnert zu werden, was du für mich getan hast! Ja, meine Dame, ich stehe in Ihrer Schuld. Fünfzehn Jahre haben Sie auf mich gewartet. Weiß Gott eine lange Zeit. Aber was kann ich dafür? Was kann denn ich dafür? Meinst du etwa, ich war glücklich im Gefängnis?"
„Dschawad, was hast du? Ich erinnere dich an gar nichts, das ist ja inzwischen eine fixe Idee von dir. Ich spreche von meiner Mutter!"
Aber Dschawad war nicht zu beruhigen, er brüllte wie ein Wahnsinniger. Seit seiner Freilassung vor bald einem Jahr halte ihm Anat bei jeder Gelegenheit vor – ob in der Öffentlichkeit oder privat, ob sie allein waren oder mit zig anderen zusammen, entweder in Andeutungen oder ganz offen –, wie sie auf ihn gewartet und was sie alles für ihn geopfert habe!
„Es reicht, Anat, das macht mich alles vollkommen fertig, ich gehe kaputt dabei. Du bringst mich um mit den Schuldgefühlen, die du mir bereitest. Ich kann nicht mehr, Anat, ich bin ohnmächtig. Siehst du das nicht?"
Als das Gebrüll lauter wurde, kam Abu Hayyan aus dem Wohnzimmer angelaufen.
„Sprecht ihr wieder über die Reise?", fragte er zögernd und richtete seinen Blick auf Anats rot gewordenes, zum Bett gewandtes Gesicht und auf Dschawad, der wütend im Zimmer auf- und ablief.
„Nein, Papa, nicht über die Reise. Mach dir keine Sorgen!"
Der Vater wollte wieder hinausgehen, er spürte, dass er sich besser nicht einmischte.

„Gut. Habt Geduld, Kinder, alles lässt sich lösen, wenn man miteinander spricht, alles!“, stammelte er und ging hinaus. In dem Moment kam es Dschawad so vor, als würde er von der Weite des Zimmers erdrückt, als stünde er schlagartig in entsetzlicher Finsternis.

Was nun? Anats Schuld war es schließlich auch nicht!

Um sich ihr zu entziehen, ging er aus dem Zimmer und verließ das Haus. Am liebsten hätte er losgeheult.

In der Haft war es einfacher! Die Hoffnung auf den Tag meiner Entlassung, der mit Sicherheit kommen würde, gab mir große moralische Kraft. Und wenn es erst so weit wäre, mein Gott, was würde ich dann alles tun! Und was nun? Was habe ich bis jetzt getan? Gar nichts!

Bald war es Zeit für das Forum, das oppositionelle Forum für Kultur und Politik, das vor wenigen Monaten gegründet worden war. Er konnte zu dem Tagungsort laufen, vielleicht würde ihn das ein wenig entspannen. Seine Teilnahme an dem Forum gab ihm ein wenig das Gefühl, etwas bewirken zu können, nachdem seine Träume, in anderer Art Einfluss zu nehmen, gescheitert waren. Im Land wimmelte es seit einer Weile von ähnlichen Aktivitäten.

Der Aufstieg über die breite Straße, die vom Omayyadenplatz hinauf und um den Hügel herum in Richtung Qudsiya führte, nahm ihm etwas von seiner Anspannung. Unter dem dichten Laubwerk der Bäume dort fühlte er sich besser, und aus den Bergen wehte ihm ein frischer Wind in den

Rücken, der ihm das Nachdenken leichter machte. Manchmal wird mir klar, dass ich vieles vergessen habe!

Vor wenigen Monaten, als wir beide zum Gericht gingen, um unsere Ehe eintragen zu lassen, kam ich mir vor wie ein Idiot. Was für Pläne hatte ich in den vergangenen Jahren für diesen Moment geschmiedet, was hatte ich mir alles für unsere Hochzeit vorgenommen! Ich wollte dich vom Eingangsportal des Gerichts bis zum Raum des Kadis tragen, der die Ehe registrieren sollte. Ich stellte mir vor, wie ich, wenn er gesetzesgemäß meine Zugehörigkeit zum Islam bestätigte, erklären würde, ich gehörte nur dir an! Dir gäbe ich mich hin, weil du meine Religion und mein Bekenntnis seist und alles, woran ich geglaubt hätte und glaubte.

Das wollte ich dem Kadi sagen, der meiner Vorstellung nach die Stirn runzelte über unsere Liebe und richtig böse würde. Wie würde ich dann seine missbilligende, atemlose Wut und sein empörtes, ironisches Auflachen genießen!

Du trugst ein weißes Kleid, das Dschamila mit eigener Hand genäht hatte. Mein Gott, sahst du hinreißend aus! Wie eine Himmelsjungfrau, die einem nachts in der Trunkenheit erscheint.

Aber ich sagte nichts!

Als du in diesem Kleid aus dem Zimmer tratst, hingen deine Blicke an meinen Lippen, in Erwartung eines Worts von mir – und ich sagte es nicht! Ich sah, wie sich deine Augen mit Tränen füllten und die Freude, die dir aus dem Gesicht strahlte, verschwand. Aber du verlorst kein Wort. Selbst

Abu Hayyan stand vor Verwunderung über mein Benehmen wie angewurzelt da, aber dann drängte er uns nur zu gehen, bevor das Gericht seine Tore schloss.
Außer meiner Schwester Maysun kam niemand zur Hochzeit. Vielleicht war es das, was mir Kummer bereitete! Obwohl ich ja schon gewusst hatte, dass meine Familie mich schneiden würde, wenn ich heiratete, beziehungsweise ein Mädchen einer anderen Konfession heiratete. Vielleicht hätte ich mir gewünscht, meine Mutter aus Freude über unsere Hochzeit weinen zu sehen oder Zeuge zu werden, wie dein Vater meinen Vater umarmte!
Ich weiß nicht, was mit mir los war!
Im Gefängnis hatte ich mir so vieles zurechtgelegt, was ich Abu Hayyan sagen wollte. Ich wollte ihm eine Freude machen, indem ich ihm erklärte, wie sehr ich ihn liebte, vielleicht auch, wie sehr ich ihn dafür bewunderte, dass er noch so jugendlich wirkte und so potent war. Ich wollte ihn unter vier Augen fragen, ob er mir nicht etwas von dieser Kraft abgeben könne. Wenn Abu Hayyan heute im Wohnzimmer an mir vorbeigeht, streicht er mir jedes Mal zärtlich übers Haar und klopft mir liebevoll auf die Schulter.

Du Reizender, Koketter
hast Gewalt über die Herzen.[1]

Ich bemerke, dass ich mich ihm gegenüber immer so distanziert verhalte, dass ich selbst erstaunt

---

[1] Ein Gedicht von Al-Halladsch.

darüber bin. Er spricht seine Verse zu Ende und gestikuliert dabei mit der Hand, als stünde er auf der Kanzel in der Moschee. Ich mag ihn, ich kann ihn gut leiden, ich liebe seine sehnsüchtige Seele, die in einer anderen Zeit lebt, ich liebe ihn, aber ...

Ein Haus, in dem du wohnst
braucht keine Lampen.

Beinahe hätte ich ihn gefragt: „Und womit beleuchtest du dann dein Haus, mein Alter?" Aber er antwortet mir auf meine Grobheit immer in seiner sanften, kultivierten Art und geht.
Ich habe die Vorladungen der Staatssicherheit so satt! Ich bin es so leid, immer wieder dorthin zu gehen. Ich kann die Drohungen, die Fragen und Antworten nicht mehr hören. Ich fühle mich schwach, und wenn ich mir nur vorstelle, wieder ins Gefängnis zu müssen, bin ich wie ein erschreckter Hase. Es ist nicht leicht, sich fünfzehn Jahre lang von den anderen aushalten zu lassen, und wenn man herauskommt, müssen sie einen weiter aushalten!
Ich habe das alles satt, so satt ...
Vor seinen Augen lag, in der Ferne an die Berge geschmiegt, das Viertel Mashrou Dummar. Der Tagungsort war schon nahe, er musste die Zeit genießen, die ihm bis dorthin noch blieb. Er spürte eine Brise, so frisch, als käme sie aus einem unberührten Dorf, weit entfernt von all dem Schmutz der Zivilisation.
Wie oft hatte sich die Szene im vergangenen Jahr wiederholt! Sie stritten, schrien sich an, schließlich ging einer aus dem Zimmer.

Warum eigentlich bin ich so wütend auf sie geworden? Vielleicht, weil ich so ausgelaugt bin, oder weil ich versuche, mich gegen ihre Anschuldigungen schon zu wehren, bevor sie sie überhaupt ausspricht. Oder weil mir einfach keine Lösung einfällt. Unter Tränen sagt sie zu mir: „Wie lange muss ich noch warten, bis mein Mann, an dessen Schulter ich mich anlehnen kann, kommt? Wie lange soll ich noch darauf warten, Mutter zu werden? Ich werde bald siebenunddreißig! Dschawad, sollten wir nicht über ein Kind nachdenken?"
„Auf gar keinen Fall! Unter diesen entsetzlichen Umständen ein Kind? Das Verbrechen würde ich mir niemals verzeihen!"
„..."
Unsere Auseinandersetzung damals endete mit einem Tränenausbruch, wie ich ihn bei Anat noch nicht erlebt hatte. Am liebsten hätte ich mich neben sie gesetzt und genau wie sie einfach losgeheult. Oder sie umarmt und ihr ins Ohr geflüstert: „Mein Liebling, ich bin so viel erschöpfter als du." Aber ich sagte nichts zu ihr. Etwas Unbestimmbares hielt mich von ihr fern. Wir sind einfach nicht mehr das, was wir waren. Anat war besessen von dem Gedanken an ein Kind. Manchmal kommt es mir vor, als hätten sich all ihre Triebe zu einem einzigen gebündelt, dem sie ihr ganzes Dasein unterordnet.
Ich ließ sie stehen und ging hinaus, sonst hätte ich auf der Stelle einen Herzinfarkt bekommen. Ich bin erschöpfter als du, Anat, so viel müder.
In der Ferne tauchte das Gebäude auf, in dem

das Forum normalerweise zusammenkam. Eine Menschenmenge davor! Da stimmte etwas nicht.
Er rannte den ganzen restlichen Weg zu dem Haus hinauf und kam atemlos und keuchend an. Gerade schleppte eine Gruppe Polizisten den Letzten derer, die sich ins Innere geflüchtet hatten, heraus und verschloss die Türen, um damit die Schließung des Forums zu besiegeln.
Obwohl sich die Verhafteten mit lautem Geschrei zur Wehr zu setzen versuchten, wurden drei der Teilnehmer, darunter ein Freund von Dschawad, zu einem der Polizeiwagen abgeführt. Bald waren die Fahrzeuge den Blicken entschwunden. Damit war das Forum geschlossen.

Warum genau weinst du eigentlich?
Als du aus der Arztpraxis kamst, würgtest du an deinen Tränen! Weinst du, weil deine Lunge fast ganz zerfressen ist? Oder weil deine Brust kein Spielplatz der Fantasien mehr sein wird? Ob sie sich durch die Operation verändern wird? Vielleicht sind deine reizenden Brüste dann nicht mehr wie jetzt, liegen nicht mehr vor dir wie ein weites, fruchtbares Land. Aber schlimmer als das, was dir seit deiner Geburt alles zugestoßen ist, kann es ja kaum kommen! Was ist schon dabei?
Hör auf zu weinen! Wo ist deine Vorstellungskraft, mit der du früher alles bewältigt hast? Wo ist sie geblieben? Hör auf zu weinen! Der Arzt hat gesagt, es besteht große Hoffnung, dass die Operation gelingt. Also hör auf zu weinen!
Die Kette der Unglücksfälle reißt nicht ab, so wie Masud, der Hüter des Schreins, es vorhergesagt hat. Du hättest das Unglückskästchen verbrennen sollen, um den Schicksalsschlägen, die dir jederzeit zustoßen können, vorzubeugen. Aber das ist dir ja nicht gelungen, also trage jetzt die Konsequenzen! Nun, schlimmer als all das, was du schon erlebt hast, wird es jedenfalls nicht werden!
Du hast geheiratet, bevor du dreizehn wurdest. Als der Mann deiner Schwester, Hassan, der von einem Tag auf den anderen dein Ehemann geworden war, in dich eindrang, fühltest du, dass etwas in dir zerriss, nicht nur deine Vagina, sondern auch noch etwas anderes, so dass du mitten in der Nacht vor Schmerz aufschriest. Noch vier Tage lang blutetest du an deiner Seele und deiner Scheide.

Was danach geschah, war auch nicht besser. Denk nur mal zurück!
Du warst noch keine sechzehn, als deine Gebärmutter herausgenommen wurde, sie war völlig zerfetzt. Weil die Gebärmutterentfernung das einzige Mittel war, dich bei einer Blutung nach der Geburt vor dem Verbluten zu retten, musste es bei der einen Tochter bleiben - abgesehen von dieser Heimsuchung in deinem Hause, Saniyas Tochter Sabah.
Waren die folgenden Nächte dann besser? Nein, ganz sicher nicht.
Wie hätten sie es sein sollen? Wo du doch seit mehr als zwanzig Jahren im Schlafzimmer schliefst, während Hassan im Zimmer nebenan übernachtete!
Immer wenn er sich dir mit lächelndem Gesicht und seiner widerlichen Scharte näherte, überkam dich wieder dieses Gefühl, und du verkrampftest dich. Du hast ihn nie geliebt, kannst du das nicht zugeben? Du hast ihn sogar mit jedem Tag mehr gehasst.
Und dein Körper? Wie hast du dessen Gelüste befriedigt?
Vor dem hohen Spiegel am Ende des Schlafzimmers standst du, dein voller, verführerischer Körper bewegte sich hin und her wie eine zuckersüße reife Birne. Dabei ging dir durch den Kopf, dass du Hassan gestern nicht erlaubt hattest, dich zu besteigen, denn es war dir einfach zu ekelhaft geworden. Du konntest nicht länger heucheln.
Als seine Lippen versuchten, sich deinem Gesicht zu nähern, machten sie die Sache nur noch

schlimmer. Aber er war längst daran gewöhnt, deinen Lippen nicht zu nahe zu kommen, nachdem du vor langer Zeit einmal nach einem Kuss ins Bad gerannt warst, um alles, was sich in deinem Magen befand, von dir zu geben. Sehr weit zurück liegt jener Kuss, der sich nie wiederholt hat.

Gestern hatte er seine Hand ausgestreckt, um mit ihren Schenkeln und dem, was dazwischen lag, zu spielen, vielleicht in dem Versuch, sie irgendwie zu erregen. Ihre Scham war trocken, und sie spürte etwas Raues an ihren zurückzuckenden Schenkeln, seine Hand war schwielig und roch nach Aas. Dabei war sehr viel Zeit vergangen, seit er sich ihr zum letzten Mal genähert hatte. Es war zwei oder drei Tage vor Sabahs Selbstmord gewesen, also vor mehr als zwei Jahren. Danach konnte er es nicht mehr tun. Er hegte nur noch einen Gedanken: Sabah hätte einen solchen Schritt nie unternommen, hätte sie sich nicht so vernachlässigt und verlassen gefühlt, vielleicht auch verzweifelt über das Klima im Haus, wo man vor Hass und Streitereien nicht mehr atmen konnte und Bauchschmerzen bekam. Hassan zog sich ganz in sich selbst zurück. Nachdem er den Entschluss jahrelang aufgeschoben hatte, blieb ihm schließlich, zumal seit er zu Herzanfällen neigte, nichts anderes übrig, als zu gehen und Anat bei ihrer Mutter schlafen zu lassen, während er ihren Platz im Zimmer nebenan einnahm.

Dort warf er sich auf Anats Bett, nachdem er seiner „Gewohnheit“ auf der Toilette nachgekommen war. Konnte er nicht einschlafen, ging er noch einmal zur Toilette und wiederholte die

Übung, bis ihn endlich ein süßer Schlummer halb ohnmächtig entführte.
Bereust du es heute?
Du hast die kleine Sabah nie geliebt! Sie hat dich provoziert mit ihrer Frechheit, mit ihrer Überlegenheit darin, die Zuneigung ihres Vaters auf sich zu ziehen, und mit ihrem Groll gegen dich. Gib es zu! Du hast sie nie geliebt, wo sie doch die Augen deiner Schwester Saniya hatte und dich mit ihren spöttischen, hasserfüllten, hinterhältigen Blicken verfolgte.
Du musstest dich an ihr für alles, was geschehen war, rächen, sonst wärst du vor Kummer gestorben. Aber in Wirklichkeit hat sie sich gerächt, nicht du. Bereust du es heute?
Als du dann ein wenig älter wurdest, hatte dein Haar einen wunderbaren Glanz bekommen, und du fühltest, wie weich und verführerisch es nun war. Auch deine Brüste waren aufreizend und betörend geworden, mehr und mehr warst du dir gewiss, dass sie eine magische Anziehungskraft ausstrahlten. Du fühltest es, du glaubtest es, und du sahst auch, wie deine weiblichen Reize sich in den Augen der Männer spiegelten: In den Augen von Hassans Freunden, Verwandten, Nachbarn, selbst bei dem Propangasverkäufer und dem Klempner erkannte man es ganz deutlich. Dir fiel es an der Bushaltestelle auf und auf der Straße, und an den Händen des Gemüsehändlers, die zitterten, als er dir half, die Tomaten auszuwählen.
Du spürst deine Anziehungskraft in allen Gliedern. Nun lebe sie auch! Alles an deiner Weiblichkeit hatte sein eigenes Aroma, als du ihn zum ersten

Mal trafst. Du wirst wohl kaum behaupten wollen, dass du das bereust!
Nach Mitternacht klopfte der Nachbar an die gemeinsame Wand zwischen seinem Wohnzimmer und Dschamilas Schlafzimmer: drei gedämpfte Schläge hintereinander, so als flüstere er ihr von drüben zu, sie solle kommen. Sie nutzte die Gelegenheit, dass ihre Tochter an ihrer Seite und Hassan im Zimmer nebenan fest schliefen, und huschte mitten in der Nacht auf Zehenspitzen davon, um atemlos vor Lust zu dem Nachbarn ins Bett zu schlüpfen.
Dort hatte der Kuss einen ganz anderen Geschmack. Der Biss in die Oberlippe machte einen verrückt. Die Hände durften spielen, wie es ihnen beliebte, sie durften eindringen, auskundschaften und in die Tiefe gehen, so dass jedes Härchen an Dschamilas Körper in Erregung geriet und sich aufrichtete.
Dort war der Ort für ein letztes Erzittern.
In jenem Bett, dem Bett des Nachbarn, nahmen all die Fantasien Gestalt an, die Dschamila in sich trug, seit sie damals im Viertel über die Kreidestriche gehüpft war und ihre Mutter nach ihr gerufen hatte. Alle wurden sie zwischen seinem jungen, kräftigen Körper und den blaugetupften Bettlaken Wirklichkeit. Sein Körper und die Laken waren zwei Farben, die ineinander übergingen, Wellen schlugen und Dschamila in einen Strudel der Leidenschaft zogen, aus dem es kein Entrinnen mehr gab, in den Strudel der körperlichen Liebe.
Noch vor Anbruch der Morgendämmerung kehrte sie mit dem angenehmen Gefühl der Müdigkeit,

der befriedigten Liebe und gestillten Lust an die Seite ihrer Tochter zurück. Die Arme um den kleinen warmen Körper geschlungen schlief sie, bis Hassans Husten sie am Morgen weckte und sie wieder die alte wurde – die nörgelnde, unglückliche Dschamila – und wieder derselbe Ekel ihren Tag erfüllte.

Worüber genau weinst du jetzt?

Der Nachbar ist schon lange tot, aus seinem Schlafzimmer ist eine Schneiderei geworden. Die Liebesseufzer, die ihr ausgestoßen habt, werden jetzt vom Schnurren der Nähmaschinen übertönt, das selbst in der Küche noch zu dir dringt und dein Gedächtnis zum Schweigen bringt.

Jetzt wirst du schon fünfzig. Weinst du etwa deswegen? Oder, weil du das Gefühl hast, vom Alter vorzeitig in die Knie gezwungen zu werden? Oder weil du meinst, dass die Unglücksfälle diese Familie wieder und wieder heimsuchen werden, bis sie sie ganz vernichtet haben? Dein Körper schreit noch immer, und der Spiegel zeigt dir, dass du noch genauso verführerisch bist wie früher.

So hör schon auf zu weinen! Hör jetzt auf! Du näherst dich dem Haus. Anat ist dort, dein Ehemann und vielleicht noch andere. Sie erwarten dich, um zu erfahren, was der Arzt tun wird. Niemand muss dich weinen sehen. Niemand hat dich bisher weinen sehen, also sollen sie es heute auch nicht tun. Du bist die stolze, schöne, selbstbewusste Dschamila, du trägst die Nase immer noch hoch, selbst wenn der Krebs dir die ganze Brust zerfrisst!

Denn schließlich handelt es sich um Krebs, Dschamila, um Krebs!

Was für ein unverschämter Arzt! Er hat dir die Nachricht ins Gesicht geschleudert, als wünsche er dir einen guten Morgen! Vielleicht ist dein Leben bald zu Ende, diese verdammte Krankheit breitet sich immer weiter in deinem Körper aus.
Nun hör schon auf zu weinen!
Während ihr diese letzten Worte durch den Kopf gingen, warf Dschamila ihr feuchtes weißes Taschentuch in den Mülleimer vorm Haus. Sie schluckte und versuchte, vor einem kleinen Spiegel, den sie aus der Tasche zog, ihr zerzaustes Haar zu ordnen und die Röte ihres verschwollenen Gesichts zu überschminken.
Dann setzte sie ein hochmütiges Lächeln auf und öffnete die Tür.

An diesem Tag hatte ihr Vater eine Überraschung für sie bereit.
Sie versuchte gerade, den Rest des Jahresberichts über die Flüchtlinge zu übersetzen. Aber zwischen zwei Sätzen hatte sie den Faden verloren und war lange mit ihren Gedanken ganz woanders, bevor sie wieder zu sich kam und mit dem Übersetzen fortfuhr. Sie hätte schon vor Stunden fertig sein müssen, schließlich hatte sie den Tag nur des Berichts wegen frei bekommen.
Trotz der dicken Decke und des elektrischen Ofens neben dem Bett fror sie. Sie dachte über ihren Vater nach. Jetzt riskierte er wahrscheinlich gerade einen Blick auf einen der Pornokanäle, denn der Fernseher verstummte von Zeit zu Zeit. Dann hörte man wieder Nachrichten oder das Geplapper irgendeiner Fernsehserie. Sicher hielt er Ausschau nach einem Körper in aufreizender Pose, um dann aus Angst, von seiner Tochter auf frischer Tat ertappt zu werden, sofort wieder zurückzuschalten.
Seit Dschawads Freilassung und ihrer Heirat hatte er es viel leichter. Sobald sie ihre Zimmertür schlossen, um ihren privaten Abend zu beginnen, genoss auch Abu Hayyan seinen – ganz intimen und freien – privaten Abend vor dem Fernseher, ohne damit rechnen zu müssen, dass einer von ihnen beiden irgendwann zu ihm herauskam.
Abu Hayyan genoss seine privaten Abende wirklich! Manchmal hörte Anat, wie er sein Messer schliff, das sehr scharf sein musste, damit er die Tabakblätter damit kleinschneiden konnte. Manchmal stieg die Frequenz der Schleifvorgänge, und das Geräusch wurde lauter, dann wieder schliff er langsam vor sich hin.

Unvermutet aber trat er mit einem Blatt Papier in der Hand zaghaft zu mir ins Zimmer.
Zunächst glaubte ich, er komme, um vor mir ein neues Gedicht zum Besten zu geben, eines von seinen Liebesgedichten, bei denen ich langsam bezweifelte, ob sie wirklich nur von einer imaginären Frau handelten. Diese Verführungskraft, die zwischen den Zeilen zu spüren war, konnte doch kaum reine Fantasie sein! Vielleicht beschwor er auch seine alte Liebe zu meiner Tante Saniya wieder herauf – wer weiß. Manchmal frage ich mich, wie ein Mann von über Siebzig noch so frisch und so von Liebe erfüllt sein kann, mehr als ich?
„Hallo, Abu Hayyan! Ein neues Gedicht?“
„…“
Abu Hayyan schwieg zögerlich, das Papier in der ausgestreckten Hand. Es war ein Brief aus einem fremden Land. Ich konnte die Briefmarke nicht genau erkennen, bis mein Vater mir mitteilte, es sei ein Brief, den er vor weniger als einer Woche erhalten habe und den er mir zeigen müsse, denn die Sache sei äußerst ernst.
„Ernst? Was ist los, Papa? Du machst mir Angst!“
„Deine Tante Saniya, Gott hab' sie selig.“
„Gott hab' sie selig! Was ist mit ihr?“
„Sie ist wieder da.“
„…!“
Zuerst dachte Anat, er halluziniere, oder sie habe ihn wieder bei irgendwelchen wirren und wahnhaften Ideen ertappt.
„Wie bitte?“
„Ich sagte, Saniya ist wieder da.“
„…?“

„Sie hat die Gestalt einer jungen Spanierin angenommen."
„Einer Spanierin?" Anat wurde von einem heftigen Lachanfall gepackt. Sie schüttelte sich vor Lachen und wischte sich die Tränen aus den Augen, während der tadelnde Blick im Gesicht ihres Vaters immer schmerzlicher wurde. Er sah aus wie ein Schüler, der von der Lehrerin vor seinen Kameraden lächerlich gemacht wurde.
Er wartete, bis sie sich beruhigt hatte, dann fuhr er fort zu reden, allerdings schien er jetzt entschlossener. „Reinkarnation, weißt du, die gibt es wirklich, ohne jeden Zweifel!"
„Wirklich? Papa, ich bitte dich."
„Das ist deine Sache, dann glaubst du eben nicht daran, aber ich bin vollkommen überzeugt davon. Saniya ist wiedergeboren, sie ist jetzt eine Frau von einundvierzig Jahren, lebt in Spanien und hat mir diesen Brief geschickt!"
„…"
„Wenn es nicht Wirklichkeit wäre, woher hätte sie mich und meine Adresse kennen sollen? Deine Tante ist zurückgekommen, und ich werde sie nicht wieder gehen lassen."
Abu Hayyan war sehr erbost. Die alte Liebe, die er während all der Jahre seines Lebens gezwungenermaßen zu begraben bemüht gewesen war, kehrte jetzt ganz unvermutet zurück. Jede Zelle seines Körpers rief ihm zu, keine Zeit zu verlieren, denn seine Geliebte sei wieder da!
„Gut – wer ist diese junge Frau?"
„Isabel, sie lehrt arabische Literatur an der Universität Granada."

„…"
Abu Hayyan ging hinaus und schnitt Anat damit das Wort ab, das sie hervorstoßen wollte.
In seinem Zimmer räkelte sich Saniya auf dem Bett, untrennbar mit den Kissen verschmolzen. Zum letzten Mal sagte er zu ihrem Geist, er solle sich davonmachen, denn sie sei nun mitsamt ihrem lüsternen, verführerischen Körper, in ihrer ganzen Schönheit, die nicht eine Sekunde aus seinem Leben gewichen sei, zu ihm unterwegs. Sie solle jetzt verschwinden, damit er sie wieder als die geliebte frühere Saniya empfangen könne.
Anat aber dachte über Granada nach. Bis jetzt war ihr das Ganze wie ein böser Scherz erschienen. Aber dieser Scherz hatte nun einen Namen, einen Beruf und eine Stadt, in der er wohnte – Granada! Sie musste irgendwie versuchen, ihn von ihrer Sicht zu überzeugen, ihm zumindest klarmachen, wie fragwürdig die Sache war und dass man das Ganze auch anders erklären konnte. Möglicherweise dachte er dann ein bisschen darüber nach. Doch es stellte sich schnell heraus, dass ihre Bemühungen wirkungslos bleiben sollten.
Sie musste sich also wohl weiter ernsthafte Gedanken machen, was sie tun könnte, denn Hassan war wild entschlossen. Saniya würde kommen – Punkt. Dieses Unglück hat mir gerade noch gefehlt, flüsterte sie sich selbst zu.
Heute würde auch Pierre abreisen, nachdem sein Arbeitsvertrag im Land abgelaufen war. Sie musste hingehen und sich von ihm verabschieden, bevor er aufbrach. Aber Dschawad kam überraschend ins Zimmer und setzte sich aufgeregt ans Fußende

des Bettes. Als Anat an ihn heranrückte und ihn umarmte, schlug sein Herz sehr schnell, und an seinen beschleunigten Atemzügen war etwas, was von Zerstörung kündete.

„Mein Schatz – in einer Woche reise ich in die Türkei."

„In die Türkei?"

„Ich habe dir nichts davon erzählt, aber vor ein paar Monaten konnte ich Samir in Paris erreichen. Samir ist ein alter Freund von mir, der in den Achtzigern nach Europa geflohen und seitdem nicht wieder zurückgekehrt ist. Ich weiß nicht, ob du wusstest, dass er irgendwie für die Arbeit von Amnesty International im Nahen Osten, genauer gesagt für Syrien, verantwortlich ist."

„..."

„Der Bescheid ist nun eingetroffen: Ich soll mich der Befragung durch das Komitee stellen, das die Organisation schickt, um den Personen auf den Zahn zu fühlen, die – einen Asylantrag stellen, meine Liebe."

„Einen Asylantrag?"

„Ja, Anat, einen Asylantrag."

„Und das Ausreiseverbot? Du hast keinen Reisepass, Dschawad. Hast du das vergessen?"

„Natürlich habe ich das nicht vergessen. Ich habe einen Freund, der die Sache regeln wird."

„...!"

„Ich habe das Gespräch über das Thema aufgeschoben, bis ich mir sicher wäre. Jetzt müssen wir beide ernsthaft darüber reden. Asyl ist die einzige Lösung für uns. Du weißt, wie viel ich in letzter Zeit über eine Ausreise nachgedacht habe, es war schwer ... Ich ... ich für meinen Teil habe nicht mehr die Kraft, es hier länger auszuhalten, Anat ... Und ich glaube, mit dir ist es genauso."

Asyl! Nie ist mir in den Sinn gekommen, ich selbst könnte mich an der Stelle all der Armen befinden, die vor mir standen, damit ich ihre Geschichte übersetzte. Jetzt werden wir, Dschawad und ich, in der gleichen Situation sein, nur an einem anderen Ort. Auch über unser Schicksal wird jemand Fremdes entscheiden. Trotz aller Schwierigkeiten, mit denen Dschawad zu kämpfen hat, hätte ich nie erwartet, dass er im Ernst daran dachte, Asyl zu beantragen und das Land für immer zu verlassen. Es hat mich wie ein Blitz getroffen! Abgesehen davon: Wie soll mein Vater hier alleine zurechtkommen? Er hat niemanden außer mir!

Dschawad versuchte mich zu überzeugen, wir könnten ihn zu uns holen und bei uns wohnen lassen, sobald wir dort Fuß gefasst hätten. Abu Hayyan würde sicher nicht zögern, wohin in der Welt auch immer zu gehen, wenn er mich glücklich sähe.

„Weißt du, für ihn ist wichtig, dass du glücklich bist. Er wird alles tun, seinen Teil dazu beizutragen."

Ich weiß wirklich nicht, ob ich damals aus Trotz so antwortete oder nur, um irgendwie meine Selbstachtung wiederzugewinnen, nachdem Dschawad schon alles entschieden hatte, ohne mich auch nur von der Sache in Kenntnis zu setzen. Ich weiß bis heute nicht, ob ich nicht vielleicht doch gerne mit ihm ausgereist wäre! Aber ich antwortete sofort, und so war ich in der Folgezeit gezwungen, an

meinem Entschluss festzuhalten, ob ich nun überzeugt davon war oder nicht.
„Und warum nicht, Anat?"
„Weil ich nicht ausreisen will!"
„Aber warum nicht? Gefällt dir das Hundeleben etwa, das wir hier führen?"
„..."
„Anat, mein Liebling, ich bitte dich, denke nach, und du wirst sehen, dass es die einzige Lösung ist! Die Ausreise ist wirklich die einzige Lösung, mein Schatz. Außerdem werden wir zusammen sein, und beizeiten werden wir ..."
„Ich werde nicht ausreisen, Dschawad, und damit Schluss."
Ohne noch einen Augenblick zu warten, sprang sie auf und zog sich an, als sei nichts gewesen. Sie gab vor, ihr sei ganz plötzlich eingefallen, dass Pierre ja seinen Abschied feiere und am frühen Morgen abfliege. Sie nutzte die Gelegenheit, dem angespannten Klima im Haus zu entfliehen.
Kaum war sie auf die Straße gelangt, stürmten die Gedanken von überall her auf sie ein. Anat dachte an die wiedergeborene Saniya, die aus der Ferne anreiste und ihr Leben durcheinanderbrachte. An das überraschende Asylvorhaben, mit dem Dschawad nun ankam! Sie dachte auch an Pierre, an die langen Jahre der Freundschaft, die an dem Tag begonnen hatte, an dem sie zum ersten Mal Sex gehabt hatten, in seiner Wohnung im nördlichen Mezze, von der man auf die Gärten von Al-Razi blickte. An jenem Tag hatte Anat entdeckt, wie es ist, wenn ein Mann sich des Körpers einer Frau liebevoll annimmt. Und wie es ist, wenn man aus Sex einen heidnischen

Ritus macht. Sie hatte das vorher noch nie erlebt, auch nicht mit Dschawad. Inzwischen hatte sie sich damit zufriedengegeben, dass eine Frau ihren Körper mit der Zeit immer besser kennenlernt.

Sie waren jung gewesen, bevor Dschawad verhaftet wurde, und sie hatten liebevoll und zärtlich miteinander geschlafen, aber ohne sich für die geheimen Orte ihrer Körper zu interessieren, bar jeder schöpferischen Liebeskunst und ohne Neues auszuprobieren.

Als sie und Pierre sich zum dritten Mal getroffen hatten, erklärte er ihr in französisch klingendem Englisch, er habe sich nach ihr gesehnt, seit sie sein Bett zum ersten Mal verlassen habe. Sie waren gerade dabei, ein Gericht aus Fleisch und Gemüse zuzubereiten. Pierre hatte sie eingeladen, es zu probieren, wenn er es für sie kochte.

„It's the special dish in my region, Quebec, in the Southeast of Canada where the French language is the main tongue. I'm from a small town near Montreal."[1]

„Aber Pierre, das ist Gemüse mit Fleisch – meine Urgroßmutter hat das schon gekocht!"

Sie lachte spöttisch. Er antwortete mit einem flüchtigen und überraschenden Kuss, dann flüsterte er: „You have a charming smile Anat – I miss you!"[2]

---

[1] Das ist ein besonderes Gericht aus meiner Gegend, Quebec, im Südosten Kanadas, wo man hauptsächlich Französisch spricht. Ich komme aus einer kleinen Stadt bei Montreal.

[2] Du hast ein bezauberndes Lächeln Anat – ich habe Sehnsucht nach dir.

Pierre wartete nicht ab, bis sie ihren Martini, den sie richtiggehend genoss, ausgetrunken hatte. Er leerte sein Glas schnell, nachdem er es nach tscherkessischem Brauch im Stehen auf ihr Wohl erhoben hatte. Dann umarmte er sie und bedeckte ihren Hals und ihre Brust mit Küssen. Charles Aznavour sang eine Reihe alter französischer Lieder und verbreitete eine romantische Stimmung, durchtränkt mit dem Aroma und dem durchsichtigen Grau der Siebziger.
Nach einem heißen und intensiven Liebesakt erzählte Anat ihm von Dschawad. Diesmal lag sie in seinen Armen, während er unter ihren verschwitzen Achseln herumspielte. Er fragte sie auf Arabisch:
„Liebst du ihn?"
„Ja, sehr."
„Gut. Gibt es da ein Problem? Wir können unsere Beziehung fortsetzen, solange er noch im Gefängnis ist."
„..."
"His sentence will put him in prison for years."[1]
Anat antwortete nicht, sie blieb stumm, aber sie vergrub ihren Kopf zwischen Pierres Hals und Schulter, die noch immer mit Schweißperlen bedeckt waren. Sie hörte seine Stimme wie von fern, ihr Echo erfüllte die Leere um sie herum. Er flüsterte, dass er sie liebe – und dass er zu allem bereit sei, was sie wolle. Wenn sie wolle, könnten sie zusammen ausreisen und sich in Kanada niederlassen, sie könnten heiraten und Kinder bekommen. Er stelle sich vor, dass sie wunderbar

[1] Er wird noch Jahre im Gefängnis bleiben.

wären und ihr ähnelten, dass sie ihre zarte, rosige Haut und ihr zauberhaftes Lachen haben würden, und, was das Wichtigste war, ihr gutes Herz und ihre humanistischen Ideale, die ihn so faszinierten.

„…“

„Ah – what do you think my darling?“[1]

„And Dschawad? – I can't Pierre.“[2]

“But I'm sure you love me – sure. Why are you waiting for Dschawad? Is it a duty? Or is it a social pressure? What, Anat? Answer me!”[3]

Anat aber schwieg. Sie spürte, dass sie diesen seltsamen Kanadier irgendwie liebte, sie liebte seine Verrücktheit und sein Ungestüm, sie liebte seine Liebe zu ihr und sein unendliches Zartgefühl, sie liebte das Erstaunen, das immer in seinen Augen stand, sie war gefesselt von seiner umfassenden Bildung, seiner Frische und seiner ständigen Wissbegier – kurz, irgendwie liebte sie ihn!

Trotzdem stand sie sofort auf und zog sich ihre Unterwäsche an, für die sie an jenem Tag herbstliche Farben gewählt hatte. Während er sie tadelnd ansah, setzte sie sich neben ihn. Sie erklärte ihm, er wisse, wie sehr sie ihn liebe, sonst hätte ihre Beziehung nicht so intim werden können. Dennoch könne sie sich nicht vorstellen, dass Dschawad im Gefängnis säße, während sie fortreise, um mit einem anderen jungen

---

[1] Was meinst du, mein Schatz, mhhh?

[2] Und Dschawad? Ich kann nicht, Pierre.

[3] Aber ich bin mir sicher, dass du mich liebst – ganz sicher. Warum wartest du auf Dschawad? Aus Pflichtbewusstsein? Oder ist es der gesellschaftliche Druck? Warum? Antworte mir, Anat!

Mann, den sie liebte, zu leben. Das würde ihr ihr ganzes künftiges Leben vergällen, sie würden ihr gemeinsames Leben auf Sand bauen, und das schlechte Gewissen würde sie auf Schritt und Tritt verfolgen.
„Vergib mir, Pierre! Ich liebe Dschawad noch immer. Ich liebe ihn sehr."
Sie beugte sich zu ihm hinüber und küsste seine kalten Lippen. Ihr wurde bewusst, dass sie sich zu weit auf diese Beziehung eingelassen hatte, um sich aus ihren Netzen befreien zu können. Später würde sie in der Lage sein, sich von ihm zu trennen. Dieser sonderbare Mann betörte sie, er öffnete ihr Türen zu einer Welt, die sie nicht kannte, und ließ sie Dinge erleben, die sie noch nicht erfahren hatte. Er verführte sie zu Neuem, Unerprobtem und Ungewohntem.
„Dieses Mal wird das letzte Mal sein. Werden wir Freunde bleiben?"
Er fragte sie nichts. Nach langem Schweigen antwortete er mit einem Nicken, dann zog er sie an sich, um ihr einen letzten heißen Kuss auf die Lippen zu drücken.
Am Ende des Abends, bevor er die Tür hinter ihr schloss, bat Pierre sie, in der kommenden Woche mit ihm nach Kassab und in das Basit-Gebirge zu reisen. Er plane, die Dörfer der Turkmenen zu besuchen, die verstreut in jener Region lägen. Er bestürmte sie in gebrochenem Arabisch:
„Und wir werden den herrlichen Roquefort essen, den sie dort herstellen, wie man mir gesagt hat."
„Man nennt es Schanklisch, Pierre, oder Surka, wenn du willst, und nicht Roquefort."
Pierre lächelte und spielte mit ihrem Haar, um sich nichts anmerken zu lassen, aber in seinen Augen

stand weiterhin tiefe Trauer. Diese umwölkten Blicke standen Anat unterwegs ständig vor Augen, und Aznavours Stimme hallte umso lauter wider, je weiter sie sich entfernte.

Heute würde Pierre abreisen.
Das Haus war brechend voll mit arabischen und ausländischen Freunden. Pierre sah glücklich aus und sprühte vor Lebenslust, er lachte, lief um die schwatzenden Grüppchen herum, küsste den einen, umarmte den anderen, trank aus diesem Glas und stieß mit jenem an.
Er erblickte sie an der Tür und eilte sofort zu ihr, um sie zu umarmen. Sein Arabisch war deutlich besser geworden, denn darin hatte er, nachdem er sein Projekt nicht mehr fortsetzen konnte, seine Hauptaufgabe gesehen.
„Was ist los, Anat? Hast du Sorgen?"
„Nein, ich bin nur traurig, dass du abreist. Ich werde dich vermissen."
„Ich werde dich noch mehr vermissen."
Er umarmte sie wieder und zog sie mitten in die Menge, bis sie neben einem großen, mageren blonden Mädchen in roter Baumwollbluse standen.
„Anat, this is my fiancée Paula – Paula, this is Anat, my dear friend for years."[1]
Die Blonde begrüßte sie lachend, indem sie ihr mit aller Kraft Hand und Unterarm schüttelte, während Anat sie beide mit gekünstelter Freude und Überraschung beglückwünschte.

---

[1] Anat, das ist meine Verlobte Paula – Paula, das ist Anat – eine langjährige gute Freundin von mir.

„Paula stammt aus Spanien, aber wir werden in Montreal leben. Und morgen schicken wir dir Bilder von unseren Kindern."

Pierre umarmte Paula lachend. Dann teilte er Anat mit, Paula sei seit beinahe einem Jahr in Damaskus, die Zeit ihres Aufenthalts hier sei bald vorüber, und sie habe in letzter Zeit an einer Anthologie syrischer Dichter gearbeitet.

„Wenn ich sie gleich bei ihrem Kommen kennengelernt hätte, hätten wir ihr vielleicht helfen können."

„Wirklich, Anat?"

„Natürlich."

„Paula, tell Anat about the details of your nice project. I think she likes to hear about it."[1]

In ihrem seltsamen Englisch begann Paula sofort, alles bis ins kleinste Detail zu erzählen. Während sie sprach, sah Anat sich nach Pierre um, der lächelnd von einem Grüppchen zum anderen ging. Es war offensichtlich, dass sie nicht zuhörte, ihr Blick wanderte unstet vom einen zum anderen. Aber das hielt Paula nicht davon ab, mit noch größerem Eifer in ihrer Rede fortzufahren.

Sie sprach von ihrem Erstaunen über die große Veränderung, die seit der Mitte des vergangenen Jahrhunderts über die syrische Poesie hereingebrochen war. Von ihrer Bewunderung für das modernistische Projekt der Lyrikzeitschrift „Al-Schi'r". Schließlich gab sie ihrer Unzufriedenheit darüber Ausdruck, dass sie nicht viele der jungen Dichter hier habe

---

[1] Paula, erzähle Anat doch einmal genauer von deinem schönen Projekt! Es interessiert sie bestimmt.

kennenlernen können. Sie habe das Gefühl, es gebe da eine Verschwörung, um die Jungen auszugrenzen.

„The old, established poets won't mention the names of the upcoming generation, while the new poets bicker among themselves. They think I don't understand them.!"[1]

Anat gab keine Antwort.

Sie versuchte den ganzen Abend, einen Gedanken loszuwerden, der sie beherrschte. Immer, wenn sie sich von ihm befreit hatte, machte dieser Gedanke wieder kehrt, sprang ihr ins Gesicht und streckte ihr die Zunge heraus: Was, wenn sie bei Pierre geblieben wäre? Vielleicht hätte seine Liebe gereicht, sie alles Vergangene vergessen zu machen. Sie stellte sich vor, jetzt an Paulas Stelle zu sein und sich mit dem attraktivsten und faszinierendsten jungen Mann, den sie kannte, auf den Weg nach Kanada zu machen.

Sie wandte den Kopf ab, um diese Gedanken abzuschütteln, die ihr rachsüchtig und gemein das Hirn zermarterten. Paula stand ihr gegenüber, stumm und einfältig lächelnd, und auf ihrem Gesicht malte sich die Enttäuschung ab.

Anat konnte nicht länger sitzen bleiben. Sie verabschiedete sich von Pierre, und ihre Augen füllten sich mit Tränen. Auch er war traurig, als er ihr Lebewohl sagte.

---

[1] Die alten, etablierten Dichter erwähnen die Namen der neuen Generation nicht, während die neuen Dichter sich untereinander in den Haaren liegen. Sie denken, ich verstehe sie nicht.

„Wir werden uns schreiben, Anat, abgemacht?“
„Abgemacht.“
„Du hast meine E-Mail-Adresse, und sobald ich mich dort eingerichtet habe, schicke ich dir meine Postanschrift.“
„Abgemacht.“
„Ich will, dass du glücklicher wirst, meine bezaubernde Freundin, und bitte richte Dschawad meine Grüße aus, auch wenn ich ihn nicht kennengelernt habe.“
„...“
„That you love him is enough for me to love him too.”[1]
Anat umarmte ihn lange und betrachtete noch einmal sein geliebtes Gesicht. Dann ging sie hinaus.

---

[1] Dass du ihn liebst, ist für mich genug, ihn auch zu lieben.

Gerade hatte Lama Al-Hadsch ihre Jeans gegen ein durchsichtiges rosafarbenes Nachthemd mit dünnen Trägern getauscht. Ihr kräftiges Hinterteil, das schon in der Hose für Iyad äußerst aufreizend ausgesehen hatte, war jetzt, wenn es unter ihrem Nachthemd, das mehr offenbarte als verbarg, hin und her wackelte, noch verführerischer. Den ganzen Tag war sie mit Iyad Al-Schalati durch die Straßen von Altdamaskus getrödelt. Nun war es Abend.

Er seinerseits dachte, während er im Wohnzimmer auf sie wartete, an den Geruch nach Mandelöl, den Mayyasas Haut und Locken jede Nacht verströmten, und der auch von dem Sofa im Wohnzimmer ausging, auf dem er schlief. Ein widerlicher Geruch! Mayyasa benutzte keinen parfümierten Puder mehr, sie hatte ihn nach makrobiotischen Prinzipien gegen natürlichen Puder ausgetauscht. Es war nicht nur der Geruch, den er verabscheute, sondern auch die merkwürdigen Speisen, die sie kreierte: einmal Misosuppe mit Gemüse, ein anderes Mal mit Kräutern. Er sehnte sich inzwischen wirklich nach Fleisch, Milch und Tomaten.

Ihm fiel ein, dass er seit mehr als fünf Tagen nicht nach Hause zurückgekehrt war, und bei diesem Gedanken verkrampfte er sich trotz seiner Freude über den ereignisreichen Tag. Er musste sich zumindest über Diana Gewissheit verschaffen, auch wenn er täglich mit ihr telefonierte.

Die Wohnzimmerwände in Lamas Wohnung waren übersät mit Bildern, Postern und Papieren: aus Zeitschriften herausgerissene Bilder, Blätter,

auf die Gedichtabschnitte geschrieben waren, nackte Körper, ineinander verschlungene Glieder: Ishtar und Tammuz in inniger Umarmung, Rodins Kuss, eine verführerische Amazone, die sich genussvoll wand, und ein origineller Kalender, in dem verschiedene Sexpositionen die Namen der Monate und Tage formten. Iyad vertiefte sich gern lange in diesen Kalender, ordnete die feingezeichneten, ineinander verschlungenen Linien einander zu und stellte sich vor, wie man solche Stellungen zustande bringen könnte.
„Der Mann muss ein Akrobat sein, um auf diese Art und Weise Sex zu haben."
Lama lachte als Antwort auf seinen Satz, den er nicht müde wurde zu wiederholen, sooft er mit dem Betrachten des Kalenders fertig war. Dann las er wieder ein Stück von einem Text, der auf ein längliches, liniertes, unregelmäßig zugeschnittenes Blatt Papier geschrieben war, das links von dem Kalender hing:

Schlafend in seinem Linnen
mein junger Herr.
Er wacht nicht auf von den Fingerpfiffen.
Ein Zuckerhut
der sich auflöst im Begehren.
Ein grüner Junge
stolz in Schmuck und Spitzen.[1]

Lama trat lachend aus dem Schlafzimmer und sah zu, wie Iyad das Blatt betrachtete. Dann kam

[1] Aus dem Gedicht „Die schwarze Spitzenrose" vom Amjad Nasser.

sie kokett auf ihn zu und setzte sich auf seinen Schoß, so dass ihre Schenkel rechts und links herabbaumelten. Innerhalb von Sekunden waren das quälende Schuldgefühl und die Gedanken, die er sich über Diana und Mayyasa gemacht hatte, verschwunden. Er umfasste Lamas Hüften mit den Händen und biss ihr in die nackte Schulter. Dann versanken sie sofort in einem langen Kuss, der ihre Lippen rosa, voll und noch appetitlicher machte.
„Ich liebe dich wie ein Wahnsinniger."
Sie antwortete ihm, indem sie sich so fest gegen sein Glied presste, dass er aufschrie. Als sie sich auf ihn legte, konnte sie spüren, wie der Schläfer wach wurde und aufstand.
„Weißt du, mein Schatz, welcher Mann Scheich Nafzawi zufolge bei den Frauen als lobenswert gilt?"
Iyad lachte. Sie schien im Begriff, ihm eine ihrer erotischen Lektionen zu erteilen. Weil er nicht wollte, dass sie weitersprach, presste er seine Lippen auf ihren Mund, um ihn mit einem Kuss zu verschließen. Aber sie machte sich los und fuhr fort: „Für die Frauen gehört zu den lobenswerten Eigenschaften der Männer ein großes, kräftiges Glied, welches langsam zum Erguss kommt und sich schnell vom Schmerz seiner Leidenschaft erholt."
„Wie kannst du das bloß alles behalten? Und bedeutet es etwa, dass ich nicht lobenswert bin?"
„Das kann ich beim besten Willen noch nicht sagen. Was hältst du davon, wenn wir es im Bett ausprobieren?"
Iyad hob sie hoch, so dass sie laut auflachte. Dann warf er sie aufs Bett und sich selbst auf sie.

„Soll ich dir heute beibringen, welche Anzeichen es in der Liebeskunst für den Genuss der Frau gibt?"
Iyad lachte wieder und runzelte verneinend die Brauen, aber das brachte sie nicht zum Schweigen:
„Am Anfang rötet sich ihr Gesicht, und ihre Ohren werden heiß."
Sie nahm seine Hände und legte sie auf ihre Ohren, und Iyad fühlte, dass ihre Ohren ein wenig warm geworden waren.
„Dann weißt du, dass sie an Sex zu denken beginnt, und in dem Moment musst du als Mann das Liebesspiel einleiten."
Dann führte sie seine Hände zu ihren Brüsten, die unter ihrem Nachthemd hervorstanden und von einem BH aus durchbrochenem Satin in einem hellen Bordeauxton gehalten wurden.
„Und was ist das zweite Zeichen?"
„Ihre Brustwarzen richten sich auf, und sie schwitzt auf der Nase. In dem Moment sollte der Mann wissen, dass ihre Lust steigt."
„Und das dritte?"
„Warum so eilig? Das erkläre ich dir gleich."
Jetzt konnte Iyad nicht mehr länger an sich halten, er musste ihr einfach mitteilen, was er ihr schon so oft hatte sagen wollen. Er wollte offen ansprechen, was ihn störte. Jedes Mal, wenn sie sich trafen, war es wieder dasselbe. Er hätte seiner Geliebten zu gerne erklärt, dass der Körper, wenn er liebt, für sein Begehren keiner Hilfsquellen bedürfe, dass er vielmehr seinen eigenen, nur von der Liebe geleiteten Weg verfolge. Sein Körper brauche all diese Belehrungen und auswendig gelernten Verse nicht, um auf Touren zu kommen. Er wollte ihr sagen,

dass er ihre immer neuen erotischen Lektionen allmählich leid wurde und dass es ihm lieber wäre, sie würde ohne Theorie auskommen, um ihrem Körper mit seinen wunderbaren Fähigkeiten den Unterricht zu überlassen, ganz ohne jede Theorie. Immer wieder war er kurz davor, es zu sagen. Aber jedes Mal, wenn Lamas Stimme Minuten später fast erstarb, wenn sie ihm mit geschlossenen Augen kokett zuflüsterte, er solle zu ihr kommen, ließ er es doch wieder sein. Ihre Kehle stieß heisere Laute aus, und ihre Schenkel umschlangen seine Hüften, während er über ihr auf dem Bett lag; dabei gruben sich ihre Nägel tief in das Fleisch seiner Schultern.

„…"

„Das ist das fünfte Zeichen", sagte sie Minuten später atemlos.

Fathia Sana war eine braunhäutige Kurdin von etwa vierzig Jahren.
Ihre dunkle Haut wirkte faszinierend, wenn sie uns mit ihren kajalumrandeten, honigfarbenen Augen anblickte, die so verführerisch waren, wie es die Augen einer Frau nur sein können. Von ihrer weiblichen Ausstrahlung überwältigt fielen mir sofort Mahmud Darwischs Worte ein:

Eine Dame, die mit all ihren Aprikosen die Vierzig überschreitet.

Diese Kurdin hatte die Vierzig überschritten wie die Schwelle zu unserem Zimmer: mit all ihren Aprikosen. In der ganzen Zeit meiner Arbeit hier in der Botschaft gab es nur wenige, äußerst wenige weibliche Asylsuchende. Fathia war, wenn es hoch kommt, die siebte oder achte. Ich mochte sie, diese verführerische Vierzigerin. Ihr lautes, klangvolles Lachen war herausfordernd und charmant zugleich und enthüllte eine Reihe braungeränderter, schiefstehender Zähne.
Sie setzte sich uns gegenüber auf ihren Stuhl, schlug selbstbewusst die Beine übereinander und öffnete ihre Tasche, um eine perlmuttfarbene Schachtel Zigaretten – von welcher Marke, konnte ich nicht genau erkennen – hervorzuziehen.
„Is it ok to smoke?"[1], fragte sie mit einem koketten Blick zu Jonathan.
„I'm afraid you can't"[2], antwortete Joe hingerissen.

---

1. Darf ich rauchen?

2. Leider nein.

Seine Blicke wanderten von oben bis unten über ihren braunen, weiblichen Körper.
Fathia Zana war Irakerin aus Halabdscha, jener kurdischen Stadt im Nordirak, die mit Chemiewaffen angegriffen worden war. Aber sie hatte in Irbil gewohnt, der Hauptstadt des Nordirak, und zwar lange Zeit, wie sie uns mitteilte.
Ihre ganze Familie war ermordet worden – ihr Vater, ihre Mutter, ihre drei Geschwister und die Kinder ihres Bruders, alle wurden sie in den Massakern von Halabdscha umgebracht, sie war die einzige Überlebende.
Ich übersetzte stotternd, was Fathia sagte. Ich war verwirrt von ihrem übergroßen Selbstbewusstsein, von ihrer Art zu reden, ohne zu übertreiben oder ihre Erschütterung zur Schau zu stellen. Zumindest war das mein Eindruck, trotz der vielen gewaltsamen Details, die sie vor uns ausbreitete.
Ich schämte mich vor mir selbst. Mein Kleiner, der inzwischen den siebten Monat erreicht hatte, ließ mich aussehen wie ein Mädchen, das von der Schule hierhin geschickt worden war. Er bewegte sich die ganze Zeit in meinem Bauch. Ich spürte Eifersucht auf die starke Frau mir gegenüber. Fathia, die meine Konfusion bemerkte, sprach mich an:
„Ich kann Englisch sprechen, wenn Sie wollen."
„Nein – nein, machen Sie sich keine Sorgen. Sprechen Sie weiter, ich werde übersetzen."
Fathia sprach so flüssig über die Geschichte des Nordens, als lese sie aus einem Buch vor. Sie begann mit dem heftigen Kampf, der 1994 zwischen der Patriotischen Union Kurdistans und der Demokratischen Partei Kurdistans entbrannt war, nachdem

die Differenzen zwischen ihnen eskaliert waren.
„Da bat Masud Barzani die irakische Armee einzugreifen. Die kam seiner Bitte nur zu gerne nach und führte heftige Schläge gegen Talabanis Truppen."
„Liebe Fathia – du musst uns nicht über die historischen Ereignisse informieren. Erzähle bitte nur deine Geschichte."
Gemein wie ich war, schob ich meine Unterlippe vor, während ich sie derart instruierte.
„Aber all das ist Teil meiner Geschichte – Teil der Geschichte jedes Kurden im Norden! Es ist ein Bürgerkrieg, wissen Sie, Madame, was das heißt, ein Bürgerkrieg? Zusätzlich zu allem, was uns das irakische Regime angetan hat!"
„…"
Ich war am Ende meiner Weisheit, ich musste sie in ihrer Rede fortfahren lassen, die sich immer länger hinzog, während meine Schuhe, die für meine geschwollenen Füße zu eng geworden waren, und die ununterbrochenen Krämpfe im Unterleib mich in meiner Konzentration störten. Ein ständiges Beklemmungsgefühl bestimmte meinen Tag bis in jede Einzelheit. Ich konnte es nicht einmal mehr ertragen, wenn mir das Haar auf den Rücken fiel, ich band es immer hinten zusammen, um den Hals frei zu haben, ich hielt es nicht aus, wenn er bedeckt war.
Mit einem Abkommen zwischen beiden Parteien war man im Oktober 1996 nicht weitergekommen, und auch der Waffenstillstand, der im Folgemonat beschlossen wurde, blieb, trotz der amerikanischen, britischen und türkischen

Schirmherrschaft für die Initiative, erfolglos. Danach, im September 1998, unterschrieben beide Seiten nach amerikanischer Vermittlung ein neues Abkommen. Aber zwei Jahre später kam es erneut zu bewaffneten Zusammenstößen, sie hielten einige Tage an und brachten vierzig Menschen den Tod. Zwei Wochen lang flammten die Kämpfe in verschiedenen Gegenden immer wieder auf, unter anderem in Qalat Diza, Rania und Zilan. Dann fanden sie im Oktober 2000 ein Ende, als die Patriotische Union Kurdistans einen einseitigen Waffenstillstand ausrief.

„Auf Doktor Barham Salih, den Präsidenten der kurdischen Regierung in Sulaimaniya, wurde ein Attentat verübt, man beschuldigte die kurdische Gruppierung Ansar Al-Islam, den Anschlag geplant zu haben, obwohl sie das leugnete."

Ich wollte gerade sagen: „Und was hat das mit Ihnen zu tun?", da fügte sie hinzu:

„Und dabei wurde mein älterer Bruder Mustafa Zana, der erst vierzig Jahre alt war, getötet, nachdem seine Kinder und seine Frau schon bei dem Chemiewaffeneinsatz in Halabdscha ermordet worden waren."

Ich flüsterte Joe ins Ohr, wir sollten Fathias Befragung auf den nächsten Tag verschieben, denn sie sei offenbar sehr zeitaufwendig. Joe machte eine ablehnende Bewegung mit dem Kopf und ließ mich weiter übersetzen.

All diese Vorkommnisse veranlassten Fathia, die nun vollkommen allein dastand, zu heiraten. Ihr Bräutigam war ein junger Kurde, ebenfalls aus Irbil.

„Vielleicht liebte ich ihn nicht hundertprozentig, aber er war ein gebildeter junger Mann und arbeitete in einem kleinen Getreidegeschäft, das ihm gehörte. Das hieß, dass ich ein gutes Auskommen hätte und nichts würde entbehren müssen."
Doch zwei Monate nach der Hochzeit tötete ihr Ehemann in Irbil seine Schwester, weil er sie verdächtigte, einen Mann aus dem Viertel zu lieben. Er lockte sie von ihrer Familie weg zu einem Besuch zu sich nach Hause, und nach dem Abendessen, als sie im Bett lag und schlief, schnitt er ihr die Kehle durch.
„Ich sah ihr Blut überall auf den Laken, ihr roter Hals war beinahe vom Körper abgetrennt ... Ihre schreckgeweiteten Augen traten fast aus den Höhlen."
Nach mehr als einer Dreiviertelstunde sah ich Fathia zum ersten Mal ergriffen, ihre Augen füllten sich mit Tränen, und ihre Hand begann zu zittern.
„Er sagte zu mir, während er das Messer an dem Laken abwischte: ‚Wenn eine Frau ihren Ruf und den ihrer Familie beschmutzt, dann gibt es nur eine Antwort: dass man ihr die Kehle durchschneidet.'"
„..."
Sie unterdrückte ihre Tränen, schluckte - und die selbstsichere Fathia war wieder da. Aber ihre honigfarbenen Augen waren noch ein wenig feucht, und ihr Gesicht hatte einen resignierten Ausdruck angenommen.
„Das irakische Strafgesetz, das in der Kurdenregion seit 1969 gilt, zeigt sich, wie Sie wissen, gegenüber Ehrenmorden sehr milde."
„..."
„Mein Mann verbrachte nur wenige Monate im

Gefängnis, dann kam er zurück und machte mir das Leben zur Hölle."
Fathia zog ein Papier aus der Tasche und reichte es mir. Es enthielt die Feldstudie einer kurdischen Wissenschaftlerin über die Ehrenmorde in Irakisch-Kurdistan in der Zeit von 1991 bis 2000.
„Imagine Joe, in less than nine years, 632 women were killed in Irbil governorate, 575 in Sulaimaniya and 196 in Dohuk."[1]
„..."
Joe schien äußerst betroffen.
„Letzten August fasste der Patriotische Rat Kurdistans – Irak einen Beschluss, der festhielt, dass das Motiv der Ehrenrettung bei einem Verbrechen nicht mehr als legaler Strafmilderungsgrund gelten sollte. Aber man ist der Sache bis heute nicht Herr geworden."
„The same thing happens in your country, Anat. I think I heard about this a while ago"[2], flüsterte Joe mir zu. Er meinte die neuesten Kampagnen gegen Ehrenmorde, denn einige einheimische Gruppierungen und Menschenrechtsstellen hatten begonnen, gegen sie anzukämpfen. Ich antwortete ihm nicht, denn ich war todmüde. Ich spürte, wie mein Kind gegen meine Gebärmutter trat, um sein Missbehagen und seinen Protest gegen all das Unglück kundzutun, von dem es Tag

---

[1] Stellen Sie sich vor, Joe, in weniger als neun Jahren wurden im Gouvernement Irbil 632 Frauen getötet, in Sulaimaniya 575 und in Dohuk 196.

[2] Das Gleiche passiert in deinem Land auch, Anat. Ich glaube, ich habe vor einiger Zeit davon gehört.

und Nacht zu hören bekam. Es hatte recht, ich hatte mich zu weit auf das Leben dieser Menschen eingelassen, war zu tief hineingezogen worden, während ich doch ganz im Gegenteil behauptete, nur zu dolmetschen. Ihre verwundeten Seelen waren imstande, all ihre Verletzungen an meine Seele weiterzugeben. Meine ganze Erfahrung, die ich beim Simultandolmetschen gesammelt hatte, ging mir verloren! Das stand mir nun klar und deutlich vor Augen.

Ohne ein Wort zu Joe hörte ich einfach auf.

Auch von Fathia verabschiedete ich mich nicht. Ich hegte ihr gegenüber gemischte Gefühle: Bewunderung, Sympathie und Hass. Ein Wirrwarr von Empfindungen, die ich nicht richtig fassen konnte. Sie war charmant, stark und sehr feminin. Ich dagegen hatte das Gefühl, dass mein Gesicht langsam immer männlichere Züge annahm. Vielleicht lag das daran, dass, wie ich einmal gelesen hatte, ein Junge während der Schwangerschaft seine männlichen Hormone teilweise auf die Mutter überträgt. Es wurde mit jedem Tag deutlicher. Pigmentflecken hatten sich über fast mein ganzes Gesicht ausgebreitet, die Konturen wurden breiter und gröber, meine Nase wurde größer, meine Lippen, meine Hände ... So hatte ich das Gefühl, durch meine Schwangerschaft an Weiblichkeit einzubüßen, während ich diese Weiblichkeit zugleich immer deutlicher spürte – ich wusste gar nicht mehr, wie mir geschah.

Ich war eifersüchtig auf Fathia, manchmal sogar auf jede Frau mit starker weiblicher Anziehungskraft – und doch so stolz darauf, dies Wesen in mir

zu tragen. Es war ein solches Chaos an Gefühlen, dass mir ganz schwindlig davon wurde!
Ich verließ das Botschaftsgebäude sofort.
An der Tür stand eine Gruppe braunhäutiger Männer und Frauen, die eine fremde Sprache sprachen. Ich glaube, es waren Afghanen. Seit einer Weile gab es zahlreiche afghanische Asylbewerber, die vor der Gewalt der Taliban und den amerikanischen Waffen geflohen waren.
Die Armen! Ich weiß nicht, warum ihre Kleidung mich so überraschte. Bei Afghanen hätte ich erwartet, dass sie kurze Umhänge trugen und darunter Pluderhosen. Aber selbst die Frauen trugen ganz normale Kopftücher. Wo hatten sie ihren Tschador gelassen?
Für einen Moment hätte ich mich beinahe in meinen Fragen verloren. Hätte an das Unglück gedacht, das sie erlebt hatten, bevor sie hierherkamen. Hätte mir Bilder von Frauen ausgemalt, die auf zu Richtstätten umfunktionierten Fußballplätzen ausgepeitscht, getötet oder gedemütigt wurden. Sekundenlang war ich im Begriff, alle möglichen Szenarien zu entwerfen von einem Leben ohne Fernseher, ohne Gesang, Musik, Computer, Elektrizität, Kosmetikpuder, Parfüm, Kaugummi, Spiele, ohne ...
Aber ich würde nicht daran denken, mir nichts ausmalen, keine Szenarien entwerfen – ich würde mich einfach nicht verlieren! Mein eigenes Unglück reichte mir völlig. Mein Entschluss stand fest: So würde ich nicht weitermachen können. Verzeih mir, Fathia, ich kann nicht mehr, eine andere Dolmetscherin oder ein anderer Dolmetscher

wird kommen, es gibt genügend davon, und sie werden dir und den anderen von ganzem Herzen helfen wollen.
Verzeih mir, Fathia, ich wünsche dir aus tiefster Seele, dass du dieser Zerstörung entkommst, dieser Apokalypse! Mein Herz ist mit dir, meine Liebe.
Jonathan würde ich es später erklären, er würde es ganz bestimmt verstehen. Gestern hatte er mich mit einem Satz überrascht, auf den ich bei ihm all die letzten Jahre gewartet hatte. Endlich war er mir gegenüber offen, wenn auch auf seine eigene Art. Er sagte, er werde nie vergessen, was er hier erlebt habe, er werde diese bittere Erfahrung nie verwinden können. Möglicherweise müsse er für den Rest seines Daseins regelmäßig zum Psychiater, um sich seines Lebens wieder einigermaßen sicher zu fühlen.
Als ich durch das Portal schlüpfte, trat mir ein junger Syrer in den Weg, der vor kurzem in der Botschaft angestellt worden war und den ich schon einige Male mit federnden Schritten durch die Korridore hatte flitzen sehen. Er sprach den Damaszener Dialekt. Irgendwie erinnerte er mich an einen Hasen. Soweit ich ihn verstand, arbeitete er an einer Dokumentation der Menschenrechtslage in Syrien, und offenbar hatte er davon gehört, dass mein Mann im Gefängnis gewesen war.
Er grüßte mich, bevor er mit einem solchen Wortschwall über mich herfiel, dass ich mich ganz aufs Zuhören konzentrieren musste, um einigermaßen mitzubekommen, was er eigentlich wollte.
„Wissen Sie, Madame, ich beschäftige mich mit den Menschenrechtsverletzungen, wie Inhaftierungen, Ausreise- und Arbeitsverboten, Verschwinden-

lassen und solchen Dingen. Und ich bin gerade dabei, den Jahresbericht zu erstellen ..."
„Ja?"
„Ich würde gern Ihren Ehemann treffen, um von ihm ein paar Informationen über seinen Gefängnisaufenthalt und seine Lage jetzt, nach seiner Freilassung, zu erhalten, was die Arbeit betrifft, das Reisen, seine Bürgerrechte und ... Wenn Sie nichts dagegen haben, Madame."
„Natürlich habe ich nichts dagegen, aber er ist verreist."
„Verreist? Wohin?"
„Nach Schweden."
„Gut – möge Gott ihn heil zurückbringen, Madame. Können Sie mir dann helfen?"
„Natürlich. Aber nicht jetzt!"
Es gelang mir erst, ihn loszuwerden, als ich mit ihm einen Termin für den nächsten Tag ausgemacht hatte, aber natürlich nicht in der Botschaft, denn ich hatte mir geschworen, nie mehr dorthin zurückzukehren. Ich weiß eigentlich nicht, warum ich mich auf diesen Termin eingelassen habe, denn was konnte ich ihm nützen? Wichtig war nur, dass ich ihm und seinem unaufhörlichen Gequassel erst einmal entkommen war.
Ich schleppte mich nach Hause.

Ich lag in Mayyasas Wohnung auf dem Bett.
Während ich meinen Bauch massierte, der sich allmählich über meinen Körper vorwölbte, flüsterte ich: „Genau siebeneinhalb Monate sind vorbei."
„Siebeneinhalb Monate seit wann?"
„Seit Dschawad abgereist und mein Kind gezeugt worden ist."
„Genau, weißt du eigentlich, ob Junge oder Mädchen?"
„Ich weiß es. Es ist ein Junge."
„..."
„In der Nacht, in der er abgereist ist, ist es passiert."
Mayyasa schwieg. Sie suchte nach Worten, um mich ein wenig aufzuheitern, aber ihr fiel nichts ein. In einem Schwangerschaftskleid aus blauem Jeansstoff, in dem mein Bauch noch runder aussah, lag ich ihr gegenüber. Die Feuchtigkeitscreme, die ich gerade aufgetragen hatte, machte den Juckreiz noch schlimmer. Sie fragte mich, wann ich zum letzten Mal mit ihm gesprochen hätte.
„Eine Stunde, bevor ich zu dir gekommen bin. Ich fühle mich, als würde ich ersticken."
„Mein Liebes, denk auch ein bisschen an ihn! Vielleicht findet er dort zu sich selbst. Was ihm hier widerfahren ist, war nicht leicht!"
„Und ich, wer denkt an mich?"
„..."
„Übrigens, ich habe meine Arbeit in der Botschaft gekündigt."
„..."
Mayyasa schwieg noch immer und sah mich mitleidig an.

Das Problem ist, dass wir von einem Unglück nur überzeugt sind, wenn es körperliche Spuren hinterlassen hat! Wo die Fesseln Dschawads Gelenke eingeschnürt haben, kann man noch heute die Narben sehen. Wir machen uns Gedanken über die Jahre seiner Gefangenschaft und die unaufhörlichen Folterungen. Das sind natürlich ganz schreckliche Dinge, das will ich keinesfalls kleinreden, aber wer fragt nach den seelischen Verletzungen, die viele Frauen wie ich davongetragen haben?
Das dachte ich bei jedem Interview, das ich übersetzte, wenn ich sah, wie die Asylbewerber verzweifelt versuchten, die Botschaft zur Annahme ihres Antrags zu bewegen. Es ist doch wirklich so, warum soll ich es nicht aussprechen: Eine abgehauene Hand oder ein verbrannter Körperteil gewährleisten, dass der Asylant sofort seiner Hölle entkommt, während wir uns um eine ganz und gar verkohlte und im Innersten zerschundene Seele nicht kümmern können.
Als Mayyasa gerade etwas sagen wollte, knirschte der Schlüssel im Türschloss. Es war Iyad Al-Schalati. Er grüßte, gab Anat einen Kuss auf die Wange und ging gleich auf sein Zimmer.
Anat sah Mayyasa fragend an, aber die blieb stumm und gab keine Antwort.
„…"
„Als wäre er nicht mehr der Mensch, den ich geliebt und geheiratet habe."
Mayyasa stand auf, um etwas in der Küche zu richten, und Anat rief ihr hinterher:
„Und auch du bist ein anderer Mensch geworden! Es sind viele Jahre vergangen, Mayyasa, ein ganzes Leben, ihr beide lernt euch gerade erst wirklich kennen."

„Nach fünf Jahren?"
„…"
„Dann wünschte ich mir aber, du würdest diesen Gedanken als Erste beherzigen, Anat", antwortete Mayyasa ihr scharf, während sie die Sojabohnen abgoss, die sie seit dem Vortag in Wasser eingeweicht hatte. Sie füllte sie in den Elektromixer und schaltete ihn an, so dass eine Art dickflüssige Milch entstand. „Jetzt ist die Sojamilch fertig. Ich muss nur noch die restliche Flüssigkeit herauspressen, um Tofu zu machen."
Mayyasas Küche, vollgestopft mit Holzgeräten, Steinguttöpfen, in Glasbehältern abgefülltem Getreide und den verschiedensten Meeresalgen, sah aus wie die Hexenküche in einem Märchenfilm.
Diese neue Welle, die Mayyasa mit sich gerissen hatte, zwang sie, jeden Morgen vor sechs Uhr aufzustehen, um die Sojabohnen in Wasser einzuweichen, Gemüse mit Kombu-Algen zu kochen und mit der Herstellung von Sojakäse zu beginnen. Vor einigen Tagen hatte sie beschlossen, ihr Gemüse nun in einem eigenen Garten anzubauen, ohne Kunstdünger. Sie wollte sich selbst darum kümmern und keine fremde Hand daran lassen. Es war ihr tatsächlich gelungen, ein Stück von dem Garten am Haus ihrer Schwester Duha zu bekommen, das an den Grenzen zu Al-Maliha zwischen Mandelplantagen stand.
Mayyasa goss Anat ein blassfarbenes Getränk ein, von dem ein merkwürdiger Geruch ausging, und süßte es mit einem Löffel Traubensirup.
„Probiere es, und du wirst mir dankbar sein! Das ist Tee aus gerösteter Gerste – ein fabelhaftes Ge-

tränk, Anat, es spendet Energie und besitzt einen ausgewogenen Nährstoffgehalt."
Anat hatte kaum daran gerochen, da stieß sie es auch schon angewidert von sich. Sie bat um ganz normalen Tee, so wie sie ihn jeden Tag trank.
„Den habe ich nicht, Anat. Ich habe Grünen Tee, wenn du willst, Schwarzer Tee und Kaffee kommen mir schon lange nicht mehr ins Haus."
„...!"
„Und Zucker und Salz auch nicht. Und Öl, ich verwende nur noch Sesamöl. Und Auberginen, Tomaten, Paprika, all das haben wir schon lange nicht mehr gegessen."
„Und womit salzt du das Essen?"
„Mit Meersalz, Anat! Du brauchst dich gar nicht erst lustig zu machen! Das macht mir längst nichts mehr aus."
Mayyasa schnitt das Gemüse zum Kochen in kleine Würfel und lächelte freundlich dabei.
Unbegreiflich, dass eine Frau den ganzen Tag damit zubringen kann, das Essen zuzubereiten, dachte Anat schweigend.
„Das Essen hat grundsätzlich einen bedeutenden Einfluss auf unsere Gesundheit – und wenn du willst, auch auf unsere Seele."
Nachdem nun der erste Teil ihrer Makrobiotikvorlesung gehalten war, lächelte Mayyasa wieder. Ihr vollkommen ungeschminktes Gesicht hatte einen seltsamen Ausdruck, so als erwarte sie von Anat einen Kommentar. Als keiner kam, setzte sie hinzu: „Auch das Gemüse hat ein Leben. Wir sollten es freundlich behandeln, selbst wenn wir es kleinschneiden." Sie belehrte sie über ausgewogene

Ernährung, über die Krankheiten, die mit Hilfe der Makrobiotik behandelt würden, wenn die Wissenschaft nicht weiterwusste, sie erzählte von „unseren Körpern, die wir umbringen mit unserer schlechten Ernährung, mit unserer Nahrung voller tödlicher und giftiger Zivilisationsrückstände, weit entfernt von unserer Mutter Natur. Die Natur ist nämlich unsere Mutter, und wenn wir sie vergessen, schenkt sie uns kein langes Leben, sondern setzt ihre ganze Kraft ein, unsere Körper mit den verschiedensten Krankheiten zu schlagen und unsere Seelen in einen Zustand der Anspannung und mangelnden Stabilität zu versetzen!"
„Gut, meine Liebe, glaube, was du willst, aber was hältst du davon, wenn wir über unser wichtigstes Thema reden?"
„Meinst du Iyad?"
„Natürlich."
„Das ist nicht mehr mein wichtigstes Thema – glaub mir."
Mayyasa zuckte gleichgültig die Schultern und wandte sich den Roten Beten und Möhren zu, um sie mit einer Naturfaserbürste, die im Spülbecken bereitlag, abzureiben. Dann fuhr sie, ganz in diese Säuberungsprozedur vertieft, fort:
„Anat, ich habe ein sicheres Gefühl, dass da eine andere Frau ist – ein ganz konkretes Gefühl."
„Und wie verhältst du dich?"
Mayyasa wusch als nächstes den braunen Vollkornreis, offenbar interessierte sie die ganze Angelegenheit nicht weiter. „Wir sind niemals glücklich gewesen, Anat", sagte sie. Dann begann ein neuer Redestrom, diesmal über Frieden und die Fortent-

wicklung der Seele, dass sie sich nicht im Kleinkram des Lebens verlieren wolle, dass man sein Leben fern von irgendwelchen unbedeutenden Kleinigkeiten führen müsse, die ihren erhabeneren und höheren Sinn längst verloren hätten.

„Soll doch Iyad gehen, wohin er will, ich werde nicht mehr zulassen, dass er mich auf sein Niveau herabzieht. Ich fühle mich sicher, fest und im Reinen mit mir. Das Wichtigste ist: Ich spüre den Frieden, der mir so lange gefehlt hat. Frieden dringt in jede meiner Zellen.

Ich bin so fest verwurzelt, transparent und schwebend, wie ich es nie zuvor gewesen bin."

Während sie sprach, waren ein paar Körnchen von dem Reis, den sie gewaschen hatte, auf den Boden gefallen. Mayyasa lief sofort hin, um die Körnchen eins nach dem anderen wieder einzusammeln.

„Weißt du, Anat – es sollte kein Körnchen auf die Erde fallen, sonst habe ich mich an ihnen versündigt."

„Das macht doch nichts, Liebes, das ist doch nun wirklich kein großes Problem!"

„Wie könnte das kein Problem sein? Du kannst das Problem gar nicht hoch genug einschätzen, meine Liebe! Wenn jeder von uns ein Körnchen pro Mahlzeit fallenlässt, haben wir so viel verloren, wie für mehr als eine Million Menschen in einem ganzen Jahr ausreicht. Wie sollte das kein Problem sein?"

„Gut, Mayyasa, von mir aus! Was hast du denn bloß? Das ist es doch alles nicht wert!"

„Warum ist es das nicht wert, Anat? Jedes Korn entspricht, wenn wir es aussäen, hunderttausend

Körnern. So sagt Georges Ohsawa, unser erster Lehrer."

Mayyasa war schnell mit dem Einsammeln der Körnchen fertig und warf sie sorgfältig in den irdenen Kochtopf. Dann wandte sie erneut den Blick von Anat, die von der Situation überwältigt war, und schnitt wieder irgendetwas klein, wobei sie ein ruhiges und festes Lächeln aufsetzte.

Nach einer Weile des Schweigens, die Anat wie eine Ewigkeit vorkam, sprach Mayyasa sie so freudig an, als sei ihr gerade etwas eingefallen:

„Ich habe vergessen, es dir zu sagen: Ich habe vor ein paar Tagen mit Duha telefoniert."

„Wunderbar!"

„Sie wird morgen zu mir kommen! Ich habe sie sehr vermisst."

„Wunderbar, Mayyasa, du kennst ja meine Meinung darüber! Aber wie bist du dazu gekommen, das zu tun? Du hast doch so viele Jahre darauf bestanden, die Beziehung zu ihr abzubrechen!"

„Ich habe die Überzeugung gewonnen, dass wir eben unterschiedlich sind – und dass darin kein Problem liegt.

„…"

„Außerdem ist sie nun einmal meine Duha, Anat, die Duha, mit der ich meine Kindheit und Jugend geteilt habe, Freud und Leid."

„…"

„Duha ist meine ganze Vergangenheit, Anat – alle meine Erinnerungen. Du weißt doch, was das heißt, meine Erinnerungen?"

Zu Hause wischte Hassan, die Zigarette im Mundwinkel, gerade mit einem langstieligen Mopp den Fußboden. Es war das erste Mal, dass seine Tochter ihn so sah. Er machte tatsächlich Frauenarbeit!
„Wie schön, Abu Hayyan, das wird ja wunderbar. Was ist denn in dich gefahren?", begrüßte Anat ihn spöttisch. Er lächelte und putzte weiter, als habe er diese Arbeit sein Leben lang getan. Morgen würde Isabel kommen, und das alte, braune Gesicht strahlte vor Glück.

Als das Traumbild erschien
weckte mich sein Ruf und schuf Sorge.[1]

Auch die Küche war sauber, und in einem Topf auf dem Gas köchelte etwas vor sich hin.
„Und du kochst sogar, Abu Hayyan? – Also nein, ein Fortschritt nach dem anderen!"
Hassan rannte aus dem Wohnzimmer in die Küche.
„Weißt du, mein Kind, für deine Tante Saniya habe ich immer Mudschaddara gemacht. Sie mochte es sehr, wenn ich sie für sie gekocht habe."
„Und warum habe ich die Mudschaddara noch nie zu probieren bekommen?"
Hassan antwortete nicht, er war wieder mit seinem Wischmopp beschäftigt.
Das Haus sah ganz verändert aus. Eine Parfümwolke hing in der Luft, das Bett war frisch bezogen, der Tisch gedeckt, und das Fenster stand sperrangelweit offen. Die Glasscheibe vor dem

---

[1] Aus einem Gedicht von Omar Ibn Abi Rabia.

Bild Saniya Al-Alis glänzte frischpoliert, es war mit einem Strauß verschiedener Wildblumen geschmückt. Und Sabahs Bild hing nicht mehr an der Wand! Der Tabakbeutel war unter der Sofalehne hervorgezogen worden und lag jetzt auf dem Fensterbrett.

Als Hassan mit dem Putzen fertig war, wählte er die besten Zwiebeln aus, schälte und zerkleinerte sie. Er wollte Isabel eine echte Mudschaddara vorsetzen, mit vielen gerösteten Zwiebeln und mit Öl übergossen.

„Isabel hat heute angerufen, Anat, wir müssen morgen früh zum Flughafen. Sie wird um sieben Uhr morgens ankommen."

„Dann muss ja heute Abend noch alles fertig werden!"

„Anat, mein Kind, kann Isabel in deinem Zimmer schlafen, meine Liebe? Natürlich nur, wenn es dir nichts ausmacht!"

Er sagte das in so flehendem Ton, dass ich unwillkürlich nickte. Gut, wenn es dich so glücklich macht, dann soll sie ruhig den Rest ihres Lebens in meinem Bett schlafen!

„Und ich werde mich im Wohnzimmer hinlegen."

„..."

„Und du im Bett deiner Mutter, wie du es gemacht hast, als du noch klein warst."

Er klopfte mir lachend auf die Schulter.

Mein armer Alter! Die Stimme einer Frau aus Tausenden Kilometern Entfernung hat dich in einen verliebten Zwanzigjährigen verwandelt! Mein armer Alter! Dass das Ganze ihn so verändern würde, hätte ich nicht erwartet! Ich musste

mich hinlegen, ich wollte ihm jetzt nicht sagen, dass ich gekündigt hatte. Ich wollte ihm seine ungetrübte Freude lassen und ihn nicht mit meinen Sorgen belästigen.
Mein vorgewölbter Bauch schränkte mich seit einer Weile ziemlich in meiner Bewegungsfreiheit ein. Ich war gezwungen, auf der Seite zu schlafen, und wenn ich mich umdrehte, antwortete mir mein Kind mit einem liebevollen Tritt. Über meinen Unterbauch zogen sich mittlerweile lange, bronzefarbene Schwangerschaftsstreifen. Ich hasste ihren Anblick im Spiegel. Dabei hatte ich mir den Bauch wirklich jeden Tag mit Feuchtigkeitscreme eingerieben. Mein Gott, ich kann es kaum abwarten, dich zu sehen, mein Kleiner!
„Was hast du, bist du müde, mein Liebling?"
„Nein, nein, Abu Hayyan, ich ruhe mich einfach ein bisschen aus."
„Kommst du morgen mit?"
„Natürlich, Papa, natürlich."

Warum hat die Alhambra eine Wirkung auf mich, die sie auf meine Freunde nicht hat?
Es gibt keinen Sieger außer Gott! Über jede Wand rankt sich ein feingearbeitetes Ornament. Die Arabesken winden sich empor und wieder hinab, durchbrechen und umflechten sich als Kette und Schuss, wie die Araber sie nannten, in vollkommener Harmonie. Genau wie Mann und Frau miteinander harmonieren, einander anziehen und sich voneinander trennen, oder wie die beiden Pole innerhalb jedes Geschöpfs. Was machen diese Ornamente mit mir?
Ich spüre allmählich, dass mich bei ihrem Anblick die Erinnerung schluckt wie ein schwarzer Strudel, mich gegen meinen Willen in sich einsaugt. Meine Freunde rufen mich: „Isabel! Isabel! ..." Ich höre sie aus weiter Ferne, aus den Abgründen meiner Geschichte.
Als ich den Saal der zwei Schwestern betrete, streift mich ein kühler Hauch, ähnlich dem, von dem sich jemand angeweht fühlt, wenn etwas aus den Tiefen seines Gedächtnisses zu ihm emporsteigt. Eine Kopfschmerzattacke überfällt mich.
Das Schwarzweiß der Wände ruft mich, brüllt mir von allen Seiten etwas zu mit seiner steinernen Stimme. Ich spüre, dass ich mich an etwas erinnern soll, an etwas Dringendes, aber ich kann es nicht richtig fassen. Immer, wenn ich durch die Gassen meiner Stadt laufe, höre ich es wispern, als rufe mich etwas aus weiter Ferne. Ein unheimliches Geflüster, wie die Begleitmusik eines Horrorfilms. Ich bin umzingelt von den Erinnerungen der Geister.

Ich habe fast das Gefühl, als wimmelten durch mein zauberhaftes Granada Millionen von durchsichtigen Gespenstern. Am Eingang zum alten arabischen Viertel Albaicín empfangen mich die Geister der Mauren. Ich besuche es gern. Ich sehne mich danach, dort zu sein. Warum, weiß ich nicht zu sagen.

Meine Mutter sagt, es sind die Gene. Die Gene meines andalusischen Urahns. Wer weiß! Vielleicht haben ja auch die Gene mich bewogen, Arabisch zu lernen! Zeit genug hatten sie vermutlich, acht Jahrhunderte waren für diese „Gene" wohl genug, meiner Stadt ihre Spuren aufzuprägen.

Als ich Arabisch gelernt hatte, machte ich eine Entdeckung: dass nämlich die von mir schon lange geschätzten Troubadoure, die Europa im zwölften Jahrhundert mit ihren Liebesgedichten berauschten und die bestehende kirchliche Strenge durchbrachen, nichts anderes waren als die Nachfolger der arabischen Dichter des elften Jahrhunderts! Nachfolger des Ibn Farazan und des Muatamid von Sevilla und derer, die als erste von der sogenannten platonischen Liebe schrieben. Selbst Wilhelm IX. von Aquitanien hatte auf seiner Orientreise diese Art der Liebesdichtung kennengelernt und entlehnte ihr seine Wörter und Rhythmen.

In jedem Geliebten offenbart sich für den Liebenden Gott. Deshalb können wir nur eine Person verehren, in der wir etwas Göttliches sehen, sagt Ibn Arabi. Ist das eine eigens an mich gerichtete Botschaft?

Ich stehe auf dem zentralen Platz, beobachte zerstreut die Passanten und spüre bei den Einwohnern von Granada eine sonderbare, eine orientalische Hitze, ein heißes Temperament. Vor kurzem bin ich an der großen Kathedrale mitten im Viertel La Alcaicería vorbeigekommen. Beinahe kam es mir vor, als erblickte ich unter den Ornamenten der Kathedrale die Stadtmoschee, ihr gegenüber die Koranschule, und sähe die Bauarbeiter des 14. Jahrhunderts den islamischen Palast für Yusuf I. errichten.

Ich bin keine Muslima. Mich treibt nicht die Religion.

Ich versuche, meiner Mutter das Ganze zu erklären. Es sind Stimmen aus tiefsten Tiefen, die aus dem Unsichtbaren, Fernen, zu mir dringen, als kämen sie aus meinem Schlaf.

Nicht die Religion treibt mich. Es sind Leben, die durch die Ewigkeit reisen, Leben, die vergangen sind, wiedergekehrt und nochmals wiedergekehrt. Als sei der Körper nur ein ledernes Kleid, das das Leben umhüllt!

Das aus dem Norden anrückende Heer erschreckt mich, als gehörte ich den Nasriden an.

Ich fühle die Tränen des jungen Boabdil, die er an einem Tag im Monat Muharram des Jahres 897 der Hidschra angesichts der Mauern Granadas auf dem Pass über den Rihan-Berg vergossen hat. Als wäre es gestern gewesen, als seien nicht fünfhundert Jahre seitdem dahingegangen!

Ich sehe die Lippen von Boabdils Mutter zittern, während sie ihn so hart zurechtweist. Ich wache auf von den Heeren der Reconquista, die unter Führung Ferdinands und Isabellas in die Täler und Ebenen ausschwärmen.

Ich lese das Kapitulationsabkommen mitsamt seinen 67 Bedingungen.

Mich beeindruckt die Liebe im „Halsband der Taube“, als lebte ich in Ibn Hazms Seele und spürte, was er spürte. Als empfände ich die schöne, lüsterne arabische Liebe in jedem spanischen Teil von mir! So oft haben wir, Fernando und ich, all die wechselnden Stellungen, die orientalischen Leidenschaften und die erotische Liebe aus den Büchern der Araber ausprobiert.
Ich kann die Muwaschschaha-Gedichte auswendig! Unentwegt murmele ich sie vor mich hin:

Der Regen beschenke dich reich, wenn er regnet –
oh Zeit der Vereinigung in Andalusien.

Mein Ahne aus Granada, Lorca, sagt: *„Überall wird das Arabische heraufbeschworen.*
Schwarzbraune, rostige Bögen, ... Frauen, die einem Harem entlaufen sein könnten ... Zudem eine Unbestimmtheit in allen Blicken, die von vergangenen Dingen zu träumen scheinen.“
So sagt mein Urahn Lorca aus Granada.
...
Ich bin Hafsa Bint Hamdun, ich bin die Sängerin Qamar aus Bagdad, ich bin Nazhun al-Qalai: die feinfühligste Dichterin Granadas.
Ich bin Wallada Bint al-Mustakfi, ich verzehre mich, und die Verse meines Geliebten Ibn Zaidun sprechen im Flüsterton zu meiner Weiblichkeit:

Beinahe hätt‘ uns, als flüsternd unsre Herzen zu euch sprachen –
das Leid getötet, wäre nicht Trost gewesen.

Auch mich wird das Leid töten, wo ich doch fühle, dass mein ganzes Leben nur eine Schwelle ist, die es zu überschreiten gilt. Ich war einmal irgendwo, jetzt bin ich anderswo, und vielleicht werde ich mich morgen, wenn mein Körper nur noch ein Haufen lederner Kleider ist, an einen anderen Ort begeben. Ich war einmal, und jetzt bin ich wieder!

„Kann das Gedächtnis in einen neuen Körper wandern?"

„Mag sein."

„Wenn unsere Körper unsere Seelen umkleiden, warum sollen nicht unsere Gehirne auch Gewänder für unser Gedächtnis sein!"

„..."

Ibn Hazm sagt, dass „die Liebe eine Vereinigung von den in dieser erschaffenen Welt getrennten Seelenteilen" sei, außerdem, dass „das Geheimnis der gegenseitigen Vermischung und Abwendung der Geschöpfe in solcher Vereinigung und Trennung besteht".

„Ich habe das Gefühl, einen Araber zu lieben."

„..."

„Einen Mann, den ich nicht kenne. Aber vielleicht kennt er mich! Warum sonst lodert mir immer solche Leidenschaft entgegen, wenn ich in die Nähe einer arabischen Hinterlassenschaft komme! Und warum sonst habe ich das Gefühl, dass ein Teil meiner selbst sich woanders befindet, an einem dunklen, verborgenen Ort der Schöpfung."

„Und ich?"

„..."

„Die Liebe, Gott schenke dir Kraft, beginnt im Scherz und endet im Ernst. Was sie bedeutet, ist zu subtil, als dass man es in seiner ganzen Erhabenheit beschreiben könnte. Nur durch Leiden kann man es verstehen", erkläre ich Fernando. Manchmal lächelt oder lacht er, und manchmal gerät er aus der Fassung. Er weiß, dass ich ihn liebe, wie wahnsinnig liebe. Aber ... Meine Mutter sagt, ich soll zum Psychiater gehen. Dann lache ich, aber in Wirklichkeit denke ich ernsthaft darüber nach. Ich bin keine Muslima. Mich treibt nicht die Religion.

Mein Antrieb sind die Geschichte und die Geister, die einmal hier waren. Allein die Zeit ist dafür verantwortlich, dass sie nicht dieselbe Luft atmen wie ich. Als sei die Zeit ein fest geschlossener oder – wahrscheinlicher – ein transparenter Vorhang, der mein früheres Leben vor mir verbirgt. Oder vielleicht verbirgt er auch mich vor meinem früheren Leben, das heißt, es ist beständig, und ich bin auf Reisen.

Ich liebe, was man die Zeit des arabischen Niedergangs in Andalusien nennt, ich sehe darin die Zeit der Liebe, der Freiheit und der Kunst. Als die Zeit die draufgängerischen Kalifen ins Abseits stellte, neutralisierte sie auch ihre politischen und militärischen Ambitionen und schuf Raum für die Schönheit in ihrem Inneren. Die Geschichte wechselte vom männlichen zum weiblichen Prinzip.

Die Geschichte wandelte sich, als es dahin kam, dass die Herrscher im Arm ihrer getöteten Geliebten starben.

Es war die Zeit der Liebe, der Freiheit und der Schönheit – und zur Hölle mit allen Machthabern – zur Hölle mit ihnen. Nicht Gewalt hätten sie nötig gehabt, im Gegenteil, diese Waffe hätte sie

vermutlich am ehesten umgebracht. Nur indem sie feste Wurzeln schlugen in ihrer Sprache, ihrer Poesie, ihren Dichtern, ihrer Kultur, ihrer Liebe, ihrer Schönheit, ihrer Aufgeschlossenheit, nur so konnten sie existieren. Zur Hölle mit allen Heerhaufen, die nur den Tod mit sich führen!
Vielleicht könnten wir allein mit einer Kultur der Liebe so viel Land besetzen, wie wir wollten.
„Ich liebe sie, diese Verrückten. Ich liebe sie!"
Fernando lacht, ich schreie auf und umarme ihn.
Ich bin Isabel, die arabisch-andalusische Spanierin: Mein Körper ist eine Schwelle, die es zu überschreiten gilt. Mein Geist ist eine Hülle für ein reisendes Gedächtnis. Mein Herz ist erfüllt von weit zurückliegender, wundersamer und rätselhafter Liebe.
Ich bin Isabel, mein Gedächtnis hat weder Ort noch Sprache, mein Geist weder Wohnung noch Ruheplatz.
Nur mein Körper hält mich hier gefangen!
Nur mein Körper weilt in Granada.

Am folgenden Morgen erwachte ich spät.

Das Haus war schon leer. Mein Vater war zum Flughafen gefahren, ohne mich zu wecken. Ein vergilbtes Blatt Papier hatte Abu Hayyan auf dem Teetisch neben dem Sofa zurückgelassen. Es war eine Botschaft an mich in Gedichtform. Ich wurde von einem nicht enden wollenden Lachanfall gepackt. Mein Gott, mein pubertärer Alter!

„Ihr Leute erbarmt euch meiner
bringt mich zu ihm
Redet ihn leise an
fallt ihm nur nicht zur Last!
Anat, mein Liebling, das ist von Abu Nuwas. Eine modrige Botschaft von deinem leidenschaftlichen Alten, der zu dem Menschen geht, den er liebt, allerdings ohne dass Du, meine Kleine, ihn bringst!"

Nun gut. Ich kann mich ganz gemütlich und genussvoll meinen morgendlichen Ritualen hingeben, ohne eine Arbeit, die auf mich wartet. Ich bin jetzt frei. Ich bin die Last der Leiden, die mich immer noch lange nach meiner Tätigkeit in der Botschaft verfolgt haben, losgeworden. Wenigstens kann ich jetzt den brasilianischen Roman fertiglesen, den ich vor mehr als einer Woche begonnen und noch immer nicht beendet habe. Meine Konzentration lag in der letzten Zeit bei Null.

Ich machte mir ein Glas Milchkaffee, dann hatte ich plötzlich den Wunsch, Dschawads letzten Brief noch einmal zu lesen. Er hatte ihn am Morgen seiner Abreise für mich auf den Tisch gelegt. Seit mehr als acht Monaten war ich ihn immer wieder durchgegangen. Vielleicht hatte mir das geholfen, meine wahnsinnige Sehnsucht nach Dschawad zu beschwichtigen.

Der Brief begann mit einem zärtlichen *„Meine geliebte Anat“*, als hätte er mir aus der Haft geschrieben.

„Ich musste dir schreiben. Der Dialog zwischen uns ist abgebrochen, dass musst du bemerkt haben, meine Geliebte.

Es ist beinahe ein Jahr vergangen, ohne dass wir in der Lage waren, richtig miteinander zu sprechen. Weil ich mich in der Vergangenheit daran gewöhnt habe, dir zu schreiben, schreibe ich dir auch jetzt. Vielleicht kann ich damit die Leerstellen in unserer Beziehung füllen, die so durchlöchert ist, als hätte sie in diesem Leben voller Kriege und Kugeln die Zielscheibe abgegeben.

Am Tag meiner Entlassung habe ich im Kreis meiner Freunde ungeduldig darauf gewartet, dass sie nach Hause gingen, um mich in deine warme Umarmung fallenzulassen, von der ich so lange, Jahr um Jahr, geträumt hatte. In jener Nacht, im Bett eines fremden Zimmers, habe ich deinen Körper von neuem in allen Einzelheiten kennengelernt, oder: habe ihn zum ersten Mal kennengelernt. Dein Körper war äußerst erregend, warm und weiblich, aber es war trotzdem ein fremder Körper, die Zeit hatte ihn zu zeichnen begonnen. Ich fühlte, dass die Zeit, die inzwischen von meinem Leben vergangen war, mich zu einem anderen Mann gemacht hatte, der mit dem Jüngling, der ich einmal gewesen war, nichts mehr gemein hatte. Ich bin jetzt ein reifer Mann von fünfundvierzig Jahren. Was ich mir in Anbetracht all des Schönen, das wir vor fünfzehn Jahren erlebt hatten,

so oft in meinen kalten Nächten ausgemalt hatte, war mit einem Mal ganz anders geworden.
Meine Seele war anders geworden.
Mein Körper kam mir an jenem Tag vor wie der Körper eines Fremden, eines mir völlig Unbekannten! Du hast die Linien um meine Augen betrachtet, ich habe es bemerkt. Du hast die Falten an meinem Körper betastet, die meine schlaffe Haut warf. Deine Hand hat die Regionen meiner Männlichkeit untersucht, als wolltest du dir versichern, dass sie noch am Leben waren und nicht erstorben so wie der Glanz in meinen Augen. Trotz alledem war es eine wunderbare Nacht. Sie war in Wirklichkeit noch wunderbarer, als ich sie mir erträumt hatte. In jener Nacht beschloss ich auch, mein neues Leben mit dir zu beginnen, ich wollte dafür kämpfen, das Leuchten dieser ersten Nacht und das Glück, das von unserem Bett aus das ganze Zimmer durchflutete, zu bewahren. Aber was danach geschah, war etwas ganz anderes.
Zeiten wie die fünfzehn Jahre dort in der Hölle will ich nie wieder erleben, Anat. Auch zusammen mit dir will ich sie nicht erleben. Alles um mich herum hat mich mit seiner Perfidie zu diesem Schritt getrieben. Die Arbeitssuche, mein Wunsch nach einer Tätigkeit, die mir Freude macht, mein Verdruss über meine mangelnde Fähigkeit, dich nach all dieser Zeit zufriedenzustellen. Selbst mein Taschengeld musste ich monatelang von dir in Empfang nehmen. Und du bedrängst mich mit deiner ganzen Persönlichkeit, Anat, du bedrängst mich mit deinen Erwartungen, mit deinem Kummer, mit deiner Seele, die sich nach dem verlorenen Schönen sehnt, mit deinem urplötzlich zutage getretenen, wahnsinnigen Mutterinstinkt.

Ich zerbrach mehr und mehr, mein Schatz. Und du wusstest nicht, was in mir vorging!
Trotz allem, was geschehen ist, wartete ich noch immer auf unser neues Leben. Und ich werde auch dort noch auf dich warten. Ich bin ganz sicher, dass es nicht lange dauern wird, bis du mir folgst, ich werde immer auf dich warten.
Du hasst dieses Wort, aber ich finde es inzwischen schön. Die Zeit ist gekommen, dass wir die Rollen tauschen, ich werde auf dich warten, und ich werde alles für dein Kommen herrichten. Ich werde unser neues Leben vorbereiten, ein Leben, mit dem wir alle vergangenen Erinnerungen löschen. Erst dann können wir über ein Kind nachdenken, nur dort können wir ihm ein schönes Leben bereiten. Hier, mein Schatz, könnte ich die Verantwortung dafür nicht übernehmen, dass es in diesen Verfall hineingeboren würde, der uns von allen Seiten umgibt.
Ich liebe dich, Anat, und warte immer auf dich."
Er hatte dem Brief seinen Namen und das Datum hinzugefügt: Januar 2003.
„Ich liebe dich auch", flüsterte Anat. Dann überlegte sie, dass sie ihm, bevor Isabel und Hassan kämen, eine E-Mail schreiben könnte. Warm wallte die Liebe in ihr auf, und sie fasste den Entschluss, ihm jetzt zu schreiben, was sie monatelang aufgeschoben hatte. Sie hatte nicht gewusst, was sie auf seine liebevollen Mails und seine verlockenden Aufforderungen zu kommen antworten sollte. Sie schrieb, dass sie ihn brauche, dass sie sich wahnsinnig nach ihm sehne, dass sie die ganze Nacht nur von seinen Armen und seinem Duft träume, der noch immer im Raum liege. Und dass sie im

achten Monat schwanger sei und dieses Wesen in ihrem Bauch sie jede Sekunde an ihn erinnere, als sei ein Teil seiner Seele dageblieben, um in ihrem Körper Gestalt anzunehmen.
Die Nachricht würde ihn sicher treffen wie ein Blitz. Vielleicht würde er die E-Mail nicht einmal zu Ende lesen. Aber sie musste es ihm mitteilen. Und erst jetzt, nach all den Monaten, hatte sie den Mut dazu. Gerade hatte sie die Mail abgeschickt, da klopfte es an der Tür.

Die wirkliche Überraschung war Isabel.
Eine bezaubernde, braunhäutige junge Frau mit deutlich arabischen Zügen. Gleich als sie ins Wohnzimmer trat, begrüßte sie mich auf Hocharabisch. Sie spricht es besser als ich.
Lachend tätschelte sie meinen Bauch:
„Herzlichen Glückwunsch! Wann wird der Thronfolger denn kommen?“
„In ein paar Tagen bin ich im neunten Monat.“
„Du wirst Opa, mein Freund!“
Lachend blickte sie Abu Hayyan an. Er sah aus wie ein großes, geistig leicht zurückgebliebenes Kind. Sie trug einen riesigen Strauß rosafarbener Damaszener Rosen im Arm, offenbar hatte Abu Hayyan ihn ihr gleich bei ihrer Ankunft am Flughafen überreicht.
Es war wirklich meine Schuld. Wäre ich mit meinem Vater gefahren, wie er mich gebeten hatte, um Isabel am Flughafen abzuholen, hätte ich mehr Einfluss auf das Ganze gehabt. Er sah ganz verjüngt aus: Sein Haar war auf einmal so schwarz wie bei einem Mann in mittleren Jahren, sein Kinn glatt rasiert, und er war neu eingekleidet in eine graue, sommerliche Stoffhose und ein himmelblaues Hemd mit gelben Streifen. Er musste allein in die Hamra-Straße gegangen sein und dies alles gekauft haben.
Und wann bloß hatte er sich die Haare gefärbt? Am Abend vorher waren sie doch noch schlohweiß gewesen!
Isabel ist ungefähr drei Jahre älter als ich. Sie wurde genau an dem Tag geboren, an dem meine Tante Saniya gestorben ist, am 5. Januar 1962. Ich weiß

wirklich nicht, wie der Zufall das so genau hinbekommen hat.

Ein Vorfahre Isabels war andalusischer Araber, deshalb hat sie Gedichte in arabischer Sprache geschrieben und hat die Geschichte der Region auf Jahr und Tag genau im Kopf, was Abu Hayyan unendliches Vergnügen und Entzücken bereitet.

Welch schlechten Scherz hat mir das Schicksal da gespielt! Und dabei war doch mit meinem Vater über diese Angelegenheit nie zu spaßen! Aber jetzt war seine geliebte Saniya wieder da, nach einundvierzig Jahren, und er würde sie nicht noch einmal gehen lassen.

Isabel war ins Haus gekommen, um es auf den Kopf zu stellen.

Zuerst betrachtete sie lange Saniyas Bild. Mein Vater stand stumm und sprachlos neben ihr und drehte sich bedächtig eine dicke Zigarette. Sie hatte überhaupt keine Ähnlichkeit mit ihr. Isabels Augen waren schwarz, ihr lockiges schwarzes Haar fiel ihr offen über den Rücken wie einer Zigeunertänzerin, und ihr durchtrainierter Körper bewegte sich in engen Jeans und einer ärmellosen weißen Sommerbluse mit wiegendem Schritt vorwärts.

Doch ihre Augen hatten Saniya viel zu sagen.

Dann ging sie, um ihren Koffer in mein Zimmer zu stellen, wo sie, wie vereinbart, während ihres Aufenthalts schlafen sollte. Vorher bat sie mich noch höflich, aber vor Selbstbewusstsein strotzend, den Blumenstrauß doch im Wohnzimmer aufzustellen. Mir blieb nichts anderes übrig, als zu folgen. Mein Vater flüsterte mir ins Ohr:

„Hast du gesehen, wie schön sie ist?"
„..."
„Ich werde sie nicht wieder gehen lassen. Ich werde sie einladen hierzubleiben."
„..."
Ich wusste wirklich nicht, was ich antworten sollte. Jedes Wort wäre fehl am Platz gewesen, also blieb ich stumm. Isabel kam wieder ins Wohnzimmer, in der Hand eine Papiertüte mit mehreren Geschenken: einer fantastischen Gebetskette aus dunkel geädertem gelben Bernstein für meinen Vater, einer antiken Taschenuhr, das Gehäuse und die Kette aus reinem Silber, außerdem einem dicken, prachtvollen Notizheft, dessen glatte gelbe Seiten, wie sie behauptete, mit Goldschnitt versehen waren:
„Damit du all deine Gedichte aufschreiben kannst, die alten und die neuen."
Ich hatte meinen Vater noch nie so froh gesehen wie in diesem Moment. Er war mit seinen wertvollen Geschenken beschäftigt wie ein Kind an seinem Geburtstag. Ich sah, wie seine Unterlippe zitterte, als wäre er den Tränen nahe. Aber Isabel lenkte mich ab, als sie mir ein verführerisches goldenes Halsband um den Hals legte, auf dem sich eine mit einem durchsichtigen, scharlachroten Karneol besetzte Gravur der Alhambra-Moschee befand. Dieses Halsband war eine wirkliche Rarität.
„Damit du eure Ruhmestaten in Andalusien nicht vergisst."
Beim Lachen entblößte sie ihre porzellanweißen Zähne.
In der Nacht blieben mein Vater und Isabel bis

zum Morgen auf. Als ich erwachte und meinen morgendlichen Tätigkeiten nachgehen wollte, fand ich die beiden noch wach. Isabel lehnte lachend auf dem Sofa, sie trug einen pistaziengrünen orientalischen Überwurf, der ihre bronzefarbene Brust hervorschauen ließ, und mein Vater saß neben ihr auf der Erde. Er lachte einfältig und zog gierig an seiner Zigarette.

„Guten Morgen! Habt ihr noch gar nicht geschlafen?"

„Nein, wir haben nicht geschlafen. Guten Morgen!", antwortete mir Isabel lächelnd und wandte sich dann an meinen Vater:

„Weißt du, ich bin noch gar nicht müde. Gehen wir spazieren, und du zeigst mir Damaskus? Ich kann gar nicht abwarten, es kennenzulernen."

„Mit dem allergrößten Vergnügen."

Abu Hayyan sprang auf wie ein fünfzehnjähriger Jüngling. Hose und Hemd hatte er seit gestern nicht abgelegt. Ich hatte den Kaffee noch nicht fertig, da waren die zwei schon aus dem Haus.

Ich hätte mein Leben dafür gegeben zu erfahren, was zwischen den beiden so vorging! Ich fühlte, wie mein Alter mir mehr und mehr entrissen wurde. Mit meinem dicken Bauch und all den Sorgen, die sich seit meiner Kündigung und Dschawads Abreise angehäuft hatten, hatte ich ihm ja nichts zu bieten. Und er schien mir damit sogar glücklich.

Als Anat in jener Nacht in ihr Zimmer gegangen war, hatte Hassan alles, was er auswendiggelernt hatte, um es Isabel vorzutragen, vergessen. Er hatte geglaubt, die arabischen Liebesgedichte seien Beichte genug, sie reichten aus, um alles auszudrücken, was in ihm arbeitete, ohne ein Ventil nach außen zu finden.

Aber der Dämon der Poesie hatte ihn im Stich gelassen! Dabei hatte der doch jahrelang nicht aus seinem angestammten Tal weichen wollen! Heute aber weigerte er sich zu Hassans Verwunderung, aus seiner Vorstellungswelt aufzutauchen! Nun gut – wenn sich die Gedichte von Ibn Zariq Al-Baghdadi, Dschamil Buthaina und Muslim Ibn Al-Walid jetzt seinen Lippen widersetzten, dann würde er eben seine eigenen Gedichte vortragen. Seine Gedichte nämlich handelten von ihr, von Saniya, von Isabel. Der Dämon seiner Poesie erhob sich aus den miteinander verschmelzenden Körpern der beiden Frauen, aus seinem ständigen Verlangen nach ihnen. Er würde ihr also seine Gedichte zu Ohren bringen. Doch sobald Anat am Morgen das Wohnzimmer betrat, kam seine Zunge ins Stolpern. Er verstummte, den Blick auf den Engel gerichtet, der neben ihm auf dem Sofa saß.

Isabel hatte geredet und geredet, pausenlos. Sein atomisierter, transparenter Körper irrte überall im Zimmer umher, über ihr, ihr gegenüber, neben ihr, hinter ihr, vor ihr, während sie erzählte, erzählte, erzählte und er zuhörte, zuhörte, dann weinte und seufzte - und wieder zuhörte.

In den folgenden Tagen bekam Anat ihn kaum zu Gesicht. Sie verließen morgens das Haus und kehrten erst am frühen Abend zurück. Isabel mit Tüten beladen, Hassan ebenfalls, und alle beide ununterbrochen lachend.

Sie betrat die Wohnung sprühend vor Lebensfreude, zog ihre leichten Schuhe aus, dann warf sie sich aufs Sofa, während Hassan nach drinnen lief, um ihr die Pantoffeln zu holen. Er wartete voll angekleidet, bis Isabel mit ihrer raschen Dusche fertig war und sich, in ihr weißes Handtuch gewickelt, mit wiegendem Gang vom Bad in ihr Zimmer begab, um sich ihrem feuchten, gebräunten Körper in dem weißen Handtuch, das kaum etwas vor ihm verbarg, sofort wieder an die Fersen zu heften. Anat sagte ihm, er solle sich ausziehen und ausruhen, während sie ihnen das Essen machte. Doch er antwortete ihr, wie jeden Tag, sie hätten bereits auswärts gegessen, wandte sich von ihr ab und klopfte an Isabels Tür, um ein langes Gespräch mit ihr zu beginnen, während sie nach dem Bad ihr Make-up erneuerte.

Alle hielten uns für Vater und Tochter!
Alle: auf den Straßen, in denen wir endlos umherflanierten, in den Cafés, die ich erst nach Isabels Ankunft kennengelernt habe, besonders in den Straßencafés in Altdamaskus, auf dem Markt, im Bus ... Alle hielten uns für Vater und Tochter. Isabel erscheint neben mir wie eine Gazelle, sie springt überall umher. Lachend hängt sie an meinem Arm und redet und redet. Ihr Geplauder lässt mich auf einer Wolke des Genusses schaukeln, vielleicht auch auf einem Nebelkissen der Wonne, so als schwebte ich, verführt von ihren Worten, ihrer Stimme, ihrem betörenden Duft und dem Übermaß an Energie, die sie ausstrahlt – wie Anat es ausdrückt.
Mein Gott! Ich zittere am ganzen Körper, als streichele eine kundige Hand mir arglistig über den Rücken und kitzele die Innenseite meiner Schenkel. Ich habe das Gefühl, vor Erregung zusammenzubrechen neben meiner Zauberin. Trotz alledem habe ich mich ihr nicht genähert, und auch sie hat sich mir niemals genähert. Ich würde mich schämen vor der Geliebten meines Lebens! Wir sind zwar seit fast fünfzig Jahren vereint, seit ich sie am 17. Mai 1954 kennengelernt habe – aber mein Körper ist alt und gebrechlich geworden, während sie noch in der Blüte ihrer Jugend steht.
Wir haben nicht ein Wort darüber verloren. Isabel ging mit mir um, als würde sie mich seit vielen Jahren kennen, als sei sie bereits vollkommen vertraut mit meinem Körper oder durch genaue Kenntnis unempfänglich. Aber trotz meiner großen Erregung habe ich nicht eine Nacht den

Wunsch verspürt, meiner Gewohnheit nachzugehen. Berauscht allein von ihrer Gegenwart, schlief ich im Zimmer nebenan, gab mich völlig damit zufrieden, die Macht ihrer Anwesenheit auf meinen engen Lebensbereich zu spüren, und erwachte voller Glück und mit einer seltsamen Kraft, die mich doch schon vor über vierzig Jahren verlassen hatte, als Saniya sich bei einem Busunglück von mir verabschiedete.

„Ich fühle mich wie ein Dreißigjähriger, mein Schatz."

Isabel lacht, sie lacht so, dass ihre Augen nur noch schmale Schlitze sind.

Sie sieht überhaupt nicht aus wie Saniya! Aber ich bin mir sicher, dass ihr heutiges Aussehen nur ein dünner Schleier ist, unter dem die echte Saniya hervorschimmert. Ihr heutiges Aussehen ist nur eine Maske. Ich fühle es, ich fühle es mit aller Macht. Manchmal stelle ich mir vor, dass Isabel plötzlich lachend den Schleier fortzieht und sich Saniya in meine Arme wirft. Doch ich liebe, so seltsam es klingt, ihr neues Aussehen inzwischen so sehr, dass ich ihr ewiges, früheres Aussehen, das mir doch jeden Tag vor Augen stand, beinahe vergessen habe.

Aber genähert habe ich mich ihr nie, ich habe es nicht einmal versucht.

Man hielt uns für Vater und Tochter!

Zu Anfang hat es mich verletzt, dann habe ich mich daran gewöhnt, und zwar so sehr, dass ich es sogar zu genießen begann, richtiggehend zu genießen! Isabel ist mir, in weniger als einem Monat, zur Freundin, Geliebten, Tochter und Muse geworden, obwohl mir kein einziger Gedichtvers gelungen ist und ich auch nicht das Verlangen verspürte, das mich früher immer überfiel, wenn ich nicht schrieb. Nun schuf ich meine Dichtungen innerlich, ich brauchte sie nicht aufzuschreiben, sondern lebte sie mit meinem ganzen Selbst, lebte sie mit jedem Teil von mir, und das war mir genug.

...

Man hielt uns für Vater und Tochter!

Isabel war fünfundzwanzig Tage bei Hassan zu Gast.

In dieser Zeit fuhren sie nach Latakia. Von dort führte er sie überall hin im Dorf, wo sie sich während ihrer früheren Inkarnation getroffen hatten. Sie besuchten das Haus ihrer Eltern und ihr Grab, das zu einem antiken, an den Seiten mit Moos und Gräsern bewachsenen Stein geworden war.

„Weißt du, ich habe mich hinter dir ins Grab geworfen, meine Geliebte! Das Leben bedeutete mir nichts mehr ohne dich."

Isabel tätschelte seine Hand, die ihre Hand festhielt, und lächelte.

„Ich möchte gern die Straße sehen, wo der Unfall passiert ist."

„Ich möchte gar nichts mehr! Kurz nach deinem Tod habe ich Raqqa verlassen und bin nach Latakia zurückgekehrt, dann verließ ich es auch und ging nach Damaskus. Ich dachte mir: Vielleicht hilft mir eine neue Stadt, in der ich nicht zusammen mit dir gelebt habe, dich zu vergessen. Aber ich habe dich nie vergessen. Du bist die Liebe meines Lebens, Saniya."

Isabel tätschelte wieder seine Hand, bevor sie ihre, verschwitzte, sachte seinen Fingern entzog.

„Nie habe ich eine Frau so geliebt wie dich, Saniya."

„..."

Hassan versuchte sich an einen Gedichtanfang zu erinnern: „Du und das Haus Gottes seid meine Sorge und mein Begehren und ...", aber seine Zunge hielt inne, sie war wie gelähmt. Zögernd nahm er ihre Hand, dann erklärte er ihr, er habe gespürt, dass sie kommen werde, sie und niemand anders. Und diese Worte über seine Gefühle, über das, was er im Moment spürte, sagten möglicherweise mehr als alle Gedichte, die seit Hunderten von Jahren rezitiert wurden. Wer weiß.

Jahrelang hatte er Gedichte für sie geschrieben – nur für sie. Sie war seine Inspiration. Die ganze Erotik, die ganze Liebe, die aus den Gedichten sprach, war für sie bestimmt gewesen. Um sie ging es und um niemand sonst, doch er traute sich dies niemandem zu sagen, um nicht für verrückt gehalten zu werden.

„Mein Gott, wie ich dich geliebt habe, Saniya – und wie ich dich liebe."

„..."

„Nachts, wenn ich allein bin, schaue ich mir solche Filme an – du weißt schon, wo Männer und Frauen öffentlich miteinander schlafen. Dann denke ich an dich zurück. Kannst du dir das vorstellen? Trotz der vierzig Jahre, in denen ich von dir getrennt war, weiß ich noch immer, wie dein Körper sich anfühlt, weiß jede Einzelheit von dir, alles ..."

„..."

„Manchmal macht mir mein Gedächtnis richtig Angst. Ich erinnere mich an alles von dir und mit dir, als wären vierzig Minuten vergangen und nicht vierzig Jahre. Kannst du dir das vorstellen?"

„..."

Lächelnd wandte Isabel ihr Gesicht ab.

Ein paar Tage nach ihrer Rückkehr aus Latakia, abends, als Anat gerade schlafen gegangen war, nahm Hassan seinen ganzen Mut zusammen und bat Isabel zu bleiben. Sie würden heiraten und wohnen, wo immer sie wollte. Sie wäre eine bekrönte Königin und er der Sklave zu ihren Füßen, ihr Wunsch wäre ihm Befehl. Er würde nur für ihr Glück leben, denn sie sei die Liebe seines Lebens, die nie vergangen sei.

Er konnte sich nicht vorstellen, dass das Schicksal so gemein sein sollte, sie ihm noch einmal zu rauben, das würde es bestimmt nicht tun, dazu war es zu gütig. Einmal hatte ihm gereicht, um seine Liebe zu beweisen. Einmal war genug gewesen, sein ganzes Leben zu einer reinen Zeit des Wartens, des Kummers und des Verlusts zu machen. Die Botschaft war ein für allemal übermittelt, nichts war mehr nötig, um der göttlichen Allmacht zu versichern und zu beweisen, dass er von ganzem Herzen liebte!

Aber Isabel begann von ganz anderen Dingen zu sprechen. Sie vertraute ihm an, wie enttäuscht sie gewesen war, als sie den Vergleich vor Augen hatte zwischen dem, was sie auf dem Papier bei ihren Streifzügen durch die Geschichte herausgefunden hatte, und dem, was heute daraus geworden war. Zwischen der funkelnden und strahlenden Vergangenheit – und der ganzen Fäulnis, auf die sie heutzutage stieß und die sich in allen Seelen breitmachte.

Ich kann nur noch eine dicke Rostschicht erkennen, glanzlosen, ausufernden Rost, der alles bedeckt, was zu sehen ich mir erträumt hatte. Mein Gott, Hassan, von was habe ich alles geträumt! Ich hatte schon damit gerechnet, dass die Wirklichkeit anders sein würde, sie würde kein Renaissancegemälde sein und keine Szene vom Hof des Kalifen. Aber der Unterschied war so furchtbar, so schrecklich groß, Hassan. Ich bin in den vergangenen Tagen in ein tiefes Loch gestürzt, ich habe das Gefühl, immer weiter zu fallen und bald ganz unten auf dem schmutzigen Boden aufzuschlagen! Ich bin völlig fertig, Hassan. So furchtbar groß ist der Unterschied!

„Macht doch nichts, mein Liebling! Du und ich werden diesen Schmutz gemeinsam überwinden."

„Ich bin doch dreißig Jahre jünger als du, Hassan!"

„Aber ich liebe dich, Saniya!"

„Ich bin nicht Saniya – das weißt du!"

„Ich weiß. Aber in Wirklichkeit bist du Saniya."

„Das Ganze ist nicht so einfach, weißt du. Ich habe meine Arbeit, mein Leben, meine Familie, meinen Verlobten dort – wirklich."

„..."

„Ich bin gekommen, dich zu sehen. Ich hatte das Gefühl, wenn ich mein früheres Leben sähe, würde das mein jetziges Leben ändern. In Granada gab es etwas, das mich drängte, das mich ständig trieb, nach dir zu suchen, dich zu sehen, um die Glaubhaftigkeit meiner Gefühle und Vorstellungen, die mich viele Jahre lang begleitet hatten, auf die Probe zu stellen. Ich musste beweisen, dass das, wovon ich überzeugt war, nicht nur Einbildung war, dass ich nicht schizophren oder wahnsinnig bin, sondern recht habe – völlig recht."

„..."

„Du bist der beste, schönste und großzügigste Mann, den ich im Leben getroffen habe, aber ich kann nicht bleiben."

„..."

„Außerdem läuft mein Visum in ein paar Tagen ab, und dann muss ich ausreisen. Aber ich werde immer wieder kommen, mach dir keine Sorgen."

„..."

„Ich werde dir schreiben, damit du mich in Spanien besuchen kommst – was meinst du?"

„..."

Isabel hatte vor Hassan alles zur Sprache gebracht, was sie beschäftigte, unfähig, ihm in die Augen zu blicken. Sie erzählte ihm von ihrem Verlobten Fernando, dass er sie ermutigt habe, zu kommen und ihn zu sehen, dass er Verständnis für das Ganze habe, obwohl er von der Idee nicht überzeugt sei. Sie erzählte ihm von ihrem Leben in Spanien, von der arabischen Sprache, die mit der Zeit ein Teil ihrer Seele geworden sei, als wäre sie ihre Muttersprache, so dass schließlich die Sprachlehrinstitute statt der arabischstämmigen Lehrer sie anforderten. Isabel redete wie ein Wasserfall, ohne die plötzliche Veränderung in Hassans blassem Gesicht zu bemerken.

Mayyasa Al-Scheich erwachte, wie immer in der vergangenen Woche, um vier Uhr morgens. Ihr Körper war so stark abgemagert, dass sie zunächst ihr einfaches Baumwollnachthemd wieder zurechtziehen musste.
Sie öffnete das Fenster, um die erfrischende Herbstluft zu spüren, die von dem Hügel, auf dem das Zentrum errichtet war, hereinwehte. Sie fühlte, wie sehr sie Diana vermisste. Aber Diana musste jetzt glücklich sein bei ihrer Oma, wo sie über alle Maßen verwöhnt wurde und sich alles um sie drehte.
Die ganze letzte Woche war Mayyasa um vier Uhr morgens aufgewacht.
Nachdem sie mit den übrigen Schülern das spezielle Gebet verrichtet hatte, ging sie in der Umgebung des Zentrums laufen. Etwa zwei Stunden rannte sie. Danach spürte sie, wie ihr Körper frei wurde von allen negativen Energien, mit denen er aufgeladen gewesen war, und wie ein Schwung positiver Empfindungen tief in ihre verschwitzen Poren drang. Sie fühlte sich glücklich und optimistisch, ihr Körper war ein strahlender Teil der fruchtbaren Szenerie um sie herum geworden.
Sie kehrte zum Zentrum zurück, um sich kalt abzuduschen. Das Wasser prickelte angenehm, es erweckte mit einem Schlag alle ihre Sinne. Der raue, naturbelassene Luffaschwamm kratzte ihr auf der Haut und regte die Durchblutung an. Anschließend putzte sie sich die Zähne mit Wasser und Meersalz.
Der Tag würde wie gewöhnlich lang, aber interessant werden, voller makrobiotischer Vorlesungen

und origineller Rezepte für gesunde und ausgewogene, aus wohlüberlegten natürlichen Zutaten hergestellte Speisen.

Jetzt, um sechs Uhr, war Zeit für das Frühstück: eine Steingutschüssel Misosuppe mit Rettich und Algen, daneben Fadennudeln mit Gemüse. Fadennudeln aus Vollkornweizen. Der Gemüseteller bestand aus einer Möhre, einer Zwiebel und einem Stängel Sellerie mit etwas Sesamöl. Es war ein schmackhaftes Gericht.

Während sie bedächtig den ersten Bissen zum Mund führte, dachte Mayyasa daran, dass sie kein Verlangen mehr nach Fleisch hatte, obwohl sie es doch früher so gern gegessen hatte! Seit vielen Monaten hatte sie keines mehr zu sich genommen. Der Geruch war ihr zuwider geworden und gab ihr ein übermächtiges Gefühl von Rohheit und Brutalität.

Mayyasa musste, wie sie es sich in der vergangenen Woche angewöhnt hatte, den Bissen wieder und wieder kauen, so wie es die übrigen Schüler um sie herum auch taten. Die Aufseherin, eine Makrobiotikexpertin, erklärte ihnen von neuem – wie bei jeder Mahlzeit –, Meister Ohsawa habe gesagt, man solle jeden Bissen fünfzigmal kauen, bevor man ihn schlucke.

Im Laufe der Tage hier hatte Mayyasa allmählich das Gefühl, transparent zu sein und ohne weiteres abheben zu können, als falle all der Schmutz, der ihren Körper zuvor an die Erde gefesselt hatte, von ihm ab, ganz wie ein welkes Blatt von einem Frühlingsbaum fällt. Ihr Körper entfaltete sich nun rein, leicht und leuchtend wie ein Mandelbaum

Anfang April, der einen Duft nach feuchtem Gras verströmt.
Iyad fiel ihr ein, und sie fühlte Trauer für ihn, weil er nicht dieses Glück erleben konnte, das ihr ganzes Sein beherrschte.
Doch vielleicht genoss er es jetzt, mit seiner Geliebten zusammen zu sein, und war auf seine Art glücklich! Wer weiß. Aus welchem Grund auch immer, sie verspürte keinerlei Eifersucht oder Bedauern über ihre Trennung. Sie war die natürliche Folge ihrer unterschiedlichen Veranlagung, die sie inzwischen als Tatsache betrachtete, die ihnen beiden nicht schadete.
Die unterschiedlichen Veranlagungen – sie fügten niemandem Schaden zu. Es herrschte Friede. Friede umgab sie, wiegte sie auf den Wogen des Windes und enthob sie all der kleinen und nichtigen Details. Der Friede, der sie in Duha Al-Scheichs Arme zurückkehren ließ, sehnsuchtsvoll, die Vergangenheit vergessend, alles akzeptierend, was ihre Schwester getan hatte und tat. Denn sie selbst war es, die ihr Schicksal bestimmte, und niemand hatte das Recht, über das Schicksal anderer zu entscheiden. Wenn sie glücklich war, dann war es in Ordnung so. Wichtig war, dass die Seelen harmonierten, dass sie einander liebten und miteinander im Einklang standen, genau wie ihre beiden Seelen.
Schließlich, nach dem Essen, bevor noch irgendeine Vorlesung begonnen hatte, dachte Mayyasa an Anat und wünschte sich, dass sie noch nicht niedergekommen wäre, denn dann könnte sie vielleicht an ihrer Seite sein, wenn ihre zweiwöchigen Exerzitien hier vorüber wären.

Die erschöpfte Anat war kaum in tiefen Schlaf gesunken, da weckte sie ein Schreckensschrei von Isabel. Hassan lag auf dem Boden im Wohnzimmer, den starren Körper, der schon blau angelaufen war, gegen das Sofa gelehnt.
Er hatte plötzlich eine Herzattacke erlitten, als er nach Isabels Händen gegriffen hatte. Es war bereits sein dritter Herzanfall. Die beiden letzten Male war er gerettet worden, aber das hieß ja nicht zwingend, dass er auch diesmal überleben würde.
Anat war noch nicht bei ihrem Vater angelangt – sie dachte, der Schreck würde ihr das Herz herausreißen –, als sie auch schon spürte, wie ein Schwall warmen Wassers klebrig zwischen ihren Schenkeln hinabströmte, dann flammte in ihrem Unterbauch ein stechender Schmerz auf, der sie kraftlos neben ihm zu Boden sinken ließ. Aber sie konnte erst in die Geburtsklinik fahren, nachdem sie ihren Vater ins Krankenhaus gebracht und Isabel dort bei ihm zurückgelassen hatte.
Nach dem Anfall wachte er für ein paar Augenblicke auf, sein Mund war nach links verzogen, sein linkes Auge ebenfalls, und seine Zunge war sehr schwer. Er gab mir ein Zeichen, nahe an ihn heranzukommen, damit er mit mir sprechen konnte. Ich weinte, meine dummen Augen ließen sich nicht davon abhalten, ihre Tränen zu vergießen. Mein geliebter Alter im Krankenhausbett, die linke Körperhälfte gelähmt! Er flüsterte mir ein paar Worte zu, ich legte mein Ohr an sein Gesicht, um etwas von dem zu verstehen, was er hervorstammelte.
Außerdem wusste ich nicht, wen ich bitten sollte, mir beizustehen, denn ich befürchtete, dass die

Geburt verfrüht einsetzen würde. Mir blieb nichts anderes übrig, als meinen Arzt anzurufen, und er versprach mir, in ein paar Minuten zu mir ins Krankenhaus zu kommen.
In einem der schwülheißen Zimmer dort legte ich mich ins Bett, nachdem die junge Krankenschwester die weißen Bettbezüge gegen andere in reinem Himmelblau ausgewechselt hatte. Anschließend legte sie mir eine Seruminfusion an den Arm und fügte mit einer Spritze ein Mittel zur Geburtsbeschleunigung bei. Mir fiel ein, dass ich meine Scham nicht enthaart und meine Unterwäsche nicht gewechselt hatte. Auch die Sachen für die Geburt hatte ich nicht dabei.
„Ich hatte keine Zeit, mir Binden zu holen", sagte ich entschuldigend zu der Krankenschwester.
„Die brauchen Sie auch nicht mitzubringen. Und die Sachen für den Kleinen?"
„Die habe ich auch nicht dabei."
Sie sah befremdet drein, versuchte jedoch, mich zu beruhigen, und versprach, sich um passende Kleidungsstücke für den Kleinen zu bemühen. Dann, bevor sie den Raum verließ, fragte sie mich, ob denn niemand bei mir sei? Ich schüttelte den Kopf, während mir aus Sorge um meinen Vater heiße Tränen übers Gesicht liefen. Die Arme dachte, ich weinte so herzzerreißend, weil ich mich einsam fühlte, und warf mir einen teilnahmsvollen und mitleidigen Blick zu:
„Machen Sie sich keine Sorgen, ich werde Ihnen beistehen. Und ich werde versuchen, die Sachen zu besorgen. Machen Sie sich keine Sorgen!"
Als Entgegnung auf ihre Freundlichkeit gelang mir nicht einmal ein Lächeln. Mein Kopf war voll mit

Angst und Befürchtungen um Abu Hayyan. Was, wenn er diesmal nicht überlebte? Mein geliebter Alter, ich wusste nicht, warum sein letzter Satz mir so naheging! Am liebsten hätte ich ihn gar nicht gehört.

Tadle ihn nicht, denn der Tadel verbrennt ihn
Du hast die Wahrheit gesagt, aber er hört sie nicht.

Er wollte fortfahren, aber seine Zunge ließ ihn im Stich. Oder war es sein Gedächtnis? Eine einzelne Träne rollte über seine braunen Runzeln. Nein, mein Alter, so sieht das Ende der Liebenden nicht aus!
Mich überfiel ein scheußlicher Krampf im Bauch. Ich wurde auf meine Geburtswehen zurückgeworfen, die seit Stunden nicht aufgehört hatten.
In welchen Verfall wirst du hineingeboren, mein Schätzchen! Neun Monate lang habe ich dich in mir getragen, nur für den kommenden Niedergang! Ich spüre, dass dein Ankunftstermin da ist, ich fühle, wie mein ganzer Körper sich auf dein Kommen einstellt. Ich wollte, zumindest in den wenigen verbleibenden Stunden, nur an dich denken, an dich allein.
...
Beim Morgengrauen forderte der Arzt im Kreißsaal mich auf zu pressen. Ich fühlte, dass meine Kräfte schwanden und ich nicht einmal mehr fähig war, Luft zu holen. Die Wehen kamen und gingen, und es gelang mir einfach nicht, mein Kind zu gebären. Das Fruchtwasser war fast vollständig ausgelaufen, seit gestern Abend war es mir über die Schenkel geströmt. Meine Vagina fühlte sich genauso trocken an wie meine Kehle.

Der Arzt schrie, Sorge zeichnete sich deutlich auf seinem Gesicht ab, und die Krankenschwester drückte mit ganzer Kraft auf meinen Bauch.

Minuten – in denen meine Seele meinen Körper verließ, eine starke Wehe von hinten kam, meinen Bauch nach unten zusammenpresste und einen feuchten Klumpen hinausbeförderte. Ich spürte in allen Einzelheiten, wie er durch meine Vagina glitt: erst eine harte Kugel, danach kleine, zarte Extremitäten, die in wenigen Augenblicken hinausgerutscht waren – und dann drang Protestgeschrei an mein Ohr.

Das Gesicht des Arztes, das nun ruhiger aussah, lächelte, während er mir meinen Kleinen, noch voller Blut und klebriger Flüssigkeit, auf den Bauch legte:

Seine Augen waren geschlossen wie der Vorhang zu Beginn der Vorstellung.

Die kleine Nase war abgeflacht, wie ein Tautropfen.

Die Stirn war von dünnen violetten Äderchen durchzogen wie die Landkarte meines Herzens.

Sein Haar war tiefschwarz und feucht, durchtränkt mit meinem Fruchtwasser.

...

Einzelheiten, die ich in Sekunden aufnahm, bevor ich meinen Kleinen an mein Gesicht legte. Er weinte herzzerreißend, und ich fühlte, wie meine Tränen sich mit der an ihm klebenden Flüssigkeit mischten und die feinen Züge seines Gesichts beschmierten, da, wo ich ihn immer wieder küsste ...

Was danach geschah, nahm ich nicht mehr wahr, denn ich war in tiefen, tiefen Schlaf gesunken.

Erläuterungen:

Abu Hayyan Al-Tauhidi, 923 in Bagdad geboren und 1023 in Shiraz gestorben, gilt als einer der originellsten und eigensinnigsten Gelehrten, Denker und Dichter des klassischen arabischen Schrifttums.

Abu Nuwas wurde 757 in Ahwaz geboren und starb 815. Seine Liebeslyrik ist gekennzeichnet von faszinierenden Wortspielen und feinsinnigen Anspielungen. Seine Wein- und Liebesgedichte besangen häufig männliche Liebhaber.

Abu Tammam, 788 in Syrien geboren und in Mosul 845 gestorben, ist Autor einer der bekanntesten Anthologien früher Gedichte, der Hamasa.

Michel Aflaq, 1910 in eine Damaszener Christenfamilie geboren und 1989 in Paris verstorben, ist einer der Gründer der arabisch nationalistischen Baath-Partei (Wiedererweckung), die 1943 in Syrien entstand.

Alawiten (oder auch Nusairier) sind eine islamische, ihr eigenes Grundverständnis und Glaubensprinzip geheimhaltende Konfessionsgemeinschaft schiitischen Ursprungs, die vor allem in Syrien, der Türkei und dem Libanon lebt. Als Konfessionsstifter gilt Muhammad Ibn Nusair, der vom elften schiitischen Imam Hasan Al-Askari Offenbarungen empfangen haben soll, die als Grundlage der spirituellen und rituellen Praxis dienen. Die Alawiten glauben an die mehrfache Wiedergeburt, die mit einer Reinigung der Seele verbunden ist.

Al-Halladsch (858 – 922), islamischer Mystiker. Er stammte aus Iran und wurde 922 in Bagdad hingerichtet.

Dschaafar Al-Tayyar führte die erste Auswanderung (Hidschra) der Muslime im Jahr 615 nach Abessinien an. Er beeindruckte den dort herrschenden Kaiser Negus durch sein Wissen und sein gutes Benehmen.

Ali Ibn Abu Talib (ca.600-661), vierter der rechtgeleiteten Kalifen, war ein Vetter des Propheten Muhammad und heiratete dessen Tochter Fatima. Er nimmt als erster Imam eine herausragende Stellung im schiitischen Glauben ein. Die Schiiten betrachten Ali als rechtmäßigen Nachfolger des Propheten.

Anat ist die altsyrische Göttin des Krieges und der Liebe. Als Schwester des Ba'al, der zugleich ihr Gatte ist, symbolisiert sie die Einheit des Gegensatzpaares Leben und Tod.

Mahmud Darwisch, geb. 1941 in Al-Barwa in Galiläa, gest. 2008 in Houston, Texas. Einer der bekanntesten zeitgenössischen arabischen Dichter, der besonders als Vertreter des palästinensischen Volkes wahrgenommen wurde. Der Vers ist dem von Khalid Al-Maaly und Heribert Becker übersetzten Band „Weniger Rosen", Berlin 1996, entnommen.

„Der Regen beschenke ...“: ein Doppelvers aus einem Gedicht des Lisan Al-Din Ibn Al-Khatib (geb. 1313 bei Granada, gest. 1374 in Fes).

Ibn Hazm, geb. 994 in Cordoba, gest. 1063, vielseitiger und hochproduktiver islamischer Gelehrter, bekannt u. a. für sein Traktat über die Liebe „Das Halsband der Taube“. Die vorliegende Textpassage wurde zitiert nach der Übersetzung von Max Weisweiler, 2. Aufl. Frankfurt / M. 1988.

Ibn Zaidun, geb. 1003 in Cordoba, gest. 1071, arabischer Dichter, ist bekannt für seine Gedichte auf die Omayyadenprinzessin Wallada Bint Al-Mustakfi (geb. 1001 in Cordoba, gest. 1091).

Chaldäer (oder auch Assyrer) ist eine Sammelbezeichnung für mesopotamische Volksgruppen vorchristlichen Ursprungs, die mehrheitlich Aramäisch sprachen. Christliche Iraker bezeichnen sich ebenfalls als Chaldäer.

Al-Khader ist eine mythische Heiligengestalt, die nach islamischer Vorstellung mit den biblischen Propheten interagiert und besonders im Volksglauben und in der Mystik Verehrung findet.

Federico García Lorca (1898 – 1936): Der Textausschnitt ist zitiert nach: Federico García Lorca: Impressionen und Landschaften. Aus dem Spanischen von Martin von Koppenfels, Peter Kultzen und Susanne Lange. Frankfurt / M. / Leipzig 1998

Al-Maksoun Al-Singari (583-638), einst Emir der irakischen Stadt Singar, spielte eine bedeutende Rolle in der frühen Geschichte der Alawiten bzw. Nusairier. Später wendete er sich der Mystik und Dichtung zu.

Mudschaddara ist ein einfaches syrisch-libanesisches Gericht aus Reis, Linsen und Zwiebeln.

Al-Mutanabbi (915/17-965) ist der berühmteste vormoderne arabische Dichter. Er zählt mit Buhturi und Abu Tamman zu den so genannten neoklassischen Dichtern, die durch ihren eigenwilligen Stil bis heute einflussreich sind. Er ist zum einen für seine Lobgedichte auf Herrscher und seine wortgewaltigen Beschreibungen von Schlachten bekannt, aber auch für seine rebellischen Dichtungen und lebensphilosophischen Betrachtungen.

Muwaschschaha ist eine klassische arabische Form des Stanzengedichts, das im 11. / 12. Jahrhundert im muslimischen Spanien entstand.

Amjad Nasser, 1955 in Jordanien geboren, ist Schriftsteller und Journalist und lebt in London. Er veröffentlichte zahlreiche Gedichtbände und Reisereportagen und ist Mitbegründer und Feuilletonchef der in London ansässigen Tageszeitung Al-Quds Al-Arabi.

Nusairier (s. u. Alawiten)

Omar Ibn Abi Rabia, geb. 644 in Mekka, war ein arabischer Liebesdichter.

Scheich Nafzawi, geboren im heutigen Tunesien, verfasste im 15. oder zu Beginn des 16. Jahrhundert ein arabisches Liebeshandbuch, das sexuelle Anleitungen mit humorvollen Anekdoten verbindet. Der Textausschnitt ist zitiert nach der Übersetzung von Ulrich Marzolph (Nafzawi: Der duftende Garten. Ein arabisches Liebeshandbuch. München 2002).

Anmerkung:
Im arabischen Original werden keine Fundstellen für Zitate angegeben.
In der vorliegenden deutschen Ausgabe stammt die Übersetzung, soweit nicht anders vermerkt, von der Übersetzerin und dem Übersetzer.

Von der Autorin
Rosa Yassin Hassan
bereits erschienen im Alawi Verlag

Rosa Yassin Hassan

Ebenholz

Roman

Aus dem Arabischen von Riem Tisini
Leineneinband mit Prägung, fadengeheftet mit Lesebändchen, 300 Seiten

ISBN: 978-3-941822-02-3

Die Protagonistinnen in Ebenholz sind fünf Frauen. Eine Truhe aus Ebenholz begleitet das Leben der Frauen aus fünf Generationen: Urgroßmutter, Großmutter, Mutter und Tochter. Sie waren verträumt, verliebt, rebellisch und gebildet.
Dennoch müssen alle den gleichen Kampf in einer patriarchalischen Gesellschaft ausfechten, bedienen sich jedoch unterschiedlicher Mittel.

Der Roman sorgte bei seinem Erscheinen für Aufsehen. Das syrische Kulturministerium hatte ihn zwar mit dem zweiten Preis, dem „Hanna Mina Preis“ für junge Romanautoren ausgezeichnet, hat jedoch in der arabischen Ausgabe einige Passagen gestrichen, die sich mit Sexualität befassen.

Alawi Verlag veröffentlicht die Übersetzung des unzensierten Originalmanuskripts.

„In diesem Roman wird die Lebensgeschichte von fünf Frauen aus fünf Generationen einer syrischen Familie erzählt – fünf Frauen, die sich im Laufe ihres Lebens in unterschiedlichem Maße von den Männern emanzipieren."
Larissa Bender, Deutschlandfunk, 04.03.2010

„Der kleine Kölner Verlag Alawi veröffentlicht jetzt in einer schön gestalteten Ausgabe – mit Kalligrafie verziert und in Leinen gebunden – die vollständige Fassung dieses lesenswerten Buches. Eine von den Frauen von Generation zu Generation weitergereichte Truhe aus Ebenholz symbolisiert die Beständigkeit inmitten des raschen Wandels im nach Minze und Kardamom duftenden Syrien des 20. Jahrhunderts."
Neue Züriche Zeitung, Juni 2010

Hassan erzählt in kurzen Passagen, wechselt häufig die Erzählstränge und macht nicht Halt vor Elternschlafzimmern und Hamameingängen - ein kurzweiliger Roman über den syrischen Frauenalltag."
Neue Luzerner Zeitung, September 2010

„Ein lebendiges Buch, das Frauengeschichte mit ihren verschiedenen Seiten berührend und leidenschaftlich mit-teilt und be-wahrt."
Rakuna und Anomatey, Wolfsmutter.com, Dez. 2010

Bereits erschienen im Alawi Verlag

Samiha Khrais (Jordanien)

Deine Augen - Mein Duft, Roman

Aus dem Arabischen von Marei Grundhöfer
Leineneinband mit Prägung, fadengeheftet mit Lesebändchen
170 Seiten

ISBN: 978-3-941822-09-2

Amira Al-Qahtani, (Vereinigte Arabische Emirate)

Fitna, Roman

Aus dem Arabischen von Christine Battermann
Leineneinband mit Prägung, fadengeheftet mit Lesebändchen
200 Seiten

ISBN: 978-3-941822-08-5

Badreya El-Beshr (Saudi-Arabien)

Der Duft von Kaffee und Kardamom, Roman

Aus dem Arabischen von Nuha Sarraf-Forst
Leineneinband mit Prägung, fadengeheftet mit Lesebändchen,
272 Seiten

ISBN: 978-3-941822-07-8

Mai Khaled (Ägypten)

Zauber des Türkis, Roman

Aus dem Arabischen von Christine Battermann
Leineneinband mit Prägung, fadengeheftet mit Lesebändchen, 168 Seiten
ISBN: 978-3-941822-06-1

Samiha Khrais

Bücher der Flut, Roman

Aus dem Arabischen von Fouad El-Auwad
Leineneinband mit Prägung, fadengeheftet mit Lesebändchen
ca. 360 Seiten
ISBN: 978-3-941822-03-0

Abeer Esber (Syrien)

Lulu, Roman

Aus dem Arabischen von Marianne Wagdi
Leineneinband mit Prägung, fadengeheftet mit Lesebändchen, 108 Seiten
ISBN: 978-3-941822-01-6

Nemat Khaled (Palästina)

Hennanacht, Roman

Aus dem Arabischen von Nuha Sarraf-Forst
und Angelika Rahmer,
Leineneinband mit Prägung, fadengeheftet mit Lesebändchen, 160 Seiten
ISBN: 978-3-941822-00-9